明室

Lucida

照亮阅读的人

温室

Das Treibhaus

WOLFGANG KOEPPEN

[德] 沃尔夫冈 · 克彭 著　聂宗洋 译

图书在版编目（CIP）数据

温室 / (德) 沃尔夫冈·克彭著 ; 聂宗洋译 . -- 北京 : 北京联合出版公司 , 2023.9
ISBN 978-7-5596-7097-7

Ⅰ . ①温… Ⅱ . ①沃… ②聂… Ⅲ . ①长篇小说－德国－现代 Ⅳ . ① I516.45

中国国家版本馆 CIP 数据核字 (2023) 第 117810 号

Das Treibhaus
First published in 1953 by Scherz & Goverts Verlag, Stuttgart

北京市版权局著作权合同登记号 图字： 01-2023-3820 号

温室

作　　者：［德］沃尔夫冈·克彭
译　　者：聂宗洋
出 品 人：赵红仕
策划机构：明　室
策划编辑：赵　磊
特约编辑：闫　烁
责任编辑：高霁月
装帧设计：山川制本 workshop

北京联合出版公司出版
（北京市西城区德外大街 83 号楼 9 层　100088）
北京联合天畅文化传播公司发行
北京市十月印刷有限公司印刷　新华书店经销
字数 150 千字　787 毫米 ×1092 毫米　1/32　8.5 印张
2023 年 9 月第 1 版　2023 年 9 月第 1 次印刷
ISBN 978-7-5596-7097-7
定价：62.00 元

在《温室》这本书中，日常事件，尤其是政治事件的作用仅仅在于为作者的想象提供催化剂。人物、地点和事件为叙事提供了框架，但与现实情况完全不同。书中涉及真实人物的描写纯属虚构，既与作者本人无关，也不代表作者的观点。本书所有观点都与我们现实中的人、组织或事件所处的维度不同；小说拥有自身的诗学真实。

沃尔夫冈·克彭

只有上帝才知道，政治有多复杂，人的大脑和心灵通常只能像钻入圈套的红雀一样，徒劳地挣扎。然而，如果我们不能对巨大的不公感到愤慨，我们就永远谈不上公正地行动。

——哈洛尔德·尼科尔森

历史的进程就是燃烧。

——诺瓦利斯

1

他在这趟旅行中享受着豁免权，因为他没有被当场抓住。一旦有证据显示，他是一名罪犯，他们当然乐意把他投入监狱，会高高兴兴地把他引渡回去。他们，就是所谓的高院。他带着一个毫无征兆的巨大丑闻离开，从小隔间里消失，在监狱的高墙后面被暗杀——这些正中他们的下怀，可以说是幸运和解脱；就算党派内部不时对他议论纷纷，说他们全体都被他折腾得够呛（他们全体，所有伪君子），然而私下里，他们兴高采烈地搓手庆幸，因为他憋不住了，他跑了，因为他是一粒粗盐，是他们这一锅温吞的粥里不安分的霉菌，是有傲气的良知之士。

他坐在尼伯龙根特快专列上，指望着革命和复兴，期盼一切焕然一新。德国联邦铁路很好。列车的车身刷着血红的颜色。巴塞尔，多特蒙德，侏儒阿尔贝里希[1]和鲁尔区的烟囱；维也纳—帕绍直达车，暗杀者哈根也可以很惬意；罗马—慕尼黑直达车，主教的紫袍透过挂满裂缝的窗户窥探着；荷兰湾—伦敦直达车，出口商的诸神黄昏，对和平的恐惧。

吱吱呀呀，车轮转动着。他没做那件事。他没有杀人。也许他只是没有机会杀人，但原本可能会杀人的。他想象着自己真的做了，举起砍肉刀挥了下去。这种猜测清晰又生动地浮现在他眼前，让他强打起精神。谋杀的想法像高压电流一般奔涌在他的肉体和灵魂中，刺激着他，启发着他。有一阵子，他觉得现在也许一切都会好起来，他能够更好地应付一切，能够鼓起十足的干劲，能够实现自己的理想，有所成就，充分利用自己的生命，向新的领域进军——只是，很遗憾，他还是只在自己的幻想中杀了人，他仍然是那个老基特纽夫，无力抵抗思想苍白的空想家。

他埋葬了自己的妻子。因为他在市民生活中感受不到满足，基督教葬礼的仪式让他受惊不小；同样，儿童洗礼和婚礼，任何有公众参与——或者说白了，任何原本只属于两人之间却有当局插手——

1 此处的“侏儒阿尔贝里希”以及后文的“暗杀者哈根”“沃坦”等均来自中世纪德国民间叙事诗《尼伯龙根之歌》。——本书正文脚注均为译者注，评注中除标注为“译者注”之外的均为原注的事务都会让他感到惶恐。这种死亡让他痛苦，他感受到了最深的悲伤，令人窒息的苦闷。当棺木沉入土中时，他最爱的人被夺去了；尽管那些幸福的后代用数百万的哀悼卡让话语都失去了意义，他最爱的人还是被夺走了。爱人被草草掩埋，永远永远失去了她，我再也无法见到她，无论是在天堂还是在尘世，我会去找寻却无法找到她——这种感觉几乎让他失声痛哭，但他不能在这里哭泣，尽管只有威尔姆斯夫人在墓地看着他。威尔姆斯夫人是他的女用人。她递给基特纽夫一束蔫软的紫菀花，这是她从自己妹夫的小果园里采来的。在他们的婚礼上，威尔姆斯夫人也带去了一束同样蔫软的紫菀花。那时她说："你们真是一对漂亮的新人！"现在，她沉默了。他并不是一个漂亮的鳏夫。

一种滑稽的感觉始终伴随着他。在学校时，他没有听老师讲课，而是想着一些好笑的事；在委员会中，在全体大会上，他冷眼看着那些体面的同僚们像马戏团的小丑一样卖弄；就算在遭遇生命危险时，他也不会忽略当下处境中荒诞的一面。鳏夫就是一个可笑的词，非常可笑，一个来自某个安逸时代的蒙尘的概念。基特纽夫想起自己小时候认识的一位鳏夫，波赛尔先生。鳏夫波赛尔先生还生活在秩序井然的世界中，那座小城市很尊敬他。波赛尔先生一身都是鳏夫打扮：头戴一顶上浆的黑色礼帽，身穿一套燕尾服，配着条纹裤，后来还在燕尾服里穿上了一件总是有些脏兮兮的白色马甲，上面拴着一根金表链，表链上挂着一颗野猪牙——这是他猎获了那头畜生的象征。这就是波赛尔先生，他还在拉班面包店买面包，这是忠诚超越死亡的活生生的譬喻，是孤独而受人尊敬的感人化身。

基特纽夫并不受人尊敬，也无法感动任何人。他既没有上过浆的礼帽，也没有普通的礼帽，他就穿着自己透风的当季雨衣去参加葬礼。威尔姆斯夫人没有说出鳏夫这个词，但他从威尔姆斯夫人递过来的蔫软的紫菀花上看到了。这个词挥之不去，让他烦不胜烦。他是悲伤的骑士，是滑稽化身的骑士。他离开了墓地，思想朝着他的罪行匆匆奔去。

这一次，他没有理智地思前想后，而是听凭直觉，任性而为。埃尔克总是抱怨他只活在书的世界里。埃尔克如果还在，现在应该会开心的，因为他有所行动了，而且直截了当，理直气壮，却又小心谨慎，就像电影里的主角一样。他看着自己穿过旧货商巷，走进地下室，拐进墙角，买来一些鳏夫的服装。他搞来了条纹裤、燕尾服、白色马甲（和波赛尔先生那件一样，脏兮兮的）、上浆的庄重礼帽、金色表链，但他不想挂上猪牙，毕竟他并没有猎获那头畜生。在商场里，他乘着电动扶梯来到职业服饰部，买了一件白大褂，就是屠夫常穿的那种。他到木材厂顺走了一把斧子。这没费什么周折，木工们那会儿正在吃点心，他只是从一堆木屑中拿起一把斧子，若无其事地走开。

一家出口众多、服务周到的宽敞旅馆就是他这位凶手的藏身之处了。他，克莱因维森菲尔德的鳏夫波赛尔，联邦议会议员基特纽夫，下榻于此。他拾掇了一番，把自己裹进那身鳏夫打扮里，站在镜子前。他看起来很像波赛尔，他就是波赛尔。他终于变得受人尊敬了。傍晚时分，他胳膊下夹着屠夫的白大褂和斧子出了门。

阴郁的街道上，蝎子酒吧的招牌透过橱窗的黑色玻璃闪着绿光。这就是这片区域唯一的光亮了，如昏暗历史中的鬼火一般闪烁着。在紧闭的锈迹斑斑的百叶窗后，乳品店、蔬菜铺、面包房在打着瞌睡。街上弥漫着一股原始的、腐烂的、酸馊的气味，像粪便，像老鼠，像地窖里发芽的土豆，像面包师那黏糊糊的面团。蝎子酒吧里放着唱片，罗丝玛丽·克鲁尼唱着《填补我的空虚》[1]。基特纽夫站在大门口。他穿上了屠夫的白大褂，手里握着斧子——像一个等待着公牛冲过来的屠夫。

公牛瓦诺斯基来了。公牛头上顶着肮脏污秽、蓬乱不堪的卷曲头发，这是一个像打手一样让人生畏的女人，在那些女同性恋中拥有绝对权威。每当瓦诺斯基出现时，她们就会俯首帖耳，叫她“女主

1　罗丝玛丽·克鲁尼（Rosemary Clooney，1928—2002），美国演员、编剧，代表作品有电影《幕后杀手》等。《填补我的空虚》（Botch-A-Me）是她演唱的一首爵士风格的歌曲。

人”。她穿着一件男士西服，而且是加大码的男士西服，臀部包得紧紧的，用海绵垫起来的高耸的肩膀暗示了她阴茎妒忌的心理，既可笑又可怕。在她那用火柴燎过的胡须绒毛下，两片鼓胀的嘴唇间嚼着一支苦雪茄丑陋的烟屁股，发出吱吱的声音。不要同情！不要同情怪物！也不要嗤笑，这会冲淡仇恨！基特纽夫举起斧子，砍了下去。他砍进了卷曲的头发里，砍进了溅满她鲜血的床垫里。他劈开了她的头骨。公牛倒了下去，他也瘫倒了。公牛的血染红了他的屠夫大褂。

他把大褂和斧子扔进了河里。鳏夫波赛尔，他趴在大桥的栏杆上，看着大褂和斧子沉到河底，不见了踪影。河水复归平静。来自山上的水，融化的雪水，冰川，闪亮的美味的鳟鱼。

没人看到他，没人能看到他，因为很遗憾，他并没有这么做，他只是再一次在梦里这么做了，在一场白日梦里。他没有振作起来，他只是想，并没有做，永远、永远都是这套老调子。他失败了。他的一切事业都失败了。1933年，他失败了；1945年，他也失败了。他在政治上失败了，在事业上失败了。他无法胜任“存在”这件简单的事。可是谁又能呢？笨蛋。生命就像一场逃亡，但他只能一个人上路了，因为他的婚姻也失败了。现在，他悲伤地思念着埃尔克，带着鳏夫并不可笑的真切的痛苦，思念着躺在墓穴里、被交给未知的埃尔克。当什么也没有时，改变是可怕的；而当不再什么也没有时，改变依然可怕。他好像再也不能爱、再也不能恨了，一切都只是对欲望的抚慰，是蜻蜓点水式的触碰。他没有杀瓦诺斯基，她还活着，坐在蝎子酒吧里，发号施令，滥饮，在女同性恋之间拉皮条。她听着唱片里罗丝玛丽·克鲁尼的歌声，填满——我的——空虚，填满——我的——空虚。这像一个铁环箍在他的心上，因为他杀了人！

吱吱呀呀，火车轰鸣着。埃尔克来到了他身边，她那时很饿，而他有罐头，有一间温暖的房间，有喝的，有一只小黑猫，还有在漫长的禁欲日子过后对肉体的渴望。这差不多就是诺瓦利斯所说的爱情了。

他从未停止以德国人的身份来感受这一切。但在战后的第一个夏天，对于一个离开了十一年的人来说，找到方向确实不容易。他有许多事要做。经历了长期的无所事事后，时间终于赶上了他，把他裹进了忙碌中。那时，他相信自己终于可以把握时机，有所作为了。

在一天晚上，他疲倦地望向窗外。时间还早，天却已经黑了。云压在空中，风把尘土扬起来。就在那时，他看到了埃尔克。她钻进了他住所对面的废墟，钻进了碎裂的城墙缝隙，像一只害羞的小动物那样，钻进了瓦砾和碎石构成的洞穴。

大雨泼洒下来。他下了楼，来到街道上。雨水和狂风摇撼着他，灰尘冲进他的口中和眼中。他从废墟中找到了埃尔克。她被淋透了，整个人狼狈不堪。脏兮兮的裙子贴在裸露的皮肤上。她没有穿内衣，几乎衣不蔽体地站在灰尘、雨水和坚硬的石头中。埃尔克是在战争中出生的，而遇到他的那一年，她十六岁。

他不喜欢她的名字。这名字让他无法信任。埃尔克，这个来自北欧神话的名字总让他想起瓦格纳和他那些歇斯底里的英雄们，想起那个尔虞我诈、阴险残酷的诸神世界——而且，埃尔克不正是纳粹党头目和纳粹政权代理长官的女儿吗？

那位纳粹党高官和他的妻子自杀了。他们吞下了"以防万一"的毒药小胶囊。埃尔克是在森林里听说她父母身亡的消息的。

时间把日子也麻痹了。埃尔克像被裹着棉花塞在箱子里，被粗鲁的手臂抛来扔去；而她在其中睡得很安稳，感受到的所有变故和震动，仿佛都隔着厚厚的棉花传来。因此，她所听到的不过是一条消息而已，从嘈杂的、充斥着暗语和呼救信号的收音机中传来。那台收音机属于一小群德国兵，他们已经投降，正在等待被移送到囚禁地。

两个黑人看守着他们，埃尔克无法忘记这两个高大、瘦长却笨拙的黑人小伙子。他们以一种奇怪的姿势蹲在脚跟上，保持着平衡，又好像随时准备跳起来。那是一种与原始森林相适应的姿势。代表文明的枪械靠在他们的膝盖上稍息。在他们的子弹带上，挂着长长的编结的鞭子，这比那些枪更让人印象深刻。

时不时地，那两个黑人小伙子会站起来解个手。解手时，他们也紧绷着神经，不肯把他们眼白尤其分明的圆眼睛（某种程度上显得坦率）射出的目光从被看守的囚犯身上移开。黑人小伙子们对着树下的草丛滋出两股高高的弧线。在他们撒尿的时候，子弹带来回晃动着，拍打着他们健美的长腿。这让埃尔克想起了在柏林奥运会上夺冠的黑人欧文斯[1]。

那些德国兵臭烘烘的，带着雨水、泥土、汗水和伤口的气味，夹裹着曾在许多条街道和衣而眠的气味，混杂着胜利、失败、恐惧、疲乏、厌倦和死亡的气味，散发着“错误”和“徒劳”的气味。

在这片看守区域后面的几条小径上，出现了几个不人不鬼的游魂。他们带着对德国兵的恐惧和对黑人的不信任，拖着皮包骨的身体和残断的四肢，眼里射出饥饿的光芒，额头上刻满痛苦，在灌木丛后面遮遮掩掩地探出身子来。他们来自藏身的地狱，从死亡的牢笼中挣脱出来，四处漫游。只要他们还拖得动消瘦的、被打断的双脚，笼子就关不住他们。他们是被政府迫害、囚禁和猎杀的人，也是曾赠予

---

1 杰西·欧文斯，美国非裔运动员，在1936年举行的柏林奥林匹克运动会上夺得100米、200米、跳远和4×100米接力四个项目的冠军。

埃尔克美好童年的人。在父亲的州长府邸里游戏，蝴蝶掠过阳台上的花朵，一个女犯人摆好早餐的餐桌，犯人把公园路上的碎石耙平整，犯人给草坪浇水，牵出早晨要遛的马驹，父亲打过蜡的高筒靴闪闪发亮，一个犯人负责刷洗它们。马鞍嘎吱作响，被喂得饱饱的、打扮得光鲜亮丽的马儿打着响鼻，蹄子在地上刨着——

埃尔克不知道自己接下来该去哪里，只是随着各支部队辗转。

是基特纽夫的小猫让埃尔克安下心来的。女孩和猫，他们都很年轻，马上玩儿在了一起。他们爱把基特纽夫的手稿揉成团，抛来打去地玩儿。每当基特纽夫从他那些让自己越陷越深却越来越失望的烦冗公务中抽身回到家时，埃尔克总会喊道："小先生回来了！"基特纽夫也许确实是她的小先生。但很快，埃尔克就厌倦了和猫的小把戏，当基特纽夫晚上埋头工作时，她就会变得暴躁。那时，基特纽夫满脑子是帮助，重建，治愈伤痛，赚钱糊口。他们的友谊经受着破裂的考验，这让他们都很难过。

而婚姻让一切变得复杂了。在所有由纳粹党徒创制，最终却因他们的失败而被落实和发展的背景调查中，基特纽夫现在成了死去的纳粹高官的女婿。虽然这一事实让很多人感到别扭，基特纽夫却没有受到影响。因为他在任何情况下都反对株连，更不用说株连的对象是他的妻子了。糟糕的是，这桩婚姻让他的内心感到别扭。他原本是单身汉，是独行者，也许是个酒色之徒，也许是个隐士，他也不知道，只是在各种生活方式中摇摆。但他很确定，随着这桩婚姻，他让自己进入了一种自己也不确定但会让他压力倍增的生活。而且，他出于消遣，和一个年轻得几乎可以做他女儿的孩子结了婚，现在他必须迁就她的青春，这迫使他意识到连他自己都还没有成熟。他们适合相爱，但不适合生活。他可以要求，但他不会教育。他也没怎么考虑要教育谁，只是看到埃尔克过度的自由为她带来了不幸。她不知道如何处理自由，迷失在其中。这种看起来无拘无束的生活，对埃尔克来说就像一片无际的水域，让她无法靠岸；这是一片空虚的海洋，是欲望的涟漪、疲惫的泡沫和来自过去的风让她无边的百无聊赖生动起来。基特纽夫是一位领路人，站在埃尔克的人生道路上，但也许只是为了将她引入歧途。接下来，基特纽夫经历了一种对他来说新奇而沮丧（对此他还不确定）的体验：许多次结合后的丧痛，信徒对不可饶恕之罪的负罪感。但首先变差的是他的欲望。

埃尔克的需求很大。她很性感，而且一旦被唤醒了，她对温存的需求就毫无节制。她说："抱紧我！"她引导着他的手，说："感受我！"她的大腿变得滚烫，身体燃烧起来，她用粗俗的字眼大喊："要我！要我！"他着了魔，想起了自己的饥渴，想起了自己被埃尔克父母的憎恶驱使，徘徊在陌生城市街道上的时刻。他想起了充满各种诱惑的橱窗，想起了那些吸引人眼球的小东西们和她们天真淫荡的姿态，想起了敞开的衣裙，想起了广告海报上把长筒袜高高拉到大腿上的女人，想起了讲着外语、既像一块冰又像一团火一样从他身边走过的少女。到现在为止，真正的快感只在他的梦里出现过。在梦里，他感受到了肉体。只有在梦里，他才感受到了肌肤相亲的刺激，感受到融合、陌生的呼吸和灼热的气息。那些在小旅馆中、公园的长椅上、老城区的角落里享受过的转瞬即逝的快感，与这种由秒钟的紧密相连、由分钟的链条紧锁、由钟头的回环和日周年的轮转构成的令人精疲力竭的诱惑相比，与这种由婚誓缔结的持续的机会和永恒的诱惑——这种看不到头的漫长足以把人逼疯——相比，又是什么呢？

埃尔克爱抚着他。那是些停电的日子，夜晚黑沉沉地压下来。基特纽夫为了工作搞到了一盏应急灯。埃尔克把灯插在床边，灯光聚焦在躺在床上的人身上，就像车前大灯罩住了夜晚街道上一对裸体的情人一样。埃尔克久久地、细细地盯着基特纽夫。“你二十岁时一定很英俊。”她说，“你爱过许多姑娘。”他那时已经三十九岁了，并没有爱过很多姑娘。埃尔克说：“给我讲讲。”她觉得他的生活动荡又多彩，充满她无法理解的跳转，像是一部冒险者的传记。这一切对她来说都很新鲜。她不懂他在追随着什么。他向她解释过，自己为什么避开纳粹党的政治生活逃往国外，但她不理解这种行为的理由，这对她来说很晦涩，无论如何都令人费解：这理由只关乎道德。她说：“你是个老师。”他笑了，但也许笑的只是他的脸。也许他一直是个老派的老师，既是老教师又是老学生，一个不会做作业的差生，因为他只爱读书。埃尔克渐渐讨厌基特纽夫的那些书，她抱怨无数的文章、论文、笔记、日记、剪报和草稿，它们堆得到处都是，会把基特纽夫从她的床上诱拐到她不知门路的国度去。

基特纽夫的事业，他在战后重建事务中的工作，他为国家建立政治生活的新基础和民主自由制度所付出的努力，使他入选了联邦议会。他拥有优先权，在竞选演讲中不费吹灰之力就获得了议席。战争的结束让他心中充满了希望，这希望持续了一段时间，他相信，自己袖手旁观了这么久，现在必须献身于某项事业，实现青年时代的梦想。那段时间，他相信会有变革，但不久他就看到了，这种想法是多么愚蠢。人们当然会维持原样，他们根本不想改变，因为政府的组织形式变了，因为大街上走的、把姑娘们肚子搞大的人穿的不再是棕色、黑色和军灰色的制服，而是橄榄色的。一切宏图伟业再次因为一些微不足道的小事而失败了，因为水底黏稠的淤泥阻挡了新鲜的水流，让一切都停滞在原地，停留在传统的生活方式中——尽管人人都知道，这种生活方式就是一个谎言。基特纽夫先是以极大的激情投身于委员会的工作，这驱使他去追赶那些逝去的岁月，假如他与纳粹同行，他会热血澎湃，因为这是属于他这一代人对受到诅咒的愚蠢误判的发作，而现在他所有的热情都为这个诅咒，为一个走向衰老的青年的可笑想法付出了代价，他刚要开始就失败了。

而他在政治上失去的东西，那些他奋力争取却不得不放弃的东西，他在爱情中也失去了。因为政治和爱情，这两者都来得太迟了。埃尔克爱他，但他却攥着国会议员的免费车票追随着幻影东奔西跑。那是自由的幻影，人们对它充满恐惧，听凭哲学家们围绕它做各种徒劳的讨论；还有人权的幻影，只有在遭遇不公时，人们才会问及它，而那些问题很棘手，一如既往，人们可能会绝望。基特纽夫很快就发现自己又站在了反对派的队伍中，但这永恒不变的反对派立场不再让他享受，因为他自问：我可以让事情有所改变吗？我能让它更好吗？我知道该走什么路吗？

他不知道。每一个决定都与上千个角度的利弊相关，就像藤条，像原始森林里的藤条一般相互缠绕。实际情况中的政治就是一座丛林，捕食者如影随形，你可以挺身而出，为鸽子抵挡狮子，但毒蛇会在背后咬你一口。而且，这座森林里的狮子没有牙齿，咕咕叫的鸽子并不像听起来那样无辜，只有毒蛇的毒性依然厉害又有效，它们也知道适时出击，置人于死地。他就在这座丛林里挣扎，在这里迷失。身处这座丛林，他忘记了有一轮太阳在照着他，忘记了奇迹正降临在他身上，忘记了有一个人爱着他——有着年轻美丽皮肤的埃尔克，她爱着他。在这一趟火车与下一趟火车之间，留给他们拥抱的时间太短暂了，他不断匆匆踏上旅途，就像一位和权力对抗的愚蠢骑士。这种权力和原始力量如此相像，因此可以嘲笑那与它作对的骑士。有时几乎是出于善意，它想为骑士的热情提供一个目标，于是在路上为骑士立起一座风车，对这过时的堂吉诃德来说足够逼真。而埃尔克在家却轻易堕入了地狱，孤独的地狱，无聊的地狱，丧失兴趣的地狱，每日去看电影的地狱——魔鬼会在惬意的黑暗中把鲜活的生命换成行尸走肉的伪生命，灵魂被阴影放逐——空虚的地狱，痛苦地感知永恒的地狱，植物性存在的地狱，因为几乎只有植物才能忍受而不至失去天空。“太阳？只是幻象，”埃尔克说，“光都是黑色的！”最终，只有青春是美好的，而青春一去不复返，青春在五月就被打破了，被收割了，基特纽夫是个好人，是一匹老马。她没有被老师教导过，现在却在波恩有了一位老师，他不给她留作业，她也不会做任何作业，她怎么会成了纳粹高官的孩子？囚犯们在公园里犁地，瓦诺斯基来找她，挺着被垫得宽宽的肩膀，一个变态的社会妇女领袖，瓦诺斯基扯着她粗粝而深沉的命令式的嗓音，这让她想起了家，瓦诺斯基像她父母的家，虽然这样说很奇怪，但瓦诺斯基就是父母的家，那是父亲的声音，是母亲的声音，就像老战士的啤酒之夜，衣冠楚楚的纳粹头目来到这里，就像浸入了一个能让人恢复青春的泥浆浴。瓦诺斯基说："来啊，孩子。"于是，埃尔克来了，她投入了女同性恋的怀抱，这里有温暖，有遗忘，有对广阔的庇护，对太阳的庇护，对永恒的庇护，她们说的是最简单的词，没有抽象的表述，没有恐怖的、压抑的、流动的、跳跃的、喷涌的、永远无法理解的属于基特纽夫的知性。在她虚弱无力时，他夺走了她，他是校长，是恶龙，而她是公主。现在，她要向基特纽夫复仇，向恶龙复仇，向失败而懦弱地死去、把自己丢给恶龙的父亲复仇，向这被诅咒的存在复仇，用同性恋的身份复仇，这是她复仇的地狱恶犬。她复仇的助手可不止瓦诺斯基一个。因为瓦诺斯基不只是本人令人满意，她还拉皮条，为龌龊的处女服务招收年轻的女门徒。她藐视男人，懦夫，都是些阴茎疲软的懦夫。万幸，她因此可以展示自己垫高的肩膀、裹在男裤中的浑圆的屁股，嘴上叼着的香烟仿佛是阴茎的幻肢。她很想彻底将埃尔克从那些因为不公而被装备了阴茎的无能的普里阿普斯[1]中解脱出来。这个嫉妒男性的怪物，日益肥胖、暴躁的酒吧彭忒西勒亚，错过了自己的阿喀琉斯[2]。瓦诺斯基向埃尔克提供的是一个无法拒绝的诱惑，是彼此陪伴的二人世界和啤酒。当基特纽夫逗留在波恩时，埃尔克不再觉得自己被抛弃了。她喝酒，和那些愤世嫉俗的女同性恋们一起痛饮，而她们在期待着埃尔克喝醉。她一瓶接一瓶地喝。她只需要打个电话，装在四角铁筐里的啤酒就被送到家里来了。当基特纽夫出差归来时，这些俏皮的“父亲们”幸灾乐祸地咯咯笑着，像吃饱喝足的老鼠一样夺门而出。他在后面追打，而她们则轻巧地蹿回她们的藏身之处。房间里弥漫着女性汗水的味道，徒劳的兴奋的味道，无意义的疲乏的味道，还有啤酒啤酒啤酒。埃尔克喝得蠢兮兮的，像个口齿不清的白痴，口水从她涂得红红的、漂亮可爱的口中淌出来。她口齿不清地问：“你想干什么？”她口齿不清地喊：“我恨你！”她口齿不清地表白：“我只爱你一个。”她口齿不清地召唤：“到

1　普里阿普斯（Priapus），爱神阿佛洛狄忒和酒神狄奥尼索斯的儿子，是家畜、园艺、果树和蜜蜂的保护神，也是男性生殖神。

2　彭忒西勒亚（Penthesilea），战神阿瑞斯之女，也是亚马孙女王，她率领十二名女勇士作为特洛伊人的援军加入特洛伊战争，把希腊联军逼得节节败退。希腊联军方面的阿喀琉斯投入战场后，重新扭转战局，最终刺死了彭忒西勒亚，就在他摘下女王的面甲，打算嘲笑她时，却被她的美貌吸引，爱上了这个死于自己之手的女勇士。

床上来。”太阳是黑色的。

他能打一架吗？他不能。那些女人坐在老鼠洞里。她们在盯着他。议会里还有其他人——男人们——坐在角落里，他们也在盯着他。他俯身凑向埃尔克的嘴，啤酒之魂、神圣的酒精、瓶中的魔鬼随着她的呼吸迎向他。这既让他感到厌恶，却又忍不住被吸引。最终，他不得不向这个弱点屈服了。第二天早晨，他们和好了。通常，那都是周日早晨，钟声召唤着人们去教堂做礼拜。基特纽夫对钟声的召唤无动于衷，那不是召唤他的，或许他也有些遗憾，因为钟声并没有理会他。但对埃尔克来说，每一个请求都像要求一样让她激动，某种绝对性的要求随着钟声冲击着她，而她在奋力抵挡。她喊道："我恨这嗡鸣声。这样的嗡鸣声太卑鄙了。"他不得不安抚她。她哭泣着，坠入了幽暗的深渊。她开始咒骂上帝。埃尔克的上帝是一位邪恶的上帝，一个酷爱折磨人的怪物。"没有上帝。"基特纽夫说。他就这样夺走了她对一位残忍的神的信仰，夺走了她的最后一丝安慰。他们躺在床上，唱着童谣，念着数数的儿歌。他爱她。他任由她沉沦。一个人被交给了他，而他任由她沉沦。他追随着幻影游荡，在委员会中为缥缈的人权角力，却无法获胜；在委员会里努力表现完全是多余的，他无法为任何人争取到任何东西，但他还是去了，抛下了埃尔克这个被托付给他的责任，任由这唯一一个信任他的生命陷入绝望。那些俏皮的“父亲们”杀死了她。啤酒杀死了她，还有一些药也是帮凶。但她实际上是被那种遗弃感扼住了脖子，一种看不到头的消磨和转瞬即逝的虚无的感觉，有限却无垠的宇宙，在它黑色的光线中，伴着它无法参透的黑色天空，和所有星星隔岸相望。校长基特纽夫，采花大盗基特纽夫，传说中的恶龙基特纽夫，鳏夫基特纽夫·波赛尔，卫道者和撒谎精基特纽夫，国会议员基特纽夫，人权骑士基特纽夫，杀人犯基特纽夫……

报纸上，一位老人，智者的面庞，雪白的头发下一张慈祥的脸，裹在园丁破旧衣服中的身影——爱因斯坦，追逐魅影的人，找到魅影的人，找到终极等式的清晰美好形式的人。知识的栅栏，天体的和谐，统一的场论，溯回引力学和电力学的自然法则，回到第四等式共同源头的人……

吱吱呀呀。据说，圣人的睡眠是轻柔的。但他能睡着吗？睡着了就会做梦，那不是梦，是恐惧和幽灵。躺在火车东西向的铺位上，闭着的眼睛冲着西边，基特纽夫会看到什么呢？萨尔区，美丽的法兰西，荷比卢三国，整个小欧洲，欧洲煤钢共同体。有军火库？有军火库。人们悄悄绕过边境，兑换钞票，签署协议，再次玩儿到一起。还是老一套把戏吗？还是老一套把戏。联邦共和国跟着一起玩儿。在华盛顿和美国人互通信件，在曼海姆和美国人摩擦不断。总理辗转在多个圆桌会议间。平等吗？平等。他身后是什么？防线，河流。莱茵河边的防线，易北河边的防线，奥德河边的防线，越过维斯瓦河的进攻。还有什么？一场战争，一片片坟墓。在他面前呢？一场新的战争？还有新的坟墓？撤回比利牛斯山脉？重新洗牌。是谁说一个大国的外交部长是一只粗野的猴子？那是来自威廉大街的老手。他感觉自己正走在大国再次崛起的路上，沿着旧的赛道冲去，现在穿过了科布伦茨大街，吐着舌头，在起点和终点坐着污言秽语和他的妻子。

在莱茵河上，一艘拖船正和水流搏斗着，疲惫不堪。运煤船像死去的鲸鱼一样，在雾气弥漫的水面上默默滑行。

宝藏就在这里，黄金躺在波涛之下，在一个岩洞中藏着隐秘的宝贝。它被抢夺、偷盗、侵吞、诅咒。诡计、花招、谎言、欺骗、谋杀，勇气、忠诚、背叛和迷雾，亘古不变，阿门。吱吱呀呀，莱茵河的三女神在歌唱。消化，腐烂，新陈代谢，细胞更迭，七年可以让一个人换掉全身的细胞，但记忆的河床上结满了化石——这就是人们所说的忠诚。

吱吱呀呀。在拜罗伊特，少女们踩着秋千荡过舞台，像耀眼的女神。[1]独裁者为这个场景感到兴奋，他的骨髓里升腾起一股暖意，手覆上了皮带扣，蜷

1 1876年，由理查德·瓦格纳历时26年创作的四联剧《尼伯龙根的指环》在拜罗伊特首演，引发欧洲文化界的轰动。

缩的毛发贴在额头上，那顶帽子竖了起来，从混沌的苦思冥想中生发出毁灭的力量。此时，高级专员受到了欢迎，他们伸开双臂，搂在胸前！搂在胸前！眼泪横流，激动的泪水汇成重逢和宽恕的咸咸的小溪；皮肤变得灰白，脸颊上的一丝红晕随着泪水流走了。沃坦的财宝再次得到了拯救。

旗帜总是易得的，就像皱巴巴的妓女。升旗是一种义务。今天我来升起这面旗帜，明天升起另一面，我履行了我的义务。旗帜在风中猎猎作响。哦，荷尔德林[1]啊，是什么在猎猎作响？铿锵的话语，死者的空骨。社会再次忍耐着，还有崇高的任务要完成，有财富要拯救，有关系要维持，有财产要保护，有联系要保持，因为留下来的就是一切。精心设计的高级时装和熨平的燕尾服，如果没有别的搭配，那么就穿着厚底军靴大步前进好了。燕尾服能让穿着它的人变得体面，但整洁合体的风度属于制服。它们能衬托出高大的身材，给人安全感。基特纽夫对制服不感兴趣。他对高大和安全感也不感兴趣吗？

他做了个梦。陷入不安的睡眠中后，他梦到，自己正在赶去参加一个选举会议。那座小车站位于一个山谷中。没有人来欢迎议员。铁轨一直向无尽的远处延伸，上面却没有一辆列车。枕木旁长满

1　弗里德里希·荷尔德林（Friedrich Hölderlin，1770—1843），德国著名诗人，古典浪漫派诗歌先驱。

了草，蓟草缠绕着碎石。那里有四座小山，小山上分别有天主教大教堂、新教教堂、用粗粝的花岗岩做的战争纪念碑和用粗糙的木料草草搭起的工会会所。这些建筑像塞利农特[1]让人伤感的风景中的希腊神庙一般，孤零零地矗立着。它们是过去，是历史的尘埃，是克利俄[2]僵固的口号。人们并不在意它们，却被命令登上这些小山中的一座，跑到这些建筑中的一座前，拍着门大喊："我信！我信！"

他很热。一定有人打开了车厢里的暖气，尽管夜里很暖和。他开灯看了一眼表。五点钟。红色的秒针一圈圈滑过表盘上荧光的数字，仿佛在发出高压或爆炸的警告。基特纽夫的时间在流逝。他的时间也闪着荧光飞逝着，几乎肉眼可见；但他流逝的时间毫无意义，这倒不那么明显。火车的车轮正在把他引向毫无意义的昏暗目的地。他妥善利用了他的时间吗？他抓住了每一天吗？他做的事值吗？而质疑花的时间是否值得，这难道不是另一种违反人性的表现吗？拉特瑙[3]的观点是："目的只存在于堕落中。"基特纽夫正是感受到了自己的堕落。随着

1 意大利西西里岛上的一座城市。

2 克利俄，古希腊神话中九位缪斯女神之一，执掌历史。

3 瓦尔特·拉特瑙（Walther Rathenau，1867—1922），德国犹太实业家、作家和政治家，于19世纪80年代创立当时德国第二个电力大企业——德国通用电气，成为当时世界电业巨头之一。曾任魏玛共和国外交部长、德国民主党领袖，后被右翼民族主义分子暗杀。

年岁渐长，他有一种感觉，自己还完全没有走上时间的正轨，却已经站在了人生道路的尽头。世界上发生了这么多事情，他发现自己一直以来只是站在原地，从未前进半步；他经历的那些灾难，动荡的世界性事件，旧历史的覆灭，新时代的开启，那些余晖和晨曦（谁知道呢？）映红了也熏黑了他的脸庞。所有这些让四十五岁的他像一个刚看过电影《强盗》的男孩，揉着眼睛，愚蠢地满怀希冀，愚蠢地失望透顶，愚蠢地放荡堕落。他伸长手臂，想关上暖气，但开关的扳手显示“冷”。也许暖气只能由远程控制，也许是火车司机决定着车厢里的温度。也许暖气根本没有开，只是这黑沉沉的夜捂得基特纽夫喘不过气来。他躺回床垫上，再次闭上了眼睛。走廊里没有一丝动静。乘客们都待在自己的围栏里，把自己交给了遗忘。

假如他没能连任呢？他对选举的苦战感到恐惧。他越来越回避集会，会议大厅里丑陋的景象，被迫用麦克风讲话，听着自己的声音被扩音器从各个角度扭曲，它咆哮着，十分怪异。这是一种空洞的声音，对基特纽夫来说，它是由汗水、啤酒和烟草的雾气组成的充满嘲讽的回声，让他痛苦不已。作为演讲者，他毫无说服力。人们也发现了他的犹疑，并且对此毫不宽容。在基特纽夫登台时，他们没看到狂热分子的表演、真正的或假装的愤怒、精心策划的虚张声势、演讲者口边的白沫，也没有看到他们熟悉的、总也看不够的老一套爱国主义的油腔滑调。基特纽夫会是一位党内乐观主义先锋吗？他会在党派路线的整齐的苗圃里种下甘蓝，让它们在其议程的阳光下茁壮成长吗？各种句子像聒噪的青蛙一样从一张张嘴中蹦出来，基特纽夫害怕青蛙。

他希望连任。当然，他们都希望连任。但基特纽夫之所以希望连任，是因为他认为自己是少数仍将议席视为对抗强权的象征的人之一。不过对此能说什么呢？难道他应该描画希望，扯起在每次选举前从盒子里拿出来的像圣诞树上的装饰物一样（这是党派的要求）的陈旧银色丝带，承诺一切都会更好吗？那是头脑简单的人的海市蜃楼，在每次公民投票后都会烟消云散，赞成票就好像被扔进了赫菲斯托斯[1]的锻炉中。但是他能不为自己做宣传吗？他既不是热销的商品，也不是政治电影的明星，选民们根本不认识他。他竭尽所能地做事，但其中大部分都是在委员会中做的，而不是当着全体大会成员的面。委员会中的工作都是秘密进行的，国家的公民看不到。隶属于另一个党派的克罗丁是基特纽夫在请愿委员会中的对手，他称基特纽夫是一个人权浪漫主义者，寻找受迫害者和受压迫者，解除他们的枷锁，还有遭遇不公的人；基

1　赫菲斯托斯，希腊神话中赫拉和宙斯的儿子，火神和工匠之神，奥林匹亚十二主神之一。

特纽夫总是站在穷人和特例的一边，站在无组织者一边，从不为教堂和政党联盟说话，甚至不为党派说话，就算那是他自己的党派，这让他的同僚们颇有微词。有时基特纽夫觉得，似乎到头来，他的对手克罗丁比他的同僚们更了解他。

基特纽夫伸展着身体，盖着被单，直直地躺在床铺上。被单一直盖到了膝盖，他看上去就像古埃及的一具木乃伊。车厢里凝滞着博物馆的气息。基特纽夫是一件博物馆展品吗？

他觉得自己像一只羔羊，但他不愿在狼群面前服软。这次不会了。而致命的问题是，他很懒。尽管他一天工作十六小时，而且效率还不低，他也依然很懒。他懒惰是因为他不信，他怀疑、绝望、犹疑，他对人权问题的热心和真诚的参与，只不过是反对派、反对政权的兴趣的最后一丝儿戏式的顽固残余。他元气已丧，狼群可以轻易从他身上抢回一切。

不然基特纽夫还能从什么做起呢？他倒是会做饭，还会打扫房间。他拥有家庭主妇的优秀品质。他应该抚慰自己的良知，写文章，向外界发声，成为一个公众的卡桑德拉[1]吗？谁会刊载这些文章、发表这些评论呢？谁又会听卡桑德拉的话呢？他该造反吗？仔细想想，他宁愿做饭。也许他可以在某

1　卡桑德拉，希腊神话中特洛伊的女祭司，因为预言了覆灭而遭族人孤立。

个修道院里给修士们做饭。克罗丁会帮他写举荐信的。克罗丁是丈夫和父亲，将来也会看着孙子长大；他有自己的信仰，拥有可观的财富和有潜力的商业投资；他是主教的朋友，和修道院的关系不错。

首都的一些人起床很早。现在是五点半。闹钟响了。弗罗斯特-佛罗斯蒂尔被噪声吵醒了。没有什么睡梦要挣脱，也没有谁的怀抱可以离开，没有噩梦折磨他，没有群众呼唤他，他没有被恐惧纠缠。

弗罗斯特-佛罗斯蒂尔打开了灯，巨大的房间变得亮堂起来。这是一间金碧辉煌的十九世纪的宴会大厅，石膏天花板和柱子上都雕刻着花纹，而这就是弗罗斯特-佛罗斯蒂尔的卧室、餐厅、工作室、客厅、厨房、健身房和浴室。基特纽夫还记得那些挂在高窗前的沉重的窗帘，大红色，永远拉着，像站在地面上一样，仿佛是抵御自然入侵的防火墙，让鸟鸣声变得很轻。公园里醒来的鸟儿们在外面欢快地歌唱，而与大厅里的气氛相称的则是工厂开工，是流水线的启动，是一连串复杂的动作，经过精心计算，合理而精确。弗罗斯特-佛罗斯蒂尔就是这样一台开启的机械。他竭力模仿电脑的运行。

啪！一台大收音机开始絮叨来自莫斯科的消息。这个“巨人”的“小兄弟”在一旁闪着光，等待着属于它的时机。咖啡机开始加热，水从壶身冲向壶嘴。弗罗斯特-佛罗斯蒂尔站在淋浴喷头下。淋浴角的塑料帘子仍被推在一边，敞着。在洗澡时，弗罗斯特–佛罗斯蒂尔忽略了他的战略领域。水时冷时热地浇在他身上。他是一个经常锻炼的男人，身材匀称。他用一条美国产的橄榄绿色的粗毛巾擦干了身体，裸露的皮肤微微发红，像一个站在空旷操场上的裸体男人。莫斯科没发生什么新鲜事。呼叫苏维埃人民。弗罗斯特–佛罗斯蒂尔放入缪斯们，打开了音乐。在淋浴角旁边立着一副单杠。弗罗斯特–佛罗斯蒂尔站在起始位置上，干净的双手搭在干净的大腿上。他跳起来，抓住单杠，荡上去，再荡下来，几个来回后再次回到起始位置。他脸上的表情很严肃。他的性器官比例适中，安静地垂在两条训练有素的腿之间。他把电动剃须刀的刀片插进卡槽。弗罗斯特–佛罗斯蒂尔一边刮胡子，一边轻声哼哼着。大收音机发出一些杂音。弗罗斯特–佛罗斯蒂尔关上了大收音机，缪斯们的使命结束了。他拿出一个棉球，蘸着灼热的刺激性的剃须水擦拭着自己的脸。棉球消失在了贴着卫生用品专用标签的垃圾桶中。他的脸上留下了几个小气泡。他在身上披了一件家居服。这是一件毛茸茸的长袍，被他扯过一条红色领带拦腰系住。小对讲机大显身手的时机到了。它噼里啪啦地说道："朵拉需要尿布。"弗罗斯特–佛罗斯蒂尔静静听着。小对讲机重复了一遍："朵拉需要尿布。"别的什么也没说。

咖啡机颤动着，喷着蒸汽。一声哨音冲出它的汽笛口，工厂汽笛宣告了新一轮班次的开始。弗罗斯特-佛罗斯蒂尔把咖啡倒进杯子。这只杯子是老普鲁士瓷器，是一位和善的收藏家的装饰品。基特纽夫认得这只杯子，它的把手断掉了。弗罗斯特-佛罗斯蒂尔在端起沏满咖啡的杯子时被烫到过。基特纽夫之前和他共事时，也被杯子烫到过。他每天早上都会烫到手指。杯身上画着弗里德里希大帝的彩色肖像。这位国王带着一副灵缇犬般的忧郁表情，从杯壁上看着整个房间。弗罗斯特-佛罗斯蒂尔拿了一张纸巾，包住了瓷杯和瓷杯上的国王，终于啜饮起他热腾腾、黑乎乎的晨间饮品。

总之，从闹钟响过到现在，还不到一刻钟。弗罗斯特-佛罗斯蒂尔打开一个保险柜的密码锁。基特纽夫觉得这个保险柜很有趣。这个柜子是送给有强烈好奇心的人的礼物。文件、档案、简历、信件、计划、影片和磁带都在这里等待着，就像老阿姨藏在柜子里的熟食一样，对小男孩来说，散发着诱人的香味，让人很想从中拿些什么。一块粗糙的长木板搭在四个木架上，组成了一张桌子，上面立着一台录音机。旁边还有一台微型照相机和一台大型照相机。窃贼的设备！有了它们，就不必再偷窃原物了，它们可以待在原地，只偷它们的影子就够了。还能偷取人类的声音。

基特纽夫总会乱放东西。他并不在意条理性。弗罗斯特-佛罗斯蒂尔，一个有政治地位的人，在写字桌边坐了下来。他开始思考，开始工作。他面前摆着三个钟头，三个不受打扰的钟头，这是一天之中最重要的时间。他全神贯注，打理万机。他把一盘磁带放进录音机，按下播放键。他听着自己的声音和其他人的声音从录音机中流出。弗罗斯特-佛罗斯蒂尔聚精会神地听着，完全沉浸在这些声音中。偶尔，它们会启发他记录几笔。弗罗斯特-佛罗斯蒂尔有红色、绿色和蓝色的笔记本。他在某一页上记下了一个名字。那是基特纽夫的名字吗？弗罗斯特-佛罗斯蒂尔在那个名字下画了一条线。他用红笔画了一条线。

约克[1]将军签署了《陶罗根公约》，他的国王为他恢复了名誉。沙恩霍斯特[2]将军重新组建了军队。格奈森瑙[3]将军推行了改革。泽克特[4]将军认为，光明来自东方。图哈切夫斯基[5]将军想卷起世界的地

---

1 路德维希·约克·冯·瓦滕堡（Ludwig Yorck von Wartenburg，1759—1830），普鲁士将军。

2 格哈德·约翰·达维德·冯·沙恩霍斯特（Gerhard Johan David von Scharnhorst，1755—1813），普鲁士将军、伯爵和军事改革家，是普鲁士总参谋部的奠基人。

3 奥古斯特·奈德哈特·冯·格奈森瑙（August Neidhardt von Gneisenau，1760—1831），普鲁士陆军元帅，普鲁士军事改革和第六次反法同盟战争中的重要人物。

4 约翰尼斯·冯·泽克特（Johannes von Seeckt，1866—1936），1920—1926 年任德国国防军总司令。

5 米哈伊尔·尼古拉耶维奇·图哈切夫斯基（Mikhail Nikolayevich Tukhachevsky，1893—1937），苏联最早的五位元帅之一，被认为是大规模机械化战争的鼻祖。

毯。戴高乐[1]将军强调发展坦克装甲部队，没有人听他的，但他是对的。斯派达尔[2]将军投奔了他的盟军同伴们。保卢斯[3]将军仍坐在俄罗斯。约德尔[4]将军已躺在坟墓中。艾森豪威尔[5]将军成了总统。谁是红色乐队[6]最大的告密者？弗罗斯特-佛罗斯蒂尔很喜欢回忆他在陆军总司令部的那些事。他喜欢军事化的表达。有一次，他对基特纽夫说："我能从尿液中闻出来。"他从尿中闻出了什么？闻出了他们会合作吗？

晨光从卷帘的缝隙挤了进来。基特纽夫掀开了被单，穿堂风扑向他。弗洛伊德或文化中的不适。在柏林的咖啡馆里，人们谈论着精神分析学派。图

---

1 夏尔·安德烈·约瑟夫·马里·戴高乐（Charles André Joseph Marie de Gaulle，1890—1970），法国军事家、政治家、外交家、作家，法兰西第五共和国的创立者。

2 汉斯·斯派达尔（Hans Speidel，1897—1984），德国军人，参加过两次世界大战。

3 弗里德里希·威廉·恩斯特·保卢斯（Friedrich Willhelm Ernst Paulus，1890—1957），是德国入侵苏联的巴巴罗萨计划的主要策划者，"二战"期间任德军第6集团军指挥官，率军参与了斯大林格勒战役。

4 阿尔弗雷德·约德尔（Alfred Jodl，1890—1946），纳粹德国陆军大将，德军最高统帅部作战局局长，负责制定了二战时期德国的许多军事行动方案。

5 德怀特·戴维·艾森豪威尔（Dwight David Eisenhower，1890—1969），第34任美国总统。

6 红色乐队（Rote Kapelle），"二战"期间苏联在欧洲大陆建立的间谍网，由波兰籍犹太人利奥波德·特雷伯（Leopold Trepper，1904—1982）策划并实施，成员主要是外国人和左翼人士，进行反纳粹的情报活动。

尔普是共产主义者。基特纽夫是资产阶级公民。那时候，资产阶级公民和共产主义者还可以互相交谈。挺好的。没有意义。都是徒劳。盲目打击吗？盲目打击。

带基特纽夫进入工会之家的是埃里希。埃里希想请他吃饭，基特纽夫不得不接受邀请，尽管他并不饿。他们的侍者是一个憔悴的小个子男人，蓄着浓密的络腮胡，那把胡子对他凹陷的脸颊来说实在太大了，反而显得滑稽。他给他们端来了烤焦的土豆饼和喝起来像人造布丁的气泡柠檬水。基特纽夫吃了土豆饼，喝了柠檬水，感受到了革命热血的涌动。他还年轻，这城市太小，沉闷又狭隘，工会之家就像收留各种异见的大本营。但男孩们梦寐以求的起义并没有发生，从来没有，从来没有，从来没有；有的只是一成不变的可怜的烤焦的土豆饼，革命的浅粉色饮料，香精合成的柠檬水，开启瓶盖时汹涌澎湃，喝下去却只会让人打嗝。

埃里希死了。后来这座小城里，有一条街道以他的名字命名了。但这些人啊，愚钝、狭隘、健忘，一如往常，他们还是把这条巷子称为“短行巷”。基特纽夫一再问自己，埃里希真的是为他的信念而死的吗？毕竟他那时应该早已失去年轻时的信仰了。也许在临死的时候，他重拾了希望，因为小城里的人们在那些日子里是那样可怕。将埃里希打倒在地的是无法无天，而将他杀死的是厌恶。

基特纽夫掀起盥洗盆的盖子，水流进盆里，他可以好好洗洗了，像本丢·彼拉多[1]一样，一次又一次地洗手。当然，他是无辜的，在世界的进程中完全无辜，但正因为无辜，他才会面对着那个原始问题：什么是无辜，什么是真理，啊，奥古斯都的元老们啊。他看着镜子中的自己。

不戴眼镜时，这双眼睛透着善意。《人民报》的同事曾叫他“善良的傻瓜”，就在最后那晚，他最后一次见到那位同事时。那是二十年前的事了，在那一天，特使接管了《人民报》。犹太籍的编辑们立即被解雇了，他们都是聪明人，但这些精明的社论家和杰出的修辞学家误判了一切，也做错了一切，就像屠宰场里被关在栅栏里的小牛犊一样懵懂。另一些人则得到了证明自己价值的机会。基特纽夫放弃了这样的机会。他支取了自己的薪水，动身去了巴黎。他来去自愿，没有人阻拦他。在巴黎，人们好奇地问他：您到底想从我们这里得到什么呢？直到看到士兵们穿过香榭丽舍大道，基特纽夫才有了答案。但那时他已经在前往加拿大的路上了，跟德国犹太人、德国反法西斯者、德国纳粹分子、年轻的德国飞行员、德国水手和德国店员一起，待在从英国开往加拿大的一艘船的舱底，沉沉浮浮。船

1　本丢·彼拉多（Pontius Pilatus），罗马帝国犹太行省总督。根据《圣经·新约》所述，他本人并不认为耶稣有罪，但迫于犹太宗教领袖的压力，宣判将耶稣钉死在十字架上。

长是一个公正的人，他平等地憎恶他们每一个人。那时，基特纽夫自问：我从这里想得到什么？我在这里做什么？而置身事外，只在清白的水中洗洗手，这样就够了吗？

基特纽夫的头还待在它该待的地方，没有被断头机从躯干上砍下。这么说是在反对基特纽夫，还是像有些人说的那样，在反对世界上的刽子手们？基特纽夫有许多敌人，他被指控犯有各种背叛的罪名。乔治·格罗兹[1]会把我画成这样的，他想。他的脸上已经带上了统治阶级的那副表情。他是总理忠诚的议员和顺从的反对派，没错，顺从的。

半裸的经理人，这就是他在镜子中的样子。魔镜魔镜，他现在长了些膘，肌肉松弛，皮肤泛白，带着战时稀牛奶那种蓝幽幽的底色。现在那种牛奶叫作脱脂鲜奶，啊，多么委婉美丽的词啊，全国通用。人们都是温和派，知足常乐，随遇而安，在传统的框架下推行保守的改革，有血液循环障碍又好色（吻我）你要走了[2]。他身材魁梧，呼出的气体比他想象的要多。他周围的空气有一股什么味道——薰衣草香水味，让人想起帝国，以为

---

1 乔治·格罗兹（George Grosz，1893—1959），德国新客观主义运动的主要艺术家之一。作品具有极强的政治讽刺意味，多用漫画和插画的形式揭露战争的残酷，抨击政府的腐败，批判社会的道德沦丧。

2 本句为英文：(kiss me) you will go。引自 E. E. 卡明斯的诗歌《升入绿色的寂静》(Up into the silence the green)。

这里是英国那种长走廊（吻我）你要走了。基特纽夫没有议会中精英阶层的一般长相，从眼睛就能看出不同了，他的眼睛太善良了。谁愿意被骂善良、顶着“傻瓜”的名声呢？还有嘴，他的嘴唇太薄了，抿得紧紧的。校长，校长。他不爱多嘴，总是很不安，因此从没有真正被人看透过。他是个英俊的男人，我想知道你是否喜欢你蓝眼睛的小男孩，死神先生。[1]基特纽夫是当代诗歌的行家和爱好者。有时，当他在议会中听某个演讲者发言时，会好奇除了他自己，会议厅里还有没有人读过卡明斯[2]的诗。这种跑神让他乐此不疲。基特纽夫和同僚们的这点区别让他保持年轻，也让他在无情的斗争中一败涂地。那些薄薄的杂志，刚创刊就停刊了；那些写满诗的纸页，在基特纽夫的公文包里和文件相互摩擦着。奇特，真是奇特，实验诗人 E. E. 卡明斯的诗竟然在一位德国国会议员的公文包里，和写着机密、紧急、保密的彩色速记板亲密接触（吻我）你要走了……

基特纽夫走出隔间，来到走廊上。通往首

---

1 本句为英文：He is a handsome man and what I want to know is how do you like your blueeyed boy Mr. Death。引自 E. E. 卡明斯的诗歌《水牛比尔》（Buffalo Bill's）。

2 爱德华·埃斯特林·卡明斯（Edward Estlin Cummings，1894—1962），美国诗人。他的诗作大都没有标点和大写字母，甚至经常将自己的名字写作 e.e.cummings。他还擅长创造不同寻常的排字效果和词语组合，经常使用俚语和爵士乐的韵律。

都的路有很多。许多人走在通往权力和闲职的道路上。

他们所有人都来了。议员，政治家，公务员，记者，党派巨头和创始人，十几个利益代表，法律顾问，宣传主管，投机商，行贿者和受贿者，特工中的狐狸、狼和绵羊，传递消息的，炮制消息的，所有身份可疑的人，来历不明的人，狂热的游击分子，所有想发财的人，《莱茵河边的海德堡》《荒原》《浴缸》《为了德意志》《龙堡》的天才编导们，乞丐，骗子、无赖，追名逐利的人，米夏埃尔·科尔哈斯[1]也坐在火车上，还有炼金术士卡格里奥斯特罗[2]，暗杀犯哈根嗅着黎明的气息，克里姆希尔德在索取养老金[3]，走廊里的乌合之众窥视着、偷听着，将军们穿着洛登弗莱[4]的西装踱着军步，随时待命。一群群老鼠，一群群跑来跑去的狗和一群群被拔了毛的鸟。他们看望了自己的妻子，爱过她们，杀死了她们，带着孩子去吃冰激凌，观看了足球赛；穿着无袖礼袍走向神父，担任执事，被上司责骂，被

1 米夏埃尔·科尔哈斯（Michael Kohlhaas），德国作家克莱斯特的中篇小说《马贩子米夏埃尔·科尔哈斯》的主人公。

2 卡格里奥斯特罗（Cagliostro），1929年上映的德法默片《卡格里奥斯特罗》的主人公。

3 在《尼伯龙根之歌》中，齐格弗里德的妻子克里姆希尔德一方面为丈夫复仇，一方面为拿回莱茵的黄金，亲手杀死了仇人哈根。

4 洛登弗莱（Lodenfrey），位于德国慕尼黑的一家老牌服装公司，以生产德国南部地区和奥地利的民族服饰为主。

后台老板驱使，制订计划，规划路线；他们想要扭转某件事，制订了第二个计划，研究了法律，在自己的选区中演讲；他们想留在高位，手握大权，抓着大钱；他们努力挤进首都，这个首都小城；他们开着玩笑，不理解诗人所说的，每个国家真正的首都不在高墙之后，但它不可侵犯。

“给人民代表让路”——这是来自最廉价的处理品商店的笑话，在皇帝时期就老得长出胡子了，一个中尉和十个男人在厕所的墙上写了“德国苏醒了”，现在这胡子已经浓密得遮住了笑点。人民是什么意思？说到底，人民是谁？火车上的是谁？街上的是谁？车站上的是谁？是如今在雷马根把床塞进窗口的女人们吗？那是出生的床，是做爱的床，也是死亡的床。弹片击中了房子。是拎着牛奶桶的姑娘吗？她踉踉跄跄地走向马厩，起得这么早，也困得这么早。是他自己吗，基特纽夫是人民吗？说起“人民”这个词，他拒绝使用简单的复数。那么该怎么说呢？一群人吗？他们被修剪着、驱赶着、引导着，聚成一团，策划者一声令下他们就赴汤蹈火，万死不辞。前赴后继的德国少年，前赴后继的德国少女。或者说，“人民”是数以万计的个人？每个人都是为了自己，为自己着想，操自己的心，各自为营，独立思考，走向上帝，走向虚无或疯狂，无法被左右，无法被统治，无法被牺牲，也无法被修剪？基特纽夫宁愿是这样。他属于多数党的一员。

那么人民是什么意思呢？人民工作，人民为国家纳税，人民想要依靠国家生活，人民咒骂着，人民艰难度日。

没怎么谈到代表。人民并不像课本里说的那样听话。他们对公民教育的部分和作者的理解不同。人民爱嫉妒。他们嫉妒议员的头衔、议席、豁免权、津贴，还有免票乘车权。议会的尊严呢？都在酒吧里和街巷间的笑声中。扩音器在人民的小酒馆里把议会贬低得一无是处，人民代表机构早就心甘情愿成为一个合唱团了，一个为独裁者的独唱服务的头脑简单的合唱团。民主的威信荡然无存，它不再激动人心。而独裁的威信呢？人民沉默不语。因为挥之不去的恐惧而沉默吗？还是因为发自内心的热爱而沉默？陪审团宣布，对独裁者的所有指控均不成立。

基特纽夫呢？他为复辟者服务，正乘着尼伯龙根特快列车旅行。

不是所有议员都躺在联邦特快的卧铺上赶路。有一些人直接搭车去首都，按公里数报销费用，计划得很不错。他们是些活泛的小伙子。在跨越莱茵河的高速公路上，黑色的奔驰车在顺流而下的水面上方轰鸣着。淤泥、浮木、细菌和粪便，还有工业废水，都被冲到了下游。那些先生们蜷在副驾驶座上，或者缩在后座上，打着瞌睡。养家让他们疲惫不堪。在大衣、夹克、衬衫下，汗水顺着身体流下去。疲乏的汗水，回忆的汗水，沉睡的汗水，死亡的汗水，新生的汗水，被驱赶到谁知道哪里去的汗水，赤裸裸的、纯粹的、恐惧的汗水。司机知道线路，他们憎恶这片地区。司机可能名叫洛可夫斯基，来自波兰的马祖里[1]。他来自杉树林，那里躺着死人；他记得森林中的湖泊，那里躺着死人。议员对流亡者心怀善意。这儿就不错，洛可夫斯基心想，我能在莱茵河里拉屎。他在莱茵河里拉了屎，来自马祖里的议员司机洛可夫斯基，来自战俘营的灵车司机洛可夫斯基，斯大林格勒的救护车司机洛可夫斯基，那些“力量来自快乐”[2]的日子里的纳粹机动车司机洛可夫斯基，都是狗屎，尸体、议员还有这些货的残肢，都是狗屎，他不仅在莱茵河里，而且在其他地方都拉了屎。

“小东西。”

利益代表离开了厕所隔间，晃着裤腿，人性的那一套对他来说可不陌生。他回到车厢前部的包厢里，与其他利益代表会合，成了男人们中的一个。

“她有点儿苍白。”

“不要紧。”

“又晃又震又滚的。”

---

1 马祖里（Masuren）位于波兰东北部，历史上曾是东普鲁士的一部分。“一战”期间，俄军在此对德军发动了马祖里湖战役。

2 “力量来自快乐”（Kraft durch Freude）是纳粹德国时期一个具有国家背景的大型休假组织。

“在下面躺了太久了。”

吱吱呀呀。

那个姑娘衣袂翩翩地走来。她是铁轨上的天使，夜色中的天使。飘动的夜袍，裙边擦着涂了清漆的走廊上的灰尘、鼻涕和污垢，前胸像胀得满满的蓓蕾，蹭着裙子上的花边，双脚趿拉着精巧的小拖鞋，鞋上系着丝质鞋带，那是莎乐美的小脚，像一对小白鸽，鲜红的脚指甲亮闪闪的。那孩子懒洋洋的，喜怒无常，闷闷不乐。许多姑娘都在她们玩具娃娃一样的漂亮脸蛋上挂着闷闷不乐的表情。闷闷不乐，这是姑娘的特权。男人们的喉咙被吸烟引起的咳嗽抓挠着，看着姑娘迈着小碎步，涂着指甲油，露着长腿，光彩照人却闷闷不乐地去上厕所。香水的气味让人鼻子发痒，在门后混合着利益代表晚上雷打不动享用的黑啤的味道——啤酒花和麦芽他永远不会腻。

“您的箱子很好看。真正的外交家箱子。像刚从外交部领的一样新。黑红金的条纹。”

“黑、红和芥末色，我们是这么说的。”

吱吱呀呀。

此刻的莱茵河像一条盘绕的银丝带，迂回着穿过平坦的河岸。群山远远地从清晨的薄雾中冒出来。基特纽夫呼吸着温吞的空气，发现这让他非常难过。旅游协会和旅游机构把这片土地称为莱茵区的里维埃拉。温室气候在山间的盆地里滋长，空气堵在河流和河岸的上空。临河矗立着许多别墅，周围种着玫瑰，富人们拿着修剪树篱用的大剪刀在庭院里散步，轻盈的老年鞋踩在碎石上，发出吱吱嘎嘎的声音。基特纽夫永远不会成为他们中的一员，永远不会拥有房产，永远不会修剪玫瑰、茶香月季、贵族之花、蔷薇，这让他想起丹毒，靠祈祷治病的人在忙活着[1]。德国是一个巨大的公共温室，基特纽夫看到了奇特的花簇，贪婪的食肉植物，巨型鬼笔菌，像烟囱一样烟雾缭绕，蓝绿色的，红黄色的，有毒的——但这是一种没有活力和青春的茂盛，一切都是腐烂的，一切都是老朽的，肢体肿胀，仿佛患了阿拉伯象皮病[2]。门把手上写着“有人”，姑娘在门后对着门槛撒尿，光彩照人却闷闷不乐。

都柏林圣帕特里克学院的院长乔纳森·斯威夫特被夹在斯黛拉和瓦妮莎之间，因为不得不接触她们的身体而怒气冲冲。在旧时的柏林，基特纽夫认识一位名叫福莱尔的医生，他在威丁区的一间廉租公寓里开业行医。他十分厌恶身体接触，几十年来都在对斯威夫特进行精神分析研究。而

1 由丹毒引起的藓呈现鲜红色，容易让人联想到蔷薇。欧洲中世纪时，人们大多认为疾病是某种灾祸，修道院的僧侣往往也有治病的职能，因此通常会把治疗和祈祷联系在一起。

2 象皮病，又称血丝虫病，血丝虫感染造成人体组织的增厚和肿大，皮肤类似象皮，传染的一般途径是蚊虫叮咬。

到了晚上，他会用棉絮把门铃塞上，以免突然被叫去给人接生。现在，他正和所有被他厌恶的身体们躺在廉租公寓的废墟下。利益代表们排空了膀胱，被解放的小肠欢快地咕咕哝哝，喋喋不休，他们知道自己的胃口。

“您该去找汉克。汉克一直在防卫部工作。您和他说，是我让您去的。”

“但总不能拿烤香肠招待他。”

“去皇家饭店，三百块。不过那儿真的是顶级的，值这个价。”

“或者您直接和那个汉克说，我们无法继续生产那个东西了。”

“让部长去操心议会的事儿吧。不然要他去做什么？”

“普利舍和我一样，都是学生会成员。”

“那我就指望普利舍了。”

“软骨头。”

吱吱呀呀。

那个光彩照人却闷闷不乐的姑娘迈着小碎步回到了床铺上。那个光彩照人却闷闷不乐的姑娘注定要去杜塞尔多夫，她可以爬上床再睡一会儿，男人们的欲望也会跟着她，跟着这光彩照人和闷闷不乐钻进被单下。他们的欲望暖了床。这个姑娘在时装界工作，是某种意义上的模特女王。她很穷，靠富人过日子，过得倒也不错。冯·蒂姆伯恩打开了他的包厢门，冯·蒂姆伯恩刮好了胡子，冯·蒂姆伯恩无可指摘，冯·蒂姆伯恩现在看起来就像被派驻到了唐宁街。

“早安，基特纽夫先生。”

他怎么会认识我？大概是在某个外国媒体的宴会上吧。人们互相敬酒，暗中打探。基特纽夫记不清了。他不知道自己遇见的是谁，只好点头致意。但冯·蒂姆伯恩先生对认人有着足以为傲的记忆力，并且出于职业考虑，他在这一点上特意训练过自己。他把自己的箱子放在走廊里暖气的格栅上，打量着基特纽夫。蒂姆伯恩稍稍噘起嘴唇，像蹲在三叶草丛中的兔子一样，好奇地嗅探着。也许是主人在它睡梦中为它准备好了食物。兔子没有听到草叶生长的声音，但听到了各处的低语。基特纽夫预感不妙，他不好对付，他不舒服，他撞了个正着，他在同僚中是一个任性的孩子，这样的人通常对人不善，可能会伤害别人。对蒂姆伯恩来说，这就是一切希望的破灭，但这些局外人，谁也说不准，他们会变祸为福。他们会有好的职位，战时的肥缺，政府的闲职，公派的美差，离马德里远远的。而蒂姆伯恩再次被骗了，在窄径上慢跑不是彰显美德，而是意味着晋升，一步一步，一级一级，时而上时而下，暂时还不能确定，但最终会再次站在中心。八年前坐在纽伦堡，再往前八年也坐在纽伦堡，当时颁布了《纽伦堡法律》[1]，那可是给之后的灾难上的第一道互惠保险，人们再次在当局就职，一切就绪，很多事都可以发生了。现在，如果基特纽夫把赌注压在选举上，也许能期待一个部长职位？那么基特纽夫要替自己辩护了。真蠢，甘地已经不给自己的山羊挤奶了。基特纽夫和甘地，他们几乎能手拉手在恒河边散步了。甘地像一块磁石，吸引着基特纽夫。蒂姆伯恩把嘴唇缩了回去，恍惚地望向莱茵河。他看到基特纽夫坐在棕榈树下——他的身材可不怎么样。蒂姆伯恩更适合穿热带制服。通往印度的大门敞开了。亚历山大用长矛杀死了朋友[2]。

火车停在了戈德斯堡。冯·蒂姆伯恩先生摘下了帽子，那顶无可指摘的、合适的艾登先生式毡帽[3]。住在戈德斯堡的是那些精致的人们，是外交部的要人。冯·蒂姆伯恩先生迈着轻快的步子走过站台。货车司机咒骂着。这是一条什么线路啊！蒸汽一会儿强一会儿弱的。毕竟，他开的可是一列特快列车，

---

1 《纽伦堡法律》是德国议会于1935年9月15日在纽伦堡通过的种族法令，其中规定只有雅利安人可以成为德国公民。

2 亚历山大大帝（公元前356—公元前323）曾建立起空前庞大的帝国。克雷图斯是亚历山大的朋友，曾在战场上救过他的命，后因不满他的统治风格和行为，在一次晚宴上批评和讽刺了他，被后者用长矛当场刺死。

3 艾登先生，指罗伯特·安东尼·艾登（Robert Anthony Eden，1897—1977），英国第43任首相。“二战”期间曾任英国国防委员会委员、陆军大臣、外交大臣和副首相等职务。他以衣着优雅著称，偏爱一种丝绸边的黑色毡帽。

本应该极速驶过戈德斯堡和波恩，现在却停了下来。利益代表们堵在了门口。他们是一些精明人，第一批进入了首都。小学生们跑上隧道的台阶。这里有一种乡下的气息，狭窄的小巷、拥挤的房间和旧壁纸的霉味扑面而来。站台加盖了顶棚，灰扑扑的——

他踏入了首都。那里，就在拥堵处前面，在单调的大厅里，他们追上他，抓住他，哦，阿波罗啊，他们再一次逮到了他，制服了他，把他压在地上，他头晕目眩，呼吸困难，一阵心绞痛让他抽搐着，仿佛有一个铁环箍在了他的胸上。铁环逐渐收紧，焊得死死的，铆接得严丝合缝，每走一步都箍得更紧，铆得更死。他双腿僵硬，双脚麻木，每一步都像一次锤击，那是铆钉被敲进魔鬼的造船厂的残骸中。他就这样走着，一步一步地（哪里有椅子能让他坐一会儿呢？或者一堵能让他靠着的墙也行啊）走着，尽管他并不认为自己还能继续行走。停了一会儿后，他想伸手摸一摸，尽管他也并不敢在休息后伸出手去。空虚，空虚在他的头骨里剧烈膨胀、挤压、上升，就像气球和地球告别，越飞越高，渐渐远去消失时内压逐渐增加一样，但把那气球撑得胀鼓鼓的是最纯粹的虚无，是非物质，是无物质，是一种无法理解的东西，它有着生长的欲望，想要从骨头和皮肤间挤出来。而他听到了，相距甚远时他就已经听到了，他听到仿佛冰风裂帛的声音，这是一个极端的瞬间，即使使用数字密码也无法描述的不可见的路标，一切都停止了，没有接下来，这里就是意义。看！看！你会看到的。问！问！你会听到的。他垂下目光，懦夫，懦夫，懦夫；他闭紧嘴巴，可怜虫，可怜虫，可怜虫。他抱住自己，紧紧地抱着自己。那个气球是一个令人失望的脏兮兮的空壳，彻底暴露后开始急剧下坠。他出示了车票，那感觉就像赤身裸体被检票员看到一样，就像囚犯在被收押或行刑之前，要当着狱卒和警官的面穿上衣服。

他的额头上冒出了汗珠。他走向报亭。太阳出来了，阳光从橱窗射进去，把光斑投在最新的报纸上，投在古登堡印刷的世界地图上，形成一片斑斓却又充满讽刺的光晕。基特纽夫买了一份晨报，头版是《未与俄罗斯人碰面》。当然没有。谁想和别人碰面或者不碰面呢？谁会像狗一样，听到口哨就跑过来呢？对宪法的抱怨——人们的意见难道统一过吗？谁能读不懂呢？基本法已经制定好了，现在又后悔此前的努力了吗？他们在梅勒姆干了些什么？高级专员那时还在楚格峰上“高瞻远瞩”。总理轻微染疾，但依然坚守岗位，管理着政府。早上七点钟，他已经坐在写字桌前了。在波恩，不止弗罗斯特-佛罗斯蒂尔在工作。因为服丧，基特纽夫还没有开始办公。

火车站餐馆的正厅上着锁，于是基特纽夫走进了隔壁的侧厅。一群小学生正趴在圆桌上，都是些死气沉沉的女孩和老气横秋的男孩，偷偷抽着烟。

不过他们也很勤奋，就像总理一样，摊开书本正在学习，下着苦功夫（总理也是一样？）。他们青春洋溢的脸上写满了明哲审慎和经世致用，这些占据着他们的心灵——他们满心想的不是日月星辰，而是课程表。女招待抱怨说，在这儿干活儿非得长出翅膀才行。基特纽夫看着她脚不沾地般飘过，侧着身子，像一条摆动双翼的比目鱼。这家餐厅并没有因为跟着火车涌来的顾客而增加人手。利益代表们咒骂着，质问自己要的鸡蛋在哪儿。基特纽夫点了一杯淡啤酒。他讨厌啤酒，但这种冒着泡的苦涩饮料此时恰好能让他平静下来。基特纽夫翻到报纸的当地新闻版面。波恩有什么新鲜事吗？他名义上是来疗养的客人，其实是被驱逐到这荒凉的疗养地的，长期以来只能靠听乡语村言打发时间。苏菲·梅根海姆为了帮助流亡者，把自己弄湿了。看，她屡试不爽。在欢迎鬼知道是谁的来客时，她善意地弯腰站在了水罐下。苏菲，苏菲亚，骄傲的鹅，她没能拯救卡比托利欧山。[1] 谁付钱，谁就能浇她。美丽

1 卡比托利欧山，意大利罗马七座山丘中最高的一座，是罗马建城之初重要的宗教和政治中心，在古罗马时代，山上曾建有朱庇特神庙等宗教建筑。公元前4世纪，高卢人攻占了罗马城，但一直未能占领卡比托利欧山。山上的罗马人被围困多日，但依然省出口粮喂养着白鹅，以供奉神祇。一天夜里，高卢人想借一条小道上山，不料惊扰了白鹅。鹅的叫声唤醒了罗马士兵，把高卢人挡回了山下。在德语中，“鹅”也用来形容愚蠢的女人，含贬义。

的郁金香。报纸刊登了苏菲·梅根海姆的照片，她浑身湿漉漉的，晚礼服湿了，裤子也湿了，连喷了香水、扑了粉的皮肤都湿透了。梅根海姆同志站在麦克风后面，透过他厚厚的黑色角质框眼镜勇敢地盯着闪光灯。给我看你的猫头鹰！因斯特堡什么新鲜事都没发生——一只狗叫了。梅根海姆是讲犹太笑话的专家。在以前的《人民报》上，他负责编辑每日幽默。什么？谁在因斯特堡叫了？昨天还是今天？谁叫了？犹太人吗？沉默。关于狗的笑话。而在电影院里，威利·比格尔[1]在为德国出征。令人讨厌的啤酒泡沫沾在了嘴唇上。埃尔克，这个名字来自北欧神话。在世界之树尤克特拉希尔下，写着三个名字：乌尔德、薇儿丹蒂和诗寇蒂。[2]擦得干干净净的靴子。胶囊中的死亡。洒在墓穴上的啤酒。

1 威利·比格尔（Willy Birgel，1891—1973），德国戏剧和电影演员，在1941年上映的电影《为德国出征》中饰演主角。

2 在北欧神话中，世界树尤克特拉希尔的枝干支撑着整个世界。乌尔德、薇儿丹蒂和诗蔻蒂被称为诺伦三女神，分别掌管着过去、现在和未来，能够掌握人类的命运，并预言其他各族的兴衰。

2

克罗丁在火车站下了轻轨。一位警察扮演着在波茨坦执勤的柏林警察的角色，疏通波恩的街道。这条街上原本熙熙攘攘，人们推来搡去，喧哗不休，鸣笛声四起。汽车、自行车、行人和患了哮喘一样的电车从逼仄的小巷朝着火车站广场挤去。过去，从这条街上驶过的是华丽的马车，由四匹马拉着，由皇家马车夫驾着。穿着燕尾服、系着萨克森普鲁士风格束带的威廉王子[1]，正是乘坐这种马车去波恩大学或者最近的荷兰庇护所。如今，道路变得狭窄了，被工地围栏、电缆沟、污水管、混凝土搅拌机、柏油车挤占或阻断，成了一团乱麻，像迷宫，像绳结，像交错缠绕的网，它们正是混乱和迷惘、纠缠

1 威廉王子，指德意志第二帝国最后一任皇帝威廉二世。在德国“一战”战败后，他被迫退位，为避免成为战犯而流亡当时的中立国荷兰，余生在荷兰度过。

难解甚至无解的问题的象征。老人们早已察觉到了这种灾难，认识到了其中的隐患，意识到了诡计的存在，落入过陷阱，经历过这些，也预料和讲述过这些。下一代人应该更聪明，做得更好。已经过去五千年了！不是每个人都能拿到剑。剑是干什么用的呢？拿来挥舞，拿来杀人，拿来自杀。但这些有什么用呢？什么用也没有。必须在合适的时间出现在戈尔迪乌姆，这就是时势造英雄。当马其顿的亚历山大大帝到来时，绳结因为他而松懈了。[1] 此外的事件都无足轻重。印度无论如何都不会被征服；只有边境地区会被占领几年，而就在被占领和殖民期间，贸易发展起来了。

在真实的波茨坦广场上正在发生什么呢？铁丝网，牢固的新边界，世界末日，铁幕。上帝任由这个广场凋敝败落，也只有上帝知道为什么。克罗丁快步走向无轨电车的车站。无轨电车，这是令首都骄傲的现代交通工具，可以在两个相距甚远的行政区域间运送大批民众。克罗丁原本不必排队候车的。在他家的车库里，停着两辆小汽车；但乘坐公共交通工具去参加政治活动，能够展现谦逊和艰苦的作风；与此同时，司机也可以从容不迫、精神抖擞地

---

1 在小亚细亚北部城市戈尔迪乌姆的卫城神庙中，有一驾献给宙斯的战车，神谕说能够解开战车上绳结的人，就会成为亚细亚之王。亚历山大大帝来到此地，手起剑落，绳结断开，他被拥护为王。

开车载克罗丁的孩子们去上学。有人向克罗丁致以问候。他回以感谢。他是人民代表，收到陌生人的问候虽然令他感激，也让他有些尴尬。

第一辆电车来了。人们蜂拥而上，挤着上车。克罗丁退了回来，因为谦逊和艰苦的作风，也因为挤在这些为一口面包争分夺秒的人中让他有些恶心（当然也带着负罪感）。电车载着这一车人开往议院、市政府、数不清的机构办事处，他们像沙丁鱼一样挤在罐头里，一群秘书，一伙雇员，一拨小官员，都是同一网鱼。从柏林来的移民，从法兰克福来的移民，从狼穴[1]的棚屋来的移民，随着政府辗转，带着文件徘徊，无数次被塞进新的快速安置街区的住所中，不隔音的墙壁让床与床之间几乎毫无隔断可言。他们无时无刻不被窥视着，没有一刻是属于自己的，无时无刻不在偷听和被偷听——谁拜访了角落里的房间，他们说了什么，是不是提到了自己；人们能闻到谁吃了洋葱，谁不勤洗澡，伊尔嘉德小姐用绿藻肥皂洗澡的确有必要；谁把头发梳在了洗脸池里，谁用了我的毛巾。他们愤怒、烦躁、气愤、羞愧，离开了家，他们自慰，但也很少这么做，毕竟挨到晚上已经太累了。他们白天耗尽了精力，敲着法律条文，加班加点地劳苦工作，为老板当牛做

1　狼穴，“二战”期间希特勒一处军事指挥部的代称，位于当时德国东普鲁士的拉斯滕堡，即今天波兰肯琴以东的密林中，由一系列碉堡和地堡组成。

马。他们憎恨自己的老板，暗中盯着他，跟他对着干，给他写匿名信，为他加热咖啡，把花放在他的窗台上。他们也会自豪地给家里写信，寄回在政府花园里拍的褪色的胶卷照片，或者老板在办公室拍摄的徕卡快照，表示他们在政府工作，他们管理着德国。克罗丁突然想起，他今早还没有祈祷，于是决定溜下电车，步行一段路。

这天早上，基特纽夫没有去他在波恩犹太议员区的住所。对他来说，这处住所只是萧条时期的临时落脚点，就像《圣诞颂歌》里唱的狭小的娃娃屋：孩子们，明天就会好起来，明天我们会幸福。[1]他把需要的东西都放进了公文包随身带着，甚至这些也成了流亡中的负担。基特纽夫也没有乘电车。

在明斯特广场，基特纽夫遇到了克罗丁，谦逊的人民代表克罗丁。克罗丁刚向这个国家的守护者圣人卡西乌斯和圣人弗洛伦提乌斯[2]祈祷过。克罗丁向他们告解了自己的高傲："上帝，我感激您，没有让我成为这些人中的一员。"于是他暂时在今天为自己洗脱了这项罪。

1　这首歌的歌词出自1795年出版的《心灵教育民歌集》，大意是在圣诞节前夜告诉孩子，要心怀感激地期待明天，一切都会好起来。

2　卡西乌斯（Cassius，公元前86—公元前42），古罗马将军。弗洛伦提乌斯（Florentius，422—451），东罗马帝国著名祭司。

被基特纽夫看到他在明斯特站下车，这让克罗丁再次陷入了尴尬。难道圣人们在听到议员的祈祷后没有被打动吗？难道他们现在是在惩罚克罗丁，所以才让他迎面碰上基特纽夫吗？或者，也许这次相遇正是天意的美好安排，是克罗丁得到宽恕的表示。来自敌对政党的议员就算在同一个委员会工作，甚至偶尔合作愉快，但两人单独一起散步还是很不同寻常的事。对任何一方来说，被看到和对方一起都不太体面；而对于政党领导人来说，这就像自己人里的一员公开和男妓为伍，而且毫无廉耻地把自己变态的癖好公之于众。谣言会随着闲聊大肆传播，无论起头的话题是压抑的天气，还是更压抑的心脏病，这些谣言会暗示阴谋、叛党、异端邪说和总理倒台。此外，城里的记者会蜂拥而至，两人原本平静散步的照片会在周一登上《明镜》周刊，引起轩然大波。这些克罗丁都想到了，但他无法克制自己对基特纽夫（他几乎要说“见鬼”了）的同情。正因如此，克罗丁有时对基特纽夫有一种带着个人感情色彩的憎恨，不仅出于普通的敌对政党间的冷漠排斥，还出于（“真见鬼”）一种既无法忽视又无法压抑的奇怪感情。克罗丁隐隐感到，这是一个需要拯救的灵魂，基特纽夫还能够被引入正途，也许最终甚至能够劝他皈依。克罗丁拥有两辆大部分时候停在车库里的昂贵的宽敞汽车，拥有新一代神职人员操劳而正直的心，还拥有附近管辖地的工人的宗教热忱。那些工人穿着笨重的鞋子，脾气暴躁，克罗丁想象着他们读过贝尔纳诺斯[1]和布洛瓦[2]，而实际上真正读过并且被这些（对他来说）伟大的头脑鼓动的人只有他自己。因此，那些脾气暴躁的工人们时不时地会收到克罗丁给他们的支票，但发现除此之外，他有些不近人情。而对于克罗丁来说，这种赠送支票的行为出于最初的基督教教义，纯粹是对当下秩序的反对，反对自己的阶层，反对昂贵的汽车。他已经因为“赤色倾向”惹了一些麻烦，受到了轻微的谴责。而他任主教的朋友虽然也读过贝尔纳诺斯，却一点儿也没有被鼓动。这位主教大人更愿意看到支票出现在另一个募捐箱里。

克罗丁总是无所不知，脑子里总是有一张生日清单，牢牢地记着每个人的生日，好不得罪那些人数众多而富有的姻亲们。克罗丁想向基特纽夫表达自己的慰问，可能还暗暗希望，基特纽夫能在感动的一瞬间产生皈依的想法，尘世间短暂的欢愉消逝后，他也许会转向不朽的极乐。然而，

---

1 乔治·贝尔纳诺斯（George Bernanos，1888—1948），法国小说家、评论家，常在小说中表现善与恶交战的主题，代表作《一个乡村教士的日记》（1936）和《圣衣会修女的对话》（1949）是20世纪天主教文学的巨制。

2 莱昂·布洛瓦（Leon Bloy，1846—1917），法国小说家、散文家，因后期捍卫法国天主教而闻名。

当克罗丁站在基特纽夫面前时，发现在这里表达哀悼是不合适的，既不得体，又关乎这样一种应受谴责的亲密关系，因为在克罗丁的圈子里自然而然的事情，比如表达同情，毕竟对像基特纽夫这样一个人来说都是值得怀疑的。基特纽夫真的难过吗？没有人知道，也没有人看到过。他的臂上没有黑纱，翻领上没有黑丝带，这位鳏夫的眼睛里也没有泪水。这让这个男人更有魅力了，也许他不在公开场合表达哀痛。克罗丁垂下目光，盯着明斯特广场的人行道，说："我们脚下是法兰克-罗马时代的一个墓地。"就这样吧，这个句子，已经说出来了，不再仅仅是不置可否的尴尬感，而是强加在他身上的联想，这个句子比任何一句慰问都愚蠢。基特纽夫会把这当作对他的悲伤的影射，同时也是无聊的充满嘲讽的一带而过。于是克罗丁出于纯粹的尴尬，从墓园跳到了自己的核心问题，否则他会绕来绕去很久，最终可能根本不会提及这个问题，因为这终归是要求对方背叛，尽管是背叛一个糟糕的政党。

他问："您可以改变自己的立场吗？"

基特纽夫很理解克罗丁。他也理解，克罗丁想向他表示慰问，他也很感激克罗丁没有这么做。他当然可以改变自己的立场。他可以很轻易就改变。任何人都可以改变任何立场。但随着埃尔克离去，基特纽夫失去了唯一一个熟悉他旧立场的人，失去了他不安的见证者，因此他不能也不可能再改变这个立场了。他无法靠自己改变，因为这个立场就是他，是他心中最原始的厌恶，而且一想到埃尔克被罪恶和战争摧毁的短暂一生，他就更不可能改变了。克罗丁在提起法兰克-罗马时代的墓园时，就已经将答案推给了他。

基特纽夫答道："我不想再有新的墓园了。"

他也可以回答说，他不想再有欧洲的或者小欧洲的墓园了，但那听起来太严肃了。当然可以用墓园作为理由来反对墓园。这一点他们两人都清楚。克罗丁也不想再有墓园了。他不是战争狂人。他是预备役的军官。但他仍想冒着基特纽夫所想的那种墓园的风险，阻止另一个更大的墓园（毫无疑问，他和汽车、妻子、孩子都会沉入其中）被挖出来；如果袖手旁观，这个墓园一定会出现，而假如真是这样，他想阻止。

但怎么阻止呢？历史就是一个笨拙的孩子，或者一个又老又瞎的司机，只有他自己才知晓道路通向哪里，因而才会不顾一切地往前开。他们走向花园，在游乐场前徘徊。两个女孩在跷跷板上起起落落。一个女孩胖乎乎的，另一个瘦一些，长着两条很美的长腿。胖女孩想要让自己这头快速上升，就必须猛地蹬地。

克罗丁看到了某种相似。他说："您想想孩子们！"他自己也觉得这话听起来有些刻意。他很生自己的气。这样是无法说服基特纽夫皈依的。

基特纽夫确实在想孩子们。他很想走到跷跷板前，和那个漂亮的女孩一起玩儿。基特纽夫也是一位唯美主义者，而唯美主义者都不公正。他对那个胖女孩很不公平。自然界就是很不公平。一切都不公平，而且不可理喻。现在，他渴望市民家庭，渴望一位做了母亲的妻子。当然得是一位漂亮的妻子，一个迷人的孩子。他从跷跷板上抱起一个女孩，站在花园里，美丽的妻子兼母亲在喊他吃午饭，一家之父基特纽夫，儿童密友基特纽夫，篱笆修剪者基特纽夫。这是他心中一种不必要的、腐坏的柔情。

他说："我是在想孩子们。"

他的眼前一再浮现出一幅画面，这一再让他想起某个具有预言性质的诡异时刻。当他自愿离开祖国时，基特纽夫并未被任何人驱赶，而是出于对现实和将来深刻的拒斥。在去往巴黎的途中，他在法兰克福过夜。早晨，他坐在法兰克福剧院门口一家咖啡馆的露台上，咬着松脆的牛角面包，喝着喜马拉雅花茶。这时，他看到希特勒青年团的一队孩子走过。就在他眼前，广场热闹起来。宽敞的广场上五彩缤纷的，挤满了人。所有人都拿着旗子，挥着三角旗，吹着笛子，敲着鼓，配着匕首，向着一处又宽又深的墓穴行进。那是些十四岁的少年，追随着他们的元首。1939 年，他们二十岁了，他们成了突击队员、飞行员、海员——他们就是死亡的一代。

克罗丁抬头看向天空。云越压越黑，暴雨就要来了。就在他们站着的地方，曾经有一个孩子被闪电击中了。克罗丁开始恐惧这是天空的暴怒。他挥手拦下了刚好路过的一辆出租车。他恨基特纽夫。毕竟基特纽夫是个失败者，一个不负责任的男人，一个没有孩子的流浪汉。克罗丁宁愿丢下他，任由他站在林荫道上。真希望闪电能给他一下！也许邀请被抛弃的人同行会给自己以及出租车司机招来不幸。但克罗丁良好的教养还是战胜了恐惧和厌恶，他带着僵冷的微笑请基特纽夫爬进了车厢。

他们并排坐着，一言不发。伴着闪电，外面掉起了雨点。雨幕像一层雾气笼在树冠上，但隆隆的雷声无力而沉闷，好像暴雨已经疲惫不堪，或者还相隔甚远。空气里有浓浓的潮湿的气息，混合着泥土和花的味道。越来越暖和了，热得人出汗，衬衫贴在了身上。基特纽夫再次感到自己仿佛置身于一座巨大的温室中。他们一路驶过总统府的后门、总理府的前门，锻铁大门敞开着。哨兵守卫着空无一人的入口。从这里可以看到一畦一畦广阔的绿地和狭窄的花坛，鲜花上的雨水闪着光。一只腊肠犬和一只狼狗，这一大一小的一对缓缓地走过碎石路，仿佛在专注地交谈。一派植物园般的风光，一座植物园般的小花园，公主们曾住在这里，满口甜言蜜语的人和伪君子常来拜访，他们可没少得到好处。也有几颗炸弹落了下来。繁密的绿色中戳着几段发黑的残垣断壁。联邦旗帜飘舞着。一位先生走过，虽然下着雨，他的手腕上挂着一把合起来的小巧的女士折叠伞，缓步走进大楼。这是一位过去的、未来的、被重用的特使吗？政治舞台上的龙套角色们在林荫道上漫步，和他们一起的还有他们的传记、他们印在纸上的真理，像一位混迹多条小巷的妓女。人们看得到龙套们。可是导演在哪里溜达呢？主角在哪儿啃他们的草呢？当然从没有过导演和主角。出租车上载的是预防者，他们阻止过更严重的事情发生。要不是刚好下雨，他们会沐浴在自己的荣耀之中。

他们在议会大楼门口下了车。克罗丁付了车费。他拒绝了基特纽夫和自己平摊这次短暂乘车的费用，但让司机开了一张发票。克罗丁想继续富有下去，不会让国家占他一分一厘的便宜。他用僵冷的微笑和基特纽夫匆匆地尴尬道别，唯恐闪电会再次劈下来。他快速走开了，就好像法律在召唤他，而且在所有人中只召唤了他一个。

基特纽夫想看看报社，但梅根海姆估计还没起床，他家里有那位令人头疼的苏菲，而他也确实不是个早起的人。基特纽夫犹豫着要不要去他的办公室。接着，他看到一批外地游客被大巴车拉来，他们会参观联邦首府、联邦议会，在联邦议会餐厅吃午饭，聚在一起听导游讲解。就像一位老柏林人突发奇想去参加奶酪之旅一样，基特纽夫加入了刚刚出发的人群。

真是奇特啊！穿着深色制服的议会工作人员带领着好奇的游客们，看起来和总理没什么两样。他长着一张有些紧绷的脸，干练、圆滑，皱纹里藏着幽默，像一只狡猾的狐狸。他说话时带着国家重要人士的那种口音。（在君主时代，忠诚的仆人也会蓄着国王和皇帝式样的胡子。）他们走上台阶，进入会议大厅。也许只有基特纽夫注意到了，他们的导游和总理有多么相像，毕竟没有人特意看他。这时，导游正讲到，他们所在的建筑早先是一所教育学院。但可惜，他跳过了德意志教育的世界观和歌德，也没有举例说明哪些地区受到了这所教育学院的影响。这位总理导游也知道他的议会里缺少能从这里走出去并播撒思想教育种子的哲学家吗？

基特纽夫这还是第一次站在会议大厅的长廊里，看到为选民和媒体预留的没有坐垫的座位。楼下所有的长椅上都铺着漂亮的绿色绒垫。大厅空荡荡的，就像一间摆着整洁的学生课桌的空旷大教室。老师的讲台被抬高了一些，这是自然。总理导游提到了一件值得注意的事。他说，大厅里布设了一千米的霓虹灯管。耳背的议员们，总理导游说，可以使用头戴式耳机。有个机灵鬼问，能不能用耳机听音乐。总理导游对这句插话充耳不闻，用安静表示了轻蔑。他指着议会的投票门，提到了分门表决[1]的惯例。基特纽夫这时可以讲一则逸事，为游客们提供消遣。那是议员乏味生活中的一则刺激的逸事。傻羊基特纽夫有一次跳错了，就是说，他不知道自己跳错了，他在一瞬间产生了怀疑，从赞成门跳了出来，而他的同僚们选择的都是反对门。联盟向他报以热烈的掌声。克罗丁看到了他皈依热忱的第一次成果。他搞错了。在同僚们的休息室里，基特纽夫受到了激烈的斥责。但他们也搞错了。基特纽夫只是觉得他们要表决的问题无关紧要，于是根据当下的直觉做了选择，投了赞成而非反对，仅仅是支持了一个不重要的政府建议。政府为什么不能在某些问题上做得对呢？在他看来，否认这一点并反对顽固，或反对坚持政治原则，两者其实是一回事，都很愚蠢。基特纽夫看到，下面坐着几个小学男生，都是些乡下孩子，呆头呆脑的，叽叽喳喳又乖觉顺从，叽叽喳喳又牢骚满腹，叽叽喳喳又反应迟钝，而在他们中也有几个想往上爬的。“话匣子。”一个游客评论道。基特纽夫看了他一眼。那位游客是那种很典型的坐在露天啤酒桌边高谈阔论的民族主义者，只要能拿到一双靴子践踏不如他的人，他

1　分门表决，即全体议员在表决前退出大厅，分别通过赞成、反对和弃权门进入大厅。这个词的德语 Hammelsprung 拆开看是“阉羊；傻瓜”（Hammel）和“跳跃”（Sprung）的意思，下文的“傻羊基特纽夫”就是用这个词玩的文字游戏。

就能心甘情愿地向独裁者低头。基特纽夫看着他。都写在脸上了，他想。“怎么，您不这样认为吗？”那人看着基特纽夫，挑衅似的问。基特纽夫本可以说：我不知道还有什么更好的，甚至这个议会都没那么讨厌了。但他张口说的是：“在这儿请您闭上您该死的嘴！”那人的脸腾地红了，慌乱不安，胆怯地没再吱声。他慢慢从基特纽夫身边挪开，走掉了。假如他认识议员基特纽夫，他就会想：我记住您了，您上了我的黑名单，总有一天，我会让您尝尝被放逐的滋味。但没有人认识基特纽夫，总理导游带着他的羊群再次来到外面。

记者们在两栋建筑里工作。这是两栋窄长的单层建筑，就立在议院对面，从外面看像某种军事建筑，像是为持久战（战争确实持续了很久）的指挥部或是新兵训练管理处工作人员而设立的住所。在大楼内部，每层楼都有一条中廊，让人想起船上的舰桥，还不是豪华舱的甲板上那种，而是经济舱的。走廊的左右两侧，舱房挨着舱房，打字机的咔咔声、传真机的嘀嘀声、永不停息的电话铃声此起彼伏，给人一种印象，仿佛在这些编辑室的门内就是激动人心的大海，海鸥声声尖叫，汽笛呜呜作响，报社就像两条小船，被时间的巨浪托着、荡着、摇着。在入口处的一张杉木桌子上，“本报讯”如潮水般涌来又退去，廉价纸上的苍白而模糊的消息，被许多政府部门间闲散的传达员随意地扔在那儿。这些部门致力于颂扬公务员的作为，向公众通报，为联邦政府做宣传，掩盖、模糊或隐瞒某些事件，安抚人心，为谎言或真相辟谣，时不时还会吹一吹愤慨的号角。外交部发言了，负责马歇尔计划的联邦部门发言了，联邦财政部、联邦统计局、联邦铁路和邮政、占领军联络委员会、警务部、司法部，它们或多或少都发言了，有的冗长，有的沉默，有的龇牙咧嘴，有的忧心忡忡，有的还为公众摆出一副笑脸，就像对着一位近在眼前的美女露出的亲切鼓舞的微笑。联邦新闻办公室发言了，说某反对党声称，某执政党向法国特工部门寻求选举支持，此事并不属实。这让人们真正愤怒了，威胁要找公诉人，因为选举基金和党费是禁忌，一直是十分敏感的问题。他们和其他人一样需要钱，要是没有那些有钱的朋友们，钱从哪儿来呢？克罗丁有几位有钱的朋友，但就像有钱人的传统那样，他们很吝啬（克罗丁对此完全理解），想从自己的钱中有所获利。

那天早上，这艘媒体航船在微风中摇摇晃晃地荡着。基特纽夫没觉得会有什么特别的事发生。甲板没有晃动，舱门既没有被一把拉开，也没有被一把摔上。然而有的暴风雨会突然袭来，出乎意料，没有任何天气预报能够提前告知。基特纽夫敲了敲梅根海姆的门。梅根海姆在首都负责一份报纸。这份报纸理所当然地认为自己属于国家“令人瞩目的”报刊之一。（那么其他的报纸呢？它们不能或者说没有被瞩目吗？公众舞蹈中可怜的壁上花们！）在一些重要的日子，他在广播里谈论着讨人喜欢的简单观察——绝不是不加批判的，本身已经在过于敏感和疑神疑鬼、争风吃醋的党派中激起了恶言与抱怨。基特纽夫和梅根海姆，他们是朋友，还是敌人？他们自己也不知道答案。他们几乎不是朋友，没有一方会带着学生气的骄傲说起对方：我的朋友梅根海姆，我最亲爱的朋友基特纽夫。但有时他们又互相吸引，因为他们在一段时间内是并肩而行的同事，那时一切都可能是另一番样子，那时历史本可能向着另一个方向前进（当然这是无法想象的），没有奥地利来的疯子，没有畸形的暴动，没有犯罪、亵渎、战争、死亡和毁灭，也许基特纽夫和梅根海姆还可以在老《人民报》报社的同一间昏暗的办公室里一起坐上好几年（基特纽夫是愿意的，但梅根海姆也许不愿意），他们那时都很年轻，确实有着同样的上进心，有相似的观点和友谊。但 1933 年让他们分道扬镳了。被骂作“善良的傻瓜”的基特纽夫踏上了流亡的路，而梅根海姆经受住考验，成功当上了转型后的报纸主编，也就是人们说的总编。然而后来，尽管《人民报》不得不进行了顺从的调整并因此失去了一部分读者，它还是停刊了，或者是被劳动阵线吞并了，这一点谁也不清楚，总之它在某位党内人士的领导下，作为副标题还存活了一段时间。梅根海姆以通讯员的身份去了罗马。他去得正是时候！战争来了，而罗马一切安好。后来，在意大利北部的墨索里尼共和国，梅根海姆的境地似乎也有些不妙，党卫军和游击队的子弹都威胁着他，而逮捕近在眼前。但梅根海姆再次及时脱身了，于是如今背景还算清白的他摇身一变，成了受欢迎的、被委以重任的重建人员。基特纽夫倒是很乐意在办公室里看到梅根海姆，因为只要梅根海姆坐在他的桌子后面，只要他没有再次逃脱，比如成为华盛顿的通讯员什么的，基特纽夫就觉得国家很安全，敌人还很远。

梅根海姆完全忘了基特纽夫，当他发现基特纽夫是波恩的议员，是他地盘上的偷猎者时，他真切地吃了一惊。“我还以为你死了。”第一眼认出基特纽夫时，他结结巴巴地说道。他以为自己被揪到了把柄，要被叫去老实交代。不过交代什么呢？一切变成这样，难道是他的错吗？他负责的是观察社会并向大众解释，当然不会不加批判，只要直接代价不是他的脑袋或他的地位，毕竟他选择的职业是新闻记者而不是殉道者。但梅根海姆很快恢复了镇定。他看到基特纽夫带着友好的态度和维系友谊的表示，完全出于昔日的情谊，没有半点指责的意思。所以梅根海姆最后只是惊讶，基特纽夫也被时代的巨浪托了起来，而且明白了怎样让自己站在浪尖，紧紧抓住这份好运（梅根海姆这样认为）的皮毛。但当他们进行第一次谈话时，他才发现基特纽夫并不像自己猜测的那样，拿着英国或巴拿马的护照回国，而是径直步行走向这位老同事。于是，梅根海姆从恐惧者变成了庇护者，带他上了自己镀铬的公用车，载着他回家去找苏菲。

迷人而芳香的苏菲，穿着杜塞尔多夫迪奥的家居服，看起来是通过电话得知了有客人要来的消息（梅根海姆是怎么做到的呢？）。她用一句令人信服的“我们见过面”欢迎了基特纽夫，还眨了眨眼，似乎在暗示，他和她睡过。但这是不可能的。紧接着他想起来了，苏菲当时是《人民报》销售部的办公室实习生，即使基特纽夫想不起她来，梅根海姆后来也一定发现了她，假如不是被她先盯上了的话。晋升为总编夫人满足了她对社会地位的野心，她是建议、推动并支持梅根海姆走上成功轨道、建立事业和帮助他审时度势的人。不，基特纽夫没有和她睡过，也许他原本可能会这么做，苏菲在把自己交给身份重要、影响力大的人时没有欲望，她只有在谈到性交时才能感受到欲望。她对年轻和仅仅长得帅气的男人不屑一顾，即使基特纽夫算不上他那一派的首席小提琴手，也是演奏第一小提琴的人，值得上她的床。但一直没到拥抱、接吻和上床的地步。基特纽夫表现得毫无兴趣，而且因为他并没有积极参与议会圈子里的社交生活，他对于苏菲来说不过是一头没有吸引力的野兽，很快就只是个傻瓜了。这一次缺了“善良的”这个形容词，没什么可修饰的了。梅根海姆也没有把它加回对这位老朋友的描述中，因为基特纽夫既然已经做到了议员，那么他可能还是个傻瓜，但善良已经是不可能的了，于是也就不再值得一提。

然而，一股恨意几乎使这段泛泛之交变成敌意，因为梅根海姆在联邦议会的会议手册上看到，基特纽夫已婚。这激起了苏菲的好奇心。这个基特纽夫秘而不宣的女人是谁？是因为美得惊世骇俗，还是丑得无法见人，竟然让基特纽夫把她藏起来？或者她是一位富有的继承人，所以基特纽夫担心她会被人从自己身边抢走？这可能就是真相，苏菲已经在脑海里把埃尔克和某个年轻的公使馆秘书撮合在一起了，并不是为了伤害基特纽夫，而是为了让自然秩序重回正轨，因为基特纽夫配不上一个年轻美丽的继承人。终于，两个女人相遇了，而且发现彼此都很讨厌。埃尔克表现得没有教养，牢骚满腹，不想参加化装舞会（这让基特纽夫很满意，他不想去也不能去，因为他没有燕尾服），但最终，苏菲还是得逞了。埃尔克和梅根海姆一起去了舞会，走之前还轻声对基特纽夫耳语道，苏菲穿着束胸衣（这让基特纽夫很不自在）。然而舞会上的事却超出了预料。出于深不可测的厌恶，两个女人都为对方找到了同一个描述：纳粹婊子（女人就是这样自欺的）。埃尔克没有爱上某个公使馆秘书，而是爱上了公使馆诱人的免税杜松子酒。当酒精冲昏了她的头脑时，她在这个被她称为鬼魂聚会的场合，向震惊的人们宣布，基特纽夫要推翻政府。她称基特纽夫是“革命者”，蔑视如火如荼且日益巩固的复辟。埃尔克对她的丈夫给予了这么高的期待，她一定对他越来越失望了。人们对她的声明惊讶不已，而与此同时，埃尔克被一位使馆随员——她不但没有搂着他，反而对他破口大骂——带进了车里。然而滑稽的是，这件愚蠢的意外事件却提高了基特纽夫作为议员的声誉，因为埃尔克没有泄露（况且她也没什么能泄露的），基特纽夫打算如何推翻政府、代表哪一方的立场、在谁的帮助下、用什么武器以及最终想达到什么目的。因此，在这一晚之后，许多人半是怀疑又半是讨好地把基特纽夫看作一个可能有些手段的政治家。

梅根海姆坐在办公桌后，像一只奓着毛的神情忧郁的鸟。他的脸显得更宽了，眼睛更加雾蒙蒙的，眼镜的镜片更厚了，角质镜架更黑更沉了，这些都更让人觉得，对面是一只猫头鹰，一只徘徊在灌木和废墟中的鸟，穿着昂贵的定制西装，也许满足、迷人又自得，只有在处理这些烦冗的事务时才划拉几下，被每晚夜航中心的女伴搞得筋疲力尽。而认为属于鸟类的生命很忧郁的看法也许只是一个误解，源于游客想象中的错误。梅根海姆派秘书去拿些东西。他递给基特纽夫一支烟。他知道，基特纽夫不抽烟，但梅根海姆佯装自己忘了这一点——

基特纽夫不应该把自己看得太重要。梅根海姆用锡纸裹着黑色的烟草，噼噼啪啪地卷了一支烟，点燃了它。他隔着蓝色的烟雾，看着基特纽夫。梅根海姆知道,埃尔克已经死了,流言四起,据说死因蹊跷。但和克罗丁一样，梅根海姆也没能找到一句安慰基特纽夫的话，他也认为当着基特纽夫的面提起家庭的不幸、个人的痛苦是不合适的，无礼而且惹人讨厌。梅根海姆也说不出为什么基特纽夫现在会这样。梅根海姆觉得这次没错！基特纽夫不是一个适合家庭的人，他可以爱，他很感性，但他对二人世界的贡献少得可怜，因此根本不适合做丈夫。基特纽夫是一个没有联系的人，有时渴望与人产生联系，也正是这种渴望让他加入了政党，也陷入了困难和混乱。婚姻——而不是爱情——对基特纽夫来说是一种扭曲的生活方式，也许他就是一个误入歧途的僧人，一个踏入牢笼的流浪者，甚至是一个错过了十字架的殉道者。梅根海姆想，可怜的家伙。埃尔克的死亡一定深深触动了基特纽夫，梅根海姆这样对自己解释（这也并没有错），基特纽夫在流亡中失去了自己的根，归来后，埃尔克曾是他在这里重新扎根的绝望尝试，在这里爱与被爱。他的尝试失败了。这个男人现在会怎么做呢？一种意想不到的运气（梅根海姆坚持这样想）把基特纽夫向上托起，进入重大政治决策的领域，在各种基特纽夫无意造成或期求的情况中，他站在了关键位置上，没有实现他也许想要的（他想要什么呢？），但他会成为一块绊脚石。这很危险！也许基特纽夫真的不知道，他的处境有多危险。也许他是一扇门，还是那个善良的傻瓜。那么他至少在议员中还是独一无二的，梅根海姆带着新的善意看着自己的老朋友。

“看看你自己吧。”梅根海姆说。

“看什么？”基特纽夫对此并不感兴趣。

为什么他要看看自己呢？梅根海姆想说什么？他在这里又想要什么呢，他，基特纽夫，在这里想要什么？老《人民报》的编辑室更有家的感觉。它已经成了一片废墟。忘了它吧！基特纽夫在这个四面墙都渗透着歇斯底里的忙碌的营房里想得到什么呢？基特纽夫渐渐不再关心是下雨还是晴天了，他有自己的雨衣。

“你可以为战斗做好准备。”梅根海姆说。

这是真的！他已经为战斗做好了准备。他自己也感觉到了。他沉迷于贪婪的食欲。也许，他是想补上所有他喝过的那些穷人的汤。然而无可弥补。不过他还是胖了，脂肪在他的皮肤下懒洋洋地睡着。梅根海姆更胖一些。但那适合梅根海姆，而不适合他。现在好了，他要战斗了。

他问道：“你知道些什么？”

“什么也不知道。”梅根海姆说，“我只是想到了一些事情。”

雕鸮露出一副精明的表情，把自己隐没在了烟雾中。厚厚的玻璃镜片给本就雾蒙蒙的眼睛蒙上了一层雾气，这样一来，他看起来就像女巫的老照片上的那些猫头鹰了。实际上它们看起来很蠢。

“别故弄玄虚了。怎么回事？”嗐，他其实一点儿也不好奇。他今天一直在神游。糟糕……

梅根海姆笑了。他说：“要是想把狗吊死……”

因斯特堡有一只狗叫了。

“但我没有钩子，”基特纽夫说，“没有给它们准备的钩子！”

“少校先生……”

“别傻了。这个谎言太拙劣了。”

“真相通常只是表述的问题。”梅根海姆说。

原来如此！他们想愚弄他，想给他扣上这顶臭烘烘的旧帽子，然后让他消失。他刚回来不久，这名声就已经为基特纽夫准备好了，说他战争期间在英国穿过一位英国少校的制服。自然有人（他们什么时候不想呢？），想看到他穿着异国的服装。这是一派胡言，而且很容易反驳，以至于基特纽夫甚至没兴趣自我辩护。对每个认识基特纽夫的人来说，看到他摇身一变成了少校，这简直可笑，而且还是胳膊下夹着文明棍的英国少校。这太荒唐了，因为基特纽夫真正的弱点是（在这一点上他相当固执），他十分自豪自己从没穿过制服，即使他在抽象的想法中认为（这个结论对他来说也是完全合理的），在希特勒时期，德国制服要比英国制服更好看——出于道德上的理由，基特纽夫把这一点看得比返祖的民族主义的理由更重。祖国不需要任何一个死人，而人们顶多是因为一些主义前赴后继。他们并不理解这些主义，却无法忽视它们可能造成的后果。战场上饱受摧残的战士和受苦受难的人民都是那些思想家的牺牲品，他们争吵不休、固执己见、刚愎自用却完全无能，无法用他们扭曲的可怜的头脑理清事情，既不能互相理解，更不能互相忍受。也许那些互相残杀的军队也是上帝阴暗思想的产物。不参与就是好的。更好的是能叫停！

基特纽夫换了一个疲惫的抗拒姿势。

“胡说八道。你为什么要跟我说这些？”

“我不知道，”梅根海姆说，“就当是胡说八道吧。你当然不是英国皇家办公室的人，你不认为我会相信吧？而那天的声明令人印象深刻，让公众对你产生了鲜明的认识。基特纽夫，既是议员，又是英国将军。这可不行，对不对？我们知道，这是个谎言，毫无根据。然而，一旦有一天，这消息出现在报纸上……如果你走运，人们会忘了它。但不多久，他们又会把它放上报纸。希特勒对政治诽谤可是懂行的，他从教科书里学到了什么呢？不间断的、让人心烦的重复诽谤。一个是伯恩哈特，人们叫他‘犹太佬’。一遍又一遍，一遍又一遍。这就是诀窍。”

“我们还没到那一步。”

“你说得对。我们还没到那一步。但也许某人，也许就是老朋友弗罗斯特-佛罗斯蒂尔，找到了一张你的照片。你不记得了。但也许在这张照片上，你就站在英国广播公司（BBC）的麦克风后面，人们看得到那些字母。而如果他们看不到，总会有办法让他们看到的。于是每个人都能看到，而且每个人都认识它们了。你明白了吗？然后也许某人，也许还是弗罗斯特-佛罗斯蒂尔，搞到了一盘老录音带，也许从国防部的箱子里，也许从盖世太保的档案中，于是人们现在还能听到你对你的选民们的演讲，那时他们就坐在地下室里……”

这里是英国，这里是英国。广播室长长的走廊，昏暗的窗户，涂成蓝色的灯，焦油味和发霉的茶叶味。防空警报响起来时，他没有进入地下室。漆黑的窗扇在颤抖，涂成蓝色的灯泡在颤抖和抽搐。心！心！他来了，从森林里……

他从加拿大的森林里来。他曾以外来者的身份被隔绝在伐木场，干过一段时间伐木工的活儿。对身体来说，这段日子并不坏：饮食简单却管饱，空气寒冷但富含氧气，白天干些体力活儿，夜晚在帐篷里睡觉……

但基特纽夫睡不着！我在这里干什么？我想在这里得到什么？只是置身事外吗？只是不参与吗？只是不在场吗？用被守护的、欺骗性的无辜喂自己吗？这就够了吗？冬天，雪落在帐篷上，无声地穿过高大的树木落下，浇铸出一座由松软陌生的雪堆成的寂静无名的坟墓。难道不是他让事情发展成这样？难道这不是他的错？难道他并没有一直冷眼旁观，待在象牙塔里，无病呻吟、养尊处优、风度翩翩？难道不是他饥肠辘辘、无依无靠、狼狈不堪，从一个国家被赶到另一个国家，但一直置身事外，忍气吞声，从没有抗争过？难道他不是世界上这一切像血腥化脓的溃疡一般溃烂蔓延的暴行的根源？……

在加拿大的森林营地里度过了几个月后，人们分清了白色羊群中的黑羊，基特纽夫在一位贵格会教徒的担保下，回到了伦敦。

他在英国演讲。他在麦克风后抗争，不只为了德国而战，像他说的那样，而是为了推翻暴君、维护和平。这是一场正义的战争，他无须为此惭愧。标语上说，为疯狂画上句号。这个句号如果能画得更早一些，它会对这个世界更有用，尤其是对德国来说。基特纽夫觉得自己和所有反抗人士站在了一起，甚至和其中那些军方人士站在一起，和 7 月 20 日[1]的那些人一起。他对梅根海姆也是这样说的。

然而，梅根海姆答道：“我不是传教士，我是记者。看看这本《皇室年鉴》！你的同事们已经又

1 此处指 1944 年 7 月 20 日由德国陆军上校施陶芬贝格等人策划执行的针对希特勒的暗杀行动，被命名为“瓦尔基里行动”。

把反抗运动从他们的简历中划掉了。我这是最新的版本，你似乎还守着旧的那一套。那些已经烂了！醒醒吧！振作起来！许多人都说，他们可以和你的领导打交道，却没法和你交谈。下等军士才满腹牢骚、胡思乱想。你把他搞糊涂了。他们说你是他邪恶的灵魂。你让他犹豫不决。”

基特纽夫说：“这本能说明一些问题，我本来可以做到些什么。科努尔万怀疑的时候，就会开始思考。而思考又让他对自己的政治思想产生了更强烈的怀疑。”

梅根海姆不耐烦地打断了他的话。“你疯了，”他喊道，“你无可救药了。但我还是要说：你会输的。你会输得比你预料的更惨。因为这一次你不能再移民了。能去哪儿呢？你的老朋友们现在的想法都和我一样，所有的大陆，我告诉你，所有大陆的门都被猜疑的铁幕关上了。你也许只是一只蚊子，但大象和老虎们都惧怕你。所以，保护好你自己，远离他们吧。”

编辑室之间的舰桥并没有比他往常离开时晃动得更厉害。他丝毫没有察觉到有什么厄运降临或人身威胁的迹象。梅根海姆说的话并没有让基特纽夫感到困扰，只是让这个悲伤的人更加悲伤了。但他也并不惊讶，尽管证实了长期以来已经知晓和担心的事情，比如纳粹主义的复辟，复辟的纳粹主义，一切都在暗示着这一点。边界还没有打开，它们重新关闭了。人们再一次坐在自己出生的笼子里，祖国的笼子，在其他笼子之间，和其他祖国一起，挑在一根杆子上，被伟大的笼子及人类收藏家之一扛在肩上，携入历史深处。基特纽夫当然爱他的国家，他和其他所有那些把爱国挂在嘴边的人一样爱它，甚至也许更爱，毕竟他离开了太久，渴望着归来，而且他带着这种渴望，在远方把祖国美化了许多。浪漫主义者基特纽夫。但他不想坐在一个由防暴警察守着门的笼子里，只有拿着从笼子长官那里求来的通行证才能被放行；再然后呢，你会站在笼子之间，那里没有房子，你只能待在原地，摩挲着栏杆。要进入另一个笼子，你就需要另一个签证，由另一个笼子的长官签发的居留许可证——这可不容易。在所有的笼子里，人们都对人口的减少忧心忡忡，然而唯一让人欢欣鼓舞的增长，来自笼中人的子宫——在广阔的土地上，这样的不自由是一幅可怕的画面，而且这一次，你吊在伟大的笼子挑夫的挑杆上，晃来晃去。谁知道他会走向哪里呢？你会有选择的权利吗？你只能跟着自己的整个笼子，被移到另一个伟大的笼子挑夫的挑杆上，继续吊着来回摇晃，而这一位也会和上一位一样（谁知道是哪个魔鬼派来的，又是被什么样的邪恶念头驱使），无法预料地走入歧途——这是一场漫长的远征，人们就是这样在学校里一再地折磨自己的后代。在编辑大楼这艘新闻船舶的出口处，在传达室的杉木桌前，基特纽夫遇到了菲利普·达纳，他是真实谣言的亲爱的神，任凭官方通报潮起潮落，他总站在浪尖上，在寒酸的饲料中粗暴地翻找。达纳握住基特纽夫的手，把他拉进了自己的房间。

这位通讯员中的元老级人物是一位风度翩翩的白发老人。他是所有那些风雅而忙碌的白发苍苍的老政客中最有风度的。他满头雪白的头发闪着银光，脸上红扑扑的，看起来就好像刚从探听世间消息的风中走进来。很难说，达纳到底是个人物，还是只是看起来很重要，因为他既能和位高权重的名人攀谈，也能和臭名昭著的人打交道，而他们的存在也许只是为了向自己和世界展现这位奇人的表演，因为菲利普·达纳认为他们值得自己打个电话谈谈。实际上，他看不上自己采访的那些政治家们。这类人他见过太多了，他们的发迹之路、高光瞬间、陨落时刻——有的甚至被送上绞架，这些他都见过。私下里，对达纳来说，与其看着这些人大腹便便、悠然自得地坐在总统椅中，或者臃肿的脸上挂着安享晚年后慈祥而满意的微笑躺在国家棺材里，而他们的人民在咒骂他们，倒不如看着他们万劫不复快意得多。四十年来，达纳亲眼见证了所有的战争，以及紧随每一场战役之后、在新的战斗打响之前举行的会议。他用铁锹吞下了外交家们的愚蠢，见过盲人成了领袖，徒劳地向聋子警告即将到来的灾难；他见过自称

“爱国者”的疯狗，也见过德皇威廉、墨索里尼和希特勒穿着天使的白衣站在他眼前，肩膀上站着白鸽，手里握着棕榈叶，为世界和平祈福。达纳和罗斯福喝过酒，和埃塞俄比亚皇帝尼格斯吃过饭，认识食人族，也认识真正的圣人；他是我们这个时代各种起义、革命、国民斗争的见证者，而他总是断言人类的失败。战败者和胜利者没有什么不同，只因为他们是战败者，才有那么一小会儿显得更令人同情。达纳感受着世界脉搏的跳动，世界等待着达纳的记录，但他没有写下的文字才是他给世界的礼物——一旦下笔，他只能如实报道那些暴行。因此，他温顺而显然很明智地来到了波恩，坐在一张摇椅中（他把这张摇椅放在自己的办公室里，一半是为了舒适，一半是为了某种象征意义），看着世界政局的钟摆在一个狭小却微妙的幅度上晃动。波恩是达纳的养老院，也许还是他的坟墓。它没有那么令人疲惫，但人们在这里同样可以听到愚昧的种子破土而出，分歧和固执的野草在疯长。

基特纽夫和达纳在老《人民报》时代就认识。在柏林交通大罢工期间，基特纽夫写过一篇报道发表在《人民报》上。达纳将这篇报道转载到了自己的国际通讯社，这让基特纽夫在世界范围内有了读者。后来，基特纽夫在伦敦见过一次达纳。达纳写了一本关于希特勒的书，他从策划到出版都把这本书当作畅销书来对待，于是他的厌恶让他大赚了一笔。基特纽夫对一切与纳粹相关的棕色消息[1]的反感，只是让他变得贫穷和逃避，他不无嫉妒地惊讶于达纳的精明，同时带着批判性的保留意见：达纳这本书只是一本肤浅又讨巧的畅销书罢了。

亲爱的上帝是友好的。他给了基特纽夫某个通讯社里的一张纸，让他信息通达。基特纽夫立即发现，达纳关注的那条消息是来自武装部队最高委员会的，是对英方和法方战争国将军们的采访，这些运筹帷幄的欧洲军队的领导者们，在当前通过协约支撑的有可能实现的政治进程中，看到了德国的永久分裂，而这就是刚刚结束的大战带来的不幸的唯一收获了。这条声明在联邦州中就是纯粹的炸药，一旦在议会中抓住时机丢下这颗炸弹，它一定会发挥出巨大的爆炸威力。这一点毫无疑问。基特纽夫不是一个丢炸弹的人，但有了这条消息，科努尔万——这个幻想着再次统一全国的人（很多人都在幻想着）——会变得更加强硬和坚定。然而，各家报刊难道不是已经报道了这条消息，如今它尽人皆知，以至于政府的辟谣抢在了一切行动之前吗？达纳否认了。他说联邦媒体就算有报道，也只是轻描淡写地提及了这次采访。将军们的喜悦是一块烫手

1　棕色是冲锋队制式衬衫的颜色，因此后来在德国政治中象征纳粹主义和极右翼势力。

的山芋，是名副其实的政府法案敲门砖，因此会尽可能被放在不显眼的位置，好被人忽略掉。基特纽夫有了自己的炸药，但他对任何爆炸物都没有好感。一切政治活动都是肮脏的，和帮派斗殴没有什么两样，手段下作而狠厉。就算是好的一方也会轻易沦为另一位梅菲斯特，怀着好心一直做坏事。毕竟，这个领域远远地延伸进未来，延伸进黑暗的国度，到底什么是善，什么又是恶呢？基特纽夫透过敞开的窗户，悲伤地望进蒸腾着雾气的雨中。植物园里那种泥土和植物混杂的湿热气息再次从窗外扑面而来，苍白的闪电掠过温室上空。就连这场雷雨都显得造作，像国家剧院餐厅中为了艺术和娱乐制造的雷雨效果，而达纳这位慈祥、体面、历经世事的白发老人，在隆隆雷声中甚至快睡着了。他躺在自己那把微微晃动的摇椅中，是一个摇摆中的观察者，一位沉睡者，一位梦想家。他梦见了和平女神，但很遗憾，这位女神在他的梦中以伊蕾娜的形象现身。伊蕾娜是达纳在差不多二十五年前在西贡认识的一位安南妓女，有着柔软的手臂，活泼得像汩汩的小河，皮肤散发着花香。达纳在和平女神伊蕾娜的怀抱中平和地睡着了，不多久就被喂下了苦涩的硫黄药片。这就是和平女神。我们玩耍。我们玩警察抓强盗，警察抓强盗，一次又一次，一次又一次……

3

基特纽夫走向他位于联邦议会新楼教育学院侧翼的办公室。走廊上和议员们的房间里都铺着擦拭得一尘不染的油布地毯，闪闪发亮。这样的干净程度让人想起医院的无菌病房，也许这里在生病的人民身上演练的政治也是无菌的吧。在办公室里，基特纽夫离天空更近，但他并没有感到清新。新的阴云，新的雷雨正在酝酿，地平线被包裹在青色和黄色的毒雾中。基特纽夫打开了日光灯，集中精神，坐在暮色和人造灯光相互折射出的光晕中。桌子上堆满了邮件，全是请求和求助的呼声，全是辱骂和无法解决的问题。日光灯下，埃尔克正看着他。那只是她的一张小照片，就站在那儿。在这张抓拍的照片上，她顶着一头乱糟糟的头发，站在一片狼藉的街道上（这一幕对他来说很亲切，因为他发现她时就是这样）。但现在他觉得，日光灯下的她像电影银幕上闪烁的影子一样高大，带着友善的讽刺看着头发梳得一丝不乱的他，好像在说："你终于有了你的政治和事业，你摆脱了我！"听到她这样说，基特纽夫的心一阵刺痛，尤其是这声音来自坟墓，已经不可更改。他拿起埃尔克的照片，把它放到了一旁。他把埃尔克归档了。但是什么叫作归档呢？档案并不重要，真正重要的东西，无论是否被记入了档案，总会在那里，以自在的方式存在着，直到入睡、入梦，甚至进入死亡。基特纽夫还没有看那些信，没有看那些请求，也没有看那些辱骂，没看那些乞求工作的人、纠缠不休的人、商人和疯子写来的信，也没看那些绝望的呐喊。他宁愿把所有这些写给议员们的信一股脑儿扫下桌子。他抽出一张公文纸，写了一句"Le beau navire"，意思是"美丽的船"，因为埃尔克此时让他想起了这首优美的赞美女性的诗，她应该这样活在他的记忆中。他试着凭记忆翻译波德莱尔那永恒的诗句，je veux te raconter，ô molle enchanteresse，我要对你说，我要对你讲，我要对你坦白……他喜欢这一句，他想向埃尔克坦白，说他爱她，说他想念她。他推敲着合适的词、恰当的说法。他思忖着，用笔在纸上乱画着，划去句子，润色着，沉浸在忧郁的审美情绪中。他说谎了吗？不，他的感受确实如此。爱情磅礴，悲痛沉郁，但也带着虚荣和自怜的调子，怀疑自己在诗歌中游戏，一如在爱情中那样。他为埃尔克哀叹着，然而又害怕自己一生都在挑战、此时却完全环抱着他的那种孤独感。他翻译着《恶之花》，ô molle enchanteresse，我甜蜜的、柔软的、温暖的喜悦，啊，我柔软的、恭维的、喜悦的话语。他没有可以写信的人。近百封信堆在他的桌子上，充斥着哀鸣、无助的结巴还有诅咒，但没有人期待他回信，除非回信能为他们解决问题。基特纽夫曾经从波恩给埃尔克写过信，尽管这些信可能是以给后辈的口吻写的，但埃尔克始终不只是一个通信地址，而是媒介，让他可以说话，和世界有了联系。基特纽夫脸色惨白得像个将死之人，他坐在议会大楼中，惨白的闪电鬼魅一般从窗前划过莱茵河上空，乌云里充满了电，夹杂着鲁尔区烟囱的废气，蒸腾着多产的烟雾，烟气缭绕，硫黄色的毒气弥漫着，阴森恐怖、桀骜不驯的自然力量准备随时冲破温室的屋顶和墙壁，对着这株玻璃窗后的含羞草，这个沉浸在哀痛中的男人，翻译波德莱尔的文人，笼罩在日光灯下的议员，吹出蔑视和嘲笑的口哨。时间就这样流逝，直到科努尔万让人来叫他。

他们生活在共生关系中，在不同生物的共存中互利共赢，但他们不确定这是否会对自己有所伤害。科努尔万原本可以说，他的灵魂受到了基特纽夫的伤害。但科努尔万在第一次世界大战前就受过教育，脑子里塞满了在当时已经不算新鲜的进步自然科学知识（世界的奥秘似乎被揭开了，非理性的上帝被赶走后，人类只需要把一切客观归类即可），否认了灵魂的存在。因此，基特纽夫给科努尔万带来的那些不快，就好比一位一丝不苟的士官对一个服役刚满一年的新兵发脾气，这新兵对训练条例一无所知，或者更糟，他没有认真对待这些条例。很遗憾，军队需要一年役的新兵，而党派需要基特纽夫。科努尔万发现，基特纽夫也许根本不是军官，也无意成为军官，他只是一个伪君子，一个流浪汉，出于某种原因——也许是他傲慢的举止——而被误认为是军官。这倒是科努尔万弄错了，基特纽夫并不傲慢，他只是不按常理出牌，而这一点对科努尔万来说就是彻头彻尾的傲慢，因此他最终认定基特纽夫是个军官，而后者本人对此也并无任何异议，没有说自己是个——比如说——流浪汉。基特纽夫尊敬科努尔万，称他是老派的大师，这说法不无讽刺，但并没有什么恶意，然而传进科努尔万耳朵里的流言听起来是令人厌恶的傲慢。但科努尔万确实是个老派的人，一个来自工匠家庭的工匠，早年追寻知识，然后追寻正义，后来因为知识和正义这些不确定的概念显露了真面目，让人难以捉摸，而且总是与未知的伟大相对，他开始追寻统治和权力。科努尔万也并不想把自己的意志强加给世界，但他认为自己是引导世界向善的人。因此他需要战友，而且遇到了基特纽夫，但基特纽夫非但没有让他变得更强，反而令他困惑不解。基特纽夫不是三缺一的牌友，不是举杯共饮的酒友，这就把他排除在了温暖的男人圈子外。这些人每晚都会围在科努尔万身边，高举酒杯，把牌摔在桌子上。这些男人决定着党派的命运，但他们无法组建政府，连狗也不可能被他们引来。

科努尔万经历了很多，但他并没有变得更聪明。他的心曾经很善良，现在却变硬了。他带着一颗嵌在伤口中的子弹从第一次世界大战中归来，出乎医生们的意料，竟然活了下来。在那个时代，医学界无法相信，心脏中弹的人还能活下来，而科努尔万这具活生生的“尸体”从一家医院游走到另一家医院，直到他比自己的医生更聪明，接受了一个党内的职位，通过不懈的努力和那颗出现在选举海报上的奇迹般的子弹的一点点帮助，成了帝国议会中的一员。1933 年，前线士兵们出于战友的使命感，将科努尔万这个心脏里嵌着铅制战场经验的人扔进了营地。他的儿子，显然要在学术上延续家族的崛起，于是按照旧的家族惯例做了木匠学徒，因为社会地位的降级而愤世嫉俗，愤恨在政治上同样站错了队的父亲，出于想证明自己的迫切妄想（因为走遍了乡下也很难证明自己），他应征入伍，跟着秃鹰军团[1]前往西班牙，成了一名机组人员。基特纽夫也想过参军出征西班牙，他也想在那里证明自己，但另一方面（他没有这么做，有时还为此自责），很可能会发生这样的情况，基特纽夫从某个高射炮的炮位瞄准马德里，把科努尔万的儿子从南方天空上射下来。战线在各国之间交错纵横，大多数飞行员或射击手都已经根本不知道，自己到底是如何站在了战线的这一边。科努尔万从不理解这一点。他是个民族主义高涨的人，他对于政府民族政治决策的反对可以说是德意志民族式的。科努尔万想成为解放和统一分裂的祖国的人，已经看到自己像俾斯麦纪念碑一样站在科努尔万广场上。他忘记了旧时国际主义的梦想。年轻时，这位国际主义的信仰者还用红色的旗帜代表人权。1940 年，这个国际主义者死了。新的时代没有和他一起，而是在完全不同的旗帜引领下前进着，残余的那些还自称国际主义的人，都是躲在骄傲的名字背后的协会、分裂的小组、教派，有着条例款项，却无法为和平提供范例，只是通过不断的激烈纷争来象征遍布世界的冲突。也许科努尔

1　秃鹰军团，一支由希特勒组建于 1936 年的军团，其成员来自当时的德国国防军（包括空军、坦克、通讯、运输、海军和教练人员）。该军团被秘密派往西班牙，在西班牙内战中支持佛朗哥政权。

万对老问题的担心不无道理。在他看来，德意志第一共和国时期的党派没有表现出足够的国家性，它在已经四分五裂的国际世界中没能寻求到支持，在国内又失去了民心，没能笼络住那些追随原初的民族利己主义的响亮口号的大众。这一次，科努尔万不想让民族主义的风从他的帆上溜走。他支持建立军队，被烧伤的孩子不会一直怕火，但他支持的是一支爱国者的军队（法国大革命在他的眼前蒙上了愚昧的眼罩，拿破仑可能已经重生了），他支持将军们，但他们应该是社会和民主的。“傻瓜，”基特纽夫心想，“那些将军，一旦事关前程，他们可一点儿都不傻，这些精明的兄弟们会为科努尔万表演一出精彩的喜剧，承诺给他一切，乖乖躺下，张开双腿，纠集起他们的同伙，论班排次，建好沙箱。然后会发生什么呢？没人知道。”裁缝想要缝纫。民族主义的鼓动就是这么回事。这阵风也许已经平息了，但精明狡猾的国家政府靠着国际主义的微风还在漂移。科努尔万坐在了风平浪静中，他还想跟随民族主义的逆风行驶，不愿乘着国际主义的风竞速，扯着新的理想之帆到达新的彼岸。可惜他看不到，既看不到新的理想，也看不到新的彼岸。他内心毫无波澜，因为什么也不能在他内心掀起波澜了。他就像廉价的爱国主义社会宣传册中那种典型的小市民，想要成为一个被净化掉歇斯底里和道德沦丧的俾斯麦，一个阿恩特[1]，一个施坦因[2]，一个哈登贝格[3]，还有一点儿倍倍尔[4]，拉萨尔[5]是议员年轻时的画像。但这个年轻人已经死了，他证明了医生的结论——心脏中弹是无法活下来的。今天，科努尔万从来不戴的宽边软呢帽与他很相称。他顽固地扑腾着，不只是在玩牌时，他像勃兰登堡的行伍国王一样，像老兴登堡[6]一样，顽固地扑腾着，因此政治生活中的一切也都这样疯狂而混乱，风在各方党派中纵横交错地刮着，只有没人能看懂的气象图，（可能相距甚远的）相同热量点之间的神秘连线标示着锋面，对气压和风暴的到来发出警告。在这种情况下，科努尔万再也无法自如周旋，他紧紧抓住基特纽夫（这位好心肠的梅菲斯特），好在没有星星的夜空下捡起餐具，在黑夜和大雾中确定船只的航向。

---

1 恩斯特·莫里茨·阿恩特（Ernst Moritz Arndt，1769—1860），德国作家、历史学家，受费希特影响较大，创作崇尚民歌，追求内在和外在的自由。

2 海因里希·弗里德里希·卡尔·冯·施泰因（Heinrich Friedrich Karl Reichsfreiherr vom und zum Stein，1757—1831），普鲁士王国民族主义和民主主义政治家、改革者。

3 卡尔·奥古斯特·冯·哈登贝格（Karl August Fürst von Hardenberg，1750—1822），普鲁士政治家、行政官。

4 奥古斯特·倍倍尔（August Bebel，1840—1913），德国社会主义者，德国社会民主党创始人之一。

5 斐迪南·拉萨尔（Ferdinand Lassalle，1825—1864），普鲁士著名的政治家、哲学家、法学家、工人运动指导者、社会主义者。

6 保罗·冯·兴登堡（Paul von Hindenburg，1847—1934），德国陆军元帅、政治家、军事家，魏玛共和国的第二任总统。

科努尔万把房间布置成一种进步的风格，他认为这种风格很激进，符合某个务实的艺术杂志的观点。实用的家具，舒适的扶手椅。家具，扶手椅，灯具还有窗帘都让他想起现代风格的室内设计师橱窗中“现代老板室”这个标牌。由秘书购买和打理的那束红花摆在它该在的位置，就在用黯淡色彩描画的威悉河风景画下面。基特纽夫好奇，科努尔万是否有时会坐在椅子里读印第安人的故事。但党派领导人是没有时间进行私人阅读的。他听着基特纽夫的报告，荣耀和虚伪随着武装部队最高委员会的将军们一起进入了他的房间，随之而来的还有堕落世界的傲慢和背信弃义。他看到外国军人穿着带银色马刺的长靴，踏过德国纱纺地毯，法国人穿着鼓鼓囊囊的艳俗的红裤子，英国人拿着小短棍，只等一声令下就能在桌上敲出鼓点。科努尔万被激怒了。他很恼火，基特纽夫却认为，那些绅士们的专家意见称将军们将德国的永久分裂看作上一次战争的微不足道的收获是可以理解的，专业人士的判断总是有局限的，这里有一种将军的意见，因此无论如何都是一种狭隘的判断。科努尔万不认同这种看法，基特纽夫最多把将军们看作消防员，而他却对他们印象深刻。科努尔万燃烧了他心脏中的子弹，那和他的血肉长在一起的铅弹燃烧了他。这种年轻人的痛苦让他重获新生，返老还童。他充满了仇恨。这是一种社会和平党派的领导人应该承受的仇恨，他双重地恨着，因此这种仇恨加倍地被合法化，受到鼓舞。他仇恨国家敌人和阶级敌人，这一次两者合而为一出现在他的怒气中。在他的耳朵听来，这基本是一种对他们实体的傲慢的称呼，武装部队最高委员会，激怒了科努尔万，而基特纽夫故意优雅地递给他，就像斗牛士向公牛递过红布。

基特纽夫很乐意看到科努尔万如此激动。这是一个多么出众的人啊，天庭饱满。他一定把铁十字勋章和阵地战中的伤员勋章羞涩地收在办公桌里的锡盒中，也许还裹着集中营的释放证明和儿子加入秃鹰军团坠机前的告别信。但现在，基特纽夫必须当心，以免科努尔万从他眼前跑掉。党派领导人想要将军们的采访，公布欧洲军队首领们对德国的意见。他想让“永久分裂”这几个字被钉在墙上，由此可以对人民说：“看看吧，我们被背叛和出卖了，这就是政府的路线导致的！”但这种行动会为议会拆除炸弹，会为总理提供来自欧洲各国政府的否认或支持声明，不等这件事在全体大会上被提及，最终只有公布者会被卑鄙阴险地点名道姓。对民众中可能出现的激动情绪不能抱有太多期待，政府并不会被民众的意见干扰。科努尔万认为，不能简单地否认那些兴高采烈地在最高委员会中对德国分裂发表意见的将军们的话，但基特纽夫知道，英国和法国的领导人们会纠正他们的将军。他们会劝告将军们遵守纪律，因为（基特纽夫再次揣测）外国的将军们会受到谴责，他们是公务人员，就算没有同情心，而德国的将军们则立刻再次表现出了实际的权力，建立起那些对他们来说天经地义的纪律——军事优先于政治。在基特纽夫看来，德国将军是德国人民的毒瘤，尽管他对那些被希特勒谋杀的将军们极其尊敬，但也无法改变他的这一看法。他憎恶那些被服兵役冲昏了头脑的人，那些人以小市民特有的父亲的口吻称呼国家的成年公民为“我的男孩”或“我的儿子”，好把这些男孩和儿子赶进机枪的火力扫射中。基特纽夫眼见着人民饱受将军癌的痛苦甚至死亡。除了将军们，还有谁会培育布劳瑙[1]杆菌呢？暴力带来的，永远只有不幸和失败，基特纽夫依靠的是非暴力，即使无法保证带来幸福，至少能保证道德上的胜利。这会是著名的终极胜利吗？因此，基特纽夫和科努尔万，真挚地憧憬着德国人民的军队和德国人民的将军。这位将军应该穿着灰色登山装，朴实而充满活力，和士兵们一起，喝着同样的汤；他也一直是一个细心的父亲，会和自己的囚犯分享，这只是时间问题。基特纽夫不希望任何人被抓，因此需要科努尔万站出来，反对总理的军队理念，但总有一天，他会不得不转而反对他朋友提出的更加危险的人民军队计划。基特纽夫支持纯粹的和平主义，支持毫不掺假的“放下武

1　布劳瑙，奥地利上奥地利州的城市，希特勒的出生地。

器！”。他知道自己承担着什么样的责任，它们压在他心上，让他辗转失眠。然而，即使他看不到盟友，在西方和东方都没有朋友，在这里和那里都被误解，历史似乎要给他个教训：放弃防御和强权永远不会导致比使用它们更邪恶的后果。如果军队不复存在，边境就会倾倒，在飞机时代变得可笑的国家主权（人们飞离声音，但尊重疯子设想的空中走廊）将被抛弃，人类将变得自由而慷慨，真正像鸟一样自由——这是令基特纽夫兴奋不已的哲学状态。科努尔万让步了。虽然他认为，自己太容易让步，而且让步太多了，但他还是让步了，忍住了自己的愤怒。他们决定，让基特纽夫在关于安全条约的辩论中以惊讶的口吻援引将军们对胜利的小小言论。

基特纽夫回到了自己的办公室里，坐回日光灯下。他让灯管继续亮着，尽管现在天空已经放晴，变得明亮起来，太阳一转眼就让一切浸在亮闪闪的阳光中。莱茵河上波光粼粼。一艘蒸汽游船在水轮溅起的水花中驶过，留下一道白色的水痕。游客们用手指着联邦议会大楼。基特纽夫感到头晕目眩。那篇关于 beau navire——“美丽的船”——的翻译还没完成，躺在那一堆信件中。它们还没有拆开，新的信件就已经加入了。新的书信，新的呼救，新的抱怨，新的哀叹，新的对议员先生的咒骂……所有这些就像外面的河水一样奔流不息，被邮差和信使忠实地舀起，放到桌子上，一封也没有被拆开过。

基特纽夫是整个国家写信者的收件人，这把他吸干了，只有当下的直觉能把他从这场洪流中拯救出来，否则他认为自己一定会窒息。他起草了自己将要在全体大会上发言的演讲稿。他会大放异彩！一个爱情中的半吊子，一个诗歌中的半吊子，一个政治中的半吊子——他会大放异彩。除了半吊子，谁还会救赎别人呢？专家们正沿着老路走向古老的荒漠。他们还从没被引向其他地方，至少只有半吊子才会期盼应许之地，期盼流淌着牛奶和蜂蜜的国度。基特纽夫给自己倒了一杯白兰地。某个地方流淌着蜂蜜，这对他来说不是个愉快的想法。应许之地这个说法也不应该从字面意思去理解。因此就连孩子也找不到它，他们累了，长大了，开业做了专业税务律师，这就说明了世界上的一切状况。人类被赶出了天堂——这是肯定的。还有能回去的路吗？就连最窄的小径也看不到，但也许它是隐形的，也许有上百万条、上千万条看不见的向上的路一直躺在每个人的眼前，只等去攀爬。基特纽夫必须凭良心做事，然而就连良心也和正确的道路一样，难以被看到和把握，只是偶尔能听到它的悸动，但这也可以用血液循环障碍来解释。心脏在不规律地跳动，他写在平滑的公文纸上的字迹花了。弗罗斯特-佛罗斯蒂尔打来电话，问基特纽夫是否想去和他一起进餐，他可以派车来接。这是正式宣战吗？基特纽夫认为是的。他接受了邀请。是时候了。他们想解雇他，想用枪抵住他的胸膛逼迫他。梅根海姆已经知道了。很好，他要战斗了。他留下了信件，留下了档案，留下了波德莱尔的译文，留下了辩论的笔记，留下了达纳交给他的那条消息。他把一切都留在了日光灯下。他也忘记了关上灯。太阳还照着，在河面的镜像和树梢上绿叶上的水滴中折射出千万个光点。闪闪发光，璀璨夺目，熠熠生辉。

政府的车看起来就像官方的黑色棺材，有一种无趣的可靠性，结构紧实，造价高昂，却以耐用和经济著称，而且很有派头。部长、议员和公务员们也觉得自己同样被耐用性、经济性和其派头所吸引。弗罗斯特-佛罗斯蒂尔的部门位于城外，于是基特纽夫坐在耐用、经济而有派头的车上，穿过莱茵河边的小村庄。这些小村庄破败却没有历史感，狭窄也不浪漫，尽显荒芜。基特纽夫怀疑，在那些残垣断壁中住着一些闷闷不乐的人。也许他们赚得太少，也许他们赋税太重，也许他们只是闷闷不乐，放任房子年久失修，因为有许多黑色汽车载着重要人物驶过。在这些苍老破败的村落之间，在煤田、休耕地和贫瘠的牧场上，矗立着各部委、行政部门和政府的办公楼，迷失，孤寂，涣散，匍匐在希特勒时代的旧楼脚下，在施佩尔[1]的砂岩建筑后誊写档案，

1 阿尔伯特·施佩尔（Albert Speer，1905—1981），曾担任希特勒的私人建筑师、纳粹德国建筑总监、军备与战时生产部部长。

在旧军营里煮着可怜的汤。在这里睡觉的人都死了，在这里挣命的人都被抓了起来，他们忘记了，把这些留在了过去。如果他们还活着，还有自由，就会努力争取退休金，谋求职位——他们还剩下些什么呢？这是流亡政府的办公区，基特纽夫坐着政府的汽车穿过，警卫们守在毫无意义地立在田野中的篱笆后。这是一个依赖于好客和善良的政府，基特纽夫心想："我不属于这个政府，这真是个笑话；这就是我的政府——被国家驱逐，被天经地义驱逐，被人性驱逐（然而他梦想着四海之内皆兄弟）。"穿制服的人在通往弗罗斯特-佛罗斯蒂尔住处的街道上走来走去。他们就住在附近，却各自以国家公务员的从容步态踱着步，不像真正的士兵那样三两成群。他们是防暴警察吗？还是边防军？基特纽夫不知道，他决定对每个军官都喊"林务官先生"，假如他认出他们的话。

弗罗斯特-佛罗斯蒂尔坐在旧兵营中，统治着一支军队——不过那是一支由女秘书组成的军队，他时刻关注着。这里的工作方式是斯达汉诺夫[1]式的，当看到一位秘书同时接听两部电话时，基特纽夫感到一阵眩晕。孩子们在这里能有什么意思呢？

---

1 阿列克塞·斯达汉诺夫（Alexey Grigoryevich Stakhanov，1906—1977），被载入史册的苏联采煤工人。1935年8月31日，斯达汉诺夫在一班工作时间内采煤102吨，超过普通采煤定额13倍。

在这儿又能联系到什么人呢？当整个国家给基特纽夫写信时，整个世界正在和弗罗斯特-佛罗斯蒂尔通话。讲话的是巴黎？罗马？开罗？还是华盛顿？陶罗根也已经通电话了吗？电话里那个来自巴塞尔的可疑人员有什么事？他被捕了吗？住在波恩的施泰恩酒店的商业伙伴在通过话筒对着女士们的听筒唱歌吗？啪啪嗒嗒，丁丁零零，嗡嗡嘤嘤，催命般的声音响个不停，就像在忏悔室里一般低语窃窃不断。这些姑娘们压低声音一再重复着："不，弗罗斯特-佛罗斯蒂尔先生后悔了，弗罗斯特-佛罗斯蒂尔先生不能，我会转告弗罗斯特-佛罗斯蒂尔先生的。"——弗罗斯特-佛罗斯蒂尔先生没有政府头衔。

这位被千呼万唤的人没有让他的客人久等。弗罗斯特-佛罗斯蒂尔很快就来了，在狮子坑中问候了自己的但以理[1]，邀请他进入餐厅。基特纽夫呻吟了一声。敌人猛地开启了重型武器。餐厅是一个像谷仓一样的房间，飘散着变馊的脂肪的味道，蒸腾着面粉燃烧的热气，让人害怕。这里有德国牛排配艾斯特哈兹沙拉土豆泥，肉丸豆子配土豆泥，谢尔排骨酸菜配土豆泥，菜单最下面写着"施努勒的美味汤品为每一餐增彩"。这是弗罗斯特-佛罗斯蒂尔

1　但以理（Daniel，公元前 625—公元前 530），基督教先知之一，犹太教和基督教的经典《圣经·旧约》中的《但以理书》相传有部分内容由他所写，而其他部分则是后人记录他的生活事迹。有著名传说称，他被投入狮子坑，因信仰上帝而毫发无伤。

的策略（一种廉价的策略），邀请一位以讲究美食著称的议员来到餐厅。他想提醒基特纽夫，人是会为五斗米折腰的。在他们左右铺着防水布的桌边，坐着女秘书们和其他政府职员，吃着德国牛排配艾斯特哈兹。艾斯特哈兹对厨师们做了什么，竟然让他们所有人都以他命名烤洋葱？基特纽夫很想知道。弗罗斯特-佛罗斯蒂尔为他们这一餐付了两枚锡币。他们点了腌牛排配青豆、培根蘸酱和土豆。牛排一定在盐里住了很久，培根酱黑乎乎的，带着黏糊糊的淀粉团。土豆也黑乎乎的。弗罗斯特-佛罗斯蒂尔吃得津津有味。他吃光了鲱鱼，把黑乎乎的土豆压进黑乎乎的酱里，盘子里一根像稻草一样难嚼的豆角也没有剩下。基特纽夫惊呆了。也许一切都在骗他，弗罗斯特-佛罗斯蒂尔不是胃口大开，他也不是人。也许他是一台高效的机器，一台构造精巧的什么都吃的吞噬机器，必须在确定的时间填满燃料，在必要时看不到一点儿享受。他一边狼吞虎咽，一边讲着办公室里阶级斗争和等级制度的故事，毫不掩饰地列出他们周围的例子。钢厂的专员在工作外不和铸铁厂的负责人说话，那位女英语速记员不会在只学了用德语速记的可怜人桌上吃谢尔排骨配酸菜土豆泥。然而，即使在这里，美貌也是第一位的。据弗罗斯特-佛罗斯蒂尔说，只要人事经理招进来漂亮姑娘，办公室间就会爆发特洛伊战争，海伦会受到嫉妒，遭到敌对，和记者一起吃肉丸配土豆泥以弥补损失。赫马佛洛狄特[1]也是很受欢迎的……

什么意思？他觉得自己想起了一位歌手，一个低语者。一个赫马佛洛狄特，一个可爱的人。那是在哪儿？海边，沙滩上？不记得了。《圣贤》，魏尔伦的一首诗。睿智，美貌，忧郁。我亲吻您的手，夫人。一位女性的男歌手，漂流物。我亲吻您的手。低语者。他叫什么名字？保罗。亲吻您的手，保罗先生。弗罗斯特阁下。弗罗斯特–佛罗斯蒂尔，腌鲱鱼马达，培根酱高功率机器，会思考的电子，双面胶人，钢铁体操运动员，男性，安分的阴茎。他想要什么？鲱鱼被撤下了餐桌。可怜的鱼。鳏夫。浸在盐里。单身汉弗罗斯特–佛罗斯蒂尔。毫无激情，不可收买。不可收买的弗罗斯特–佛罗斯蒂尔。罗伯斯庇尔，没有伟大的革命，不为人知。在尿液中嗅到了。什么？一阵瘙痒？危险地活着。和乡下人一起上茅房。茅房里的暗号。通知形迹可疑的人。偷煤的敌人在偷听。黑暗的空中丛林。茅房。向空中撒尿，溢出浪花。茅房。墙上的纳粹标志。利益代表。了解他们的发言人。烈性黑啤酒。撒尿。他说："这里有什么喝的吗？"没有，什么也没有。没有

1 赫马佛洛狄特，希腊神话中的一位两性同体神，为赫尔墨斯和阿佛洛狄忒之子。赫马佛洛狄特通常以带有男性生殖器的少女形象出现，其名字是父母姓名的结合体，也是西方语言"雌雄同体"一词的来源。

给他的。咖啡和柠檬水。咖啡加快了心跳。这不行。心跳加速了。心跳到嗓子眼儿了。激进的苍白柠檬水顶了上来，让人不住打嗝。然后呢？弗罗斯特-佛罗斯蒂尔点了一杯咖啡。然后呢？他想要什么？

弗罗斯特-佛罗斯蒂尔问了句什么，然后看着基特纽夫。“您知道中美洲吗？”他问，补充说，“一个有趣的地方。”不，我的蛇不是来自胡椒树，你会知道的，如果我去过那里，档案里就会有记录。毫无帮助。我不会帮助你。现在只有英国少校能再帮你了。菲利克斯·基特纽夫阁下，指挥官，议会成员，皇家军官俱乐部，向柏林投掷了炸弹。

“不，我没去过中美洲。我曾经有一本洪都拉斯的护照，如果您是指这个的话。那是我买的。这么做是可以的。我有了那本护照就能去各种地方，除了洪都拉斯。”我为什么要告诉他这些？他面包上的黄油。不动声色。基特纽夫，护照伪造者。我在谢伟宁根被看到了。你知道吗，海洋，沙滩，落日？我坐在咖啡馆前，歌手在我身边坐下。他坐在我身边，因为他很孤单。而我让他坐在我身边，因为我很孤单。年轻的姑娘们走过，普鲁斯特笔下来自巴尔贝克海滩的 jeunes filles en fleurs（飞舞的少女）。阿尔贝蒂娜，阿尔伯特。年轻的小伙子们走过。姑娘和小伙子在海滩大道上漫步，他们游过暮色，身体在发光。西沉的太阳透过他们轻薄的衣衫闪烁着。姑娘挺起了胸。她们是谁？售货员，商店学徒，缝纺女工。来自海牙普莱恩的理发店学徒。她只是一家鞋店的售货员。那位歌手也在他的黄金时代在唱片上低声说过，嗓音阴柔。他被谋杀了。我们看着那姑娘和男孩，歌手说，他们和猴子屎一样肥。怎么回事？他必须打起精神来，他刚刚一直没注意听。弗罗斯特-佛罗斯蒂尔不谈中美洲了，他在谈基特纽夫的党派。到目前为止，这个党派在外交席位的分配上很落后。就连政府也首先考虑它的盟友。这倒可以理解，诚然并不总是公平的。另一方面，基特纽夫的小组缺乏合适的人选，如果能找到一个，那么简而言之，弗罗斯特-佛罗斯蒂尔打听到，他展示了他所谋划的，一切当然都还是非官方的，总理一无所知，但他一定会同意的。弗罗斯特-佛罗斯蒂尔向基特纽夫提供了在危地马拉的公使职位。"一个有趣的国家，"他重复道，"给您的！有趣的人。一个左翼政府。但不是共产主义独裁政权。一个人权的共和国。一个实验。您会成为我们观察发展和保持联系的人。"

特使基特纽夫，基特纽夫阁下。他惊呆了。但远方让他心动了，也许这就是解决所有问题的方法。他所有的问题！这是逃跑，再次逃跑，最后一次逃跑。他们不傻。但也许这也是自由。他知道这意味着退休。基特纽夫，领取国家养老金的人。他看到自己在危地马拉城里，从西班牙建筑的柱式阳台上看着在阳光下尘土飞扬的街道，尘土覆盖的棕榈树，灰蒙蒙的枯萎的仙人掌。在街道通向广场的地方，四处的尘土让咖啡花艳俗的颜色变得雾蒙蒙的，危地马拉伟人的纪念碑似乎在热浪中融化了。茂盛而无声的汽车，嘈杂的火红色摩托车，从阳光下的尘雾中跃出，像辉煌中的幻影一般驶过，再次消解。四周散发着汽油和腐烂的味道，不时有枪声响起。也许这是救赎，也许这是安度晚年的机会。他可以在这柱式阳台上看着下面热气腾腾、尘土飞扬的街道，消磨许多年的岁月。他会每隔一段时间就给家里写一份报告，当然也没有人会去读。他可以无尽地啜饮苦涩的气泡苏打水，到了晚上，还可以兑上朗姆酒，调和水里腐臭的味道。他可以完成《美丽的船》的翻译，可以在雷电交加的夜晚和埃尔克交谈，说不定还会回复那些写给议员的信件，不过再也没用了。然后有一天，他会死去，在危地马拉的政府大楼里，在其他外交使团的西班牙阳台前，人们会降半旗致哀。德国特使基特纽夫阁下安详地长眠了……弗罗斯特-佛罗斯蒂尔在催促。他的秘书们给他打电话，他的电话，他的录音电话。基特纽夫依然沉默着。是肥肉的油水不够吗？老鼠还在陷阱前迟疑吗？弗罗斯特-佛罗斯蒂尔提到，基特纽夫已经被聘为外交部的特使。多么美好的前景啊！一旦基特纽夫的党派在选举中获胜，他就会成为外交部长。“如果政府改组，您会成为我们在莫斯科的大使！”弗罗斯特-佛罗斯蒂尔不相信反对派会在选举中获胜。

基特纽夫说："我会成为不受欢迎的人。"

弗罗斯特-佛罗斯蒂尔浅浅一笑，说："也许时间会帮助你的。"他又在尿液中察觉到了吗？他们是同路人吗？

他回到了他的兵营，回到了他那些女秘书的叽叽喳喳中，回到了嗡嗡作响的电话线路中，回到了神秘的空中无线来信中。

基特纽夫被车载到了戈德斯堡。据传言，在这座城市里住着五十位退休市长，现在都在竭力效仿一位伟大的榜样，像摩根斯坦的巡警们一样，他们为什么来到这个世界上？当然是为了治理国家，于是他们就在自家的餐桌上操演这门技艺。荣誉博士的帽子已经无形中扣在了蛋糕上。如果去了危地马拉，基特纽夫也许会在途中得到一辆黑色的政府汽车，甚至可能是最新型号，派头完全战胜了经济性。基特纽夫来到戈德斯堡，是因为他在吃过腌鲱鱼和被非正式任命为外交部高官后还想好好吃顿饭，那么还有哪里比发生过巨大外交丑闻的伟大的莱茵河阳台[1]更合适呢？

大厅里只有他一个人，他独自站在崭新的地毯

---

1 1938年9月22日，时任英国首相的张伯伦在德国莱茵河畔的戈德斯堡与希特勒进行了第二次会谈，违背捷克斯洛伐克人民的意愿，同意将要求由德国对苏台德地区进行军事占领的备忘录转交给捷克斯洛伐克，以换取与德国之间的和平。

上。也许元首早餐吃的是旧的波斯地毯，因为张伯伦和外国办公室的先生们迟到了，他的神经衰弱让他等不了了。现在，经理想在这里休息。选择元首是一次错误投资，难道不是吗？半吊子不该多嘴。也许拯救者有利可图。死了有几百万人？食物冒着烟。煤炭供不应求，锅炉熊熊燃烧，钢铁闪着白光。基特纽夫看起来也像一位经理。他随身带着公文包，这是议员的厚重公文包。卡明斯、魏尔伦、波德莱尔、兰波、阿波利奈尔的诗歌都装在他的脑子里。基特纽夫经理，基特纽夫阁下，基特纽夫爵士，叛徒基特纽夫，好心肠的基特纽夫。他走上阳台，坐在莱茵河边。四个服务员看着他。雾气弥漫，那是雷雨过后的大雾。温室气体。阳光闪耀。温室的窗户没擦干净，空气不流通。他坐在真空中，被雾气包围着，被天穹笼罩着。一个心脏的低压真空室。四个服务员悄悄走过来。一些死亡使者，穿着燕尾服，神情肃穆，第一次服侍吗，算是一次投标？“请给我一杯白兰地。”一杯白兰地会让人振奋精神。“请给我一杯蒙内白兰地。”莱茵河上熙来攘往的是什么？钢铁？煤炭？国旗在黑色的驳船上飘舞着。新的传说深埋在水流中，游荡在河床上，平衡了传奇色彩，折旧了民间童话，未被触及的物质，从一种转化为另一种，总是能够幸免于难，矿石，煤炭，从一个冶炼厂到另一个，从鲁尔区到洛林，再从洛林回到鲁尔区，您的欧洲，我的先生们，欢迎参观小山别墅的艺术宝藏，莱茵河船长妻子的裤子，鹿特丹伍尔沃斯的裤子，杜塞尔多夫伍尔沃斯的裤子，巴塞尔伍尔沃斯的裤子，斯特拉斯堡伍尔沃斯的裤子，裤子挂在甲板上方的绳子上，在西风中飘动，这是地球上最强大的旗帜，潜藏着危险的煤堆上的玫瑰红色。一只小狐狸犬，白色的毛皮，充满活力，一只小狐狸犬，招人喜爱，在甲板上蹿上蹿下地摇着尾巴。河对岸，退休了的玫瑰村在午休中打着哈欠。

他点了一份鲑鱼，莱茵河的鲑鱼。他马上就后悔了。他在脑海里看到服务员们手舞足蹈，那些穿着燕尾服的神情肃穆的死亡接待员们，像笨拙的孩子一样傻乎乎得热情过了头，傻乎乎得热情过了头就像笨拙的老人一样，他们晃晃悠悠地走向岸边，趺趺撞撞地走过河滩边的树墩和石头，把奶酪勺子伸进水中，指着阳台上的基特纽夫，向他点头示意，假定得到了他的默许，抓住了那条鱼，把它高高举起。那条美丽的、金鳞闪闪的鲑鱼，像一道金银色的光，“嗖”地一下游进了网里，被幽魂从它强大的元素中扯出，从低声讲述着故事的水的善良世界中扯出——啊，在光和空气中的溺亡者，太阳像利刃一般闪着冷硬的光！一条鲑鱼为基特纽夫牺牲了。那条温和的鱼为基特纽夫这位神牺牲了。再一次——这不是他想要的。诱惑！诱惑！隐士做了什么？他杀死了蝗虫。那条鱼死了。葡萄酒刚刚好。基特纽夫阁下以刚刚正好的胃口享用了他的外交餐。

他进行了外交会谈。客人们是谁呢？元首希特勒先生，领事司汤达先生。服务生是谁呢？尊敬的张伯伦先生。

希特勒：这里的空气是温和的空气，莱茵河的风景是历史的风景，这个阳台是令人激动的阳台。早在十九年前……

司汤达：向您致以我的钦佩和崇敬！当您从这个阳台出发，前往威斯堡去杀死您的朋友时，啊，您是多么年轻啊！这个年轻人的命运令我大受震撼。这些由您撰写的小说令我激动不已。如果我是军需部长，我会追随您的部队。我想再次看看米兰、华沙还有别列津纳。上帝用人、马和车打击了他们。您在闪击波兰后引用了这首诗。您在国会大厦演讲。您将元帅的权杖和西普鲁士的地产授予您的部队高官。一些人被您绞死了，另一些人认命地给了自己一枪。您给一位送去了毒药。还有您所有的钢铁般的青年，您的空中英雄，您的海上英雄，您坦克里的英雄，您在柏林的男孩们，希特勒先生！您的文人们在干什么？基特纽夫先生？您在翻译波德莱尔。多么优美，多么勇敢！但是纳尔维克，赛利亚，大西洋，伏尔加河，所有的里希施塔特，高加索和艾奥瓦的战俘营……谁在写这些呢？真相会感兴趣，只有真相……

基特纽夫：这里根本就没有真相。只有谎言的乱麻。

司汤达：您是一个无能的诺斯替教信徒，议员先生。

谎言的乱麻在莱茵河上空跳着芭蕾舞，裸露着肮脏的性感内衣。

希特勒：多年来，我在《联合画报》的日耳曼历史研究院进行过多次座谈会，为净化德国文化而奋斗，首先是犹太文化，其次是基督教文化，第三是道德上的多愁善感，第四是世界性的国际和平主义的嗜血影响。今天，我可以向你们保证，我的胜利是全球性的。

六个地球仪滚过莱茵河，它们被挂上三角旗，全副武装。高音喇叭咆哮着：升旗！

张伯伦的手颤抖着。他把融化的黄油倒在了桌布上，说："我们的时代和平了。"

捷克斯洛伐克的尸体从河中浮起，发出恶臭。天意被困在了尸体的腹中，无助地上下游荡。三个高音喇叭在相互打架。一个喊道："按计划进行！"另一个吼着："瞄准目标！"第三个高唱着《三毛钱歌剧》[1]中的合唱唱段："是的，制订一个计划。"

高音喇叭一和高音喇叭二对高音喇叭三怒不可遏，把它痛打了一顿。

1 《三毛钱歌剧》，德国戏剧家布莱希特1928年创作的作品，讲述了20世纪20年代伦敦一个强盗头子和乞丐王女儿有情人终成眷属的曲折故事，被誉为童话般的轻歌剧。

麦卡锡议员送来两台测谎仪调查此案。

第一台测谎仪向希特勒提问道："希特勒先生，您是否曾经加入过共产党？"

希特勒：作为一个默默无闻的士兵，我决定成为一名政治家，那些布尔什维克的下等人，相信我，他们会永远无法再抬起自己的头……

测谎仪的指针友好地摇摆起来。希特勒却看了看它，话锋一转，愤怒地喊道："给我看看你是雅利安人的证据！"

第一台测谎仪非常困惑，它体内的一根保险丝熔断了，不得不心烦意乱地退下了。

第二台测谎仪向基特纽夫提问道："您加入过共产党吗？"

基特纽夫：不，从没有。

第二台测谎仪：您曾经于 1928 年 8 月 9 日从柏林国家图书馆借过卡尔·马克思的《资本论》吗？当晚您是否和您当时的女朋友索尼娅·布森说，穿好衣服，因为现在研究《资本论》更重要？

基特纽夫又惊又愧。测谎仪的指针猛地打向了左边。莱茵河的女儿们从河流中缓缓升起。她们穿着天际蓝的色情的空姐制服，唱着："吱吱呀呀，你不要来美国，吱吱呀呀，你就留在这儿。"

基特纽夫悔恨难当。

司汤达试图安慰基特纽夫：危地马拉并不比我当领事的奇维塔韦基亚更无聊。您可不是去度假，您在那里会大吃一惊的。

基特纽夫不满地看着张伯伦，说："但贝克和哈尔德想发动政变！[1]想想吧，贝克和哈尔德想扼住他的喉咙！"

希特勒高兴地敲着膝盖，带着梦游者一般的安全感笑了。

张伯伦看着自己正在清理的鱼的残骸，非常难过。他低声说："一位想要发动政变的将军，不是英国的伙伴。一位成功发动政变的将军，会在圣詹姆斯宫[2]等待。"

他必须走了，是时候了。现在，四位服务员围着他转。很快，他们会再次为将军们服务。这大概无可避免。对岸的玫瑰村正从午休中醒来。人们在支起咖啡桌。他们也会再次邀请将军。玫瑰村希望他们的将军回来。他们感觉自己就像黑色池塘里的玫瑰花瓣。有什么不能从池底升上来的呢？蟾蜍，海藻，早产的死婴。也许蟾蜍会跳上玫瑰花瓣，跳上桌子说："我来负责家务。"那很好，假如有将军

---

1 路德维希·贝克（Ludwig Beck，1880—1944），德国炮兵上将，二战前德国陆军参谋长，因与希特勒政见不合，被希特勒撤职。弗兰茨·哈尔德（Franz Halder，1884—1972），德国陆军大将，曾任德国陆军总参谋长，1942 年被希特勒撤职。1944 年 7 月 20 日刺杀希特勒的行动失败后，贝克作为组织者被处决，哈尔德因参与密谋反对希特勒的活动而受到牵连，被关入集中营。

2 圣詹姆斯宫是英国伦敦最古老的宫廷之一，始建于 1530 年，至今仍是英国皇室的正式宫廷。

随身带着他的军刀。服务员们鞠了一躬。他给的小费总是太多。给的小费太多也是好事，因为这样一来，死亡使者们这次仁慈地赦免了他。

弗罗斯特-佛罗斯蒂尔的黑色政府汽车在等着基特纽夫。弗罗斯特-佛罗斯蒂尔想让基特纽夫进一步适应国家为高级官员和特使提供的舒适保障。上车时，基特纽夫看到了法国高级委员会的房子，三色旗在房顶上飘扬。“荣耀的日子到来了！”来了吗，荣耀的日子？一直在这儿吗？一百五十年来，荣耀的日子一个接一个到来？那时距离现在并不远，感觉却是很久以前的事情了。那时距离现在并不远，三色旗在美国飘扬，人们为自由树立起一座雕像，“愿不纯净的血浇灌我们的沟壑”。一个半世纪以来，各国都在召唤着的不纯净的血液浸透了沟壑。他们根本无法弄来足够多不纯净的血液来满足巨大的需求：德国人的，俄国人的，英国人的，法国人的，意大利人的，西班牙人的，美国人的血，来自巴尔干的血，来自亚洲的血，黑人的血，犹太人的血，法西斯的血，共产党的血……可怕的血湖，涌入的血源源不断，数不清的博爱主义者修筑了血液的运河，不可计数。他们一片好心，百科全书派，浪漫派，黑格尔派，马克思主义者还有所有的民族主义者们。基特纽夫看到的树是红色的，长着红色的叶片，他看到的大地、天空都是红色的。哲学家的神在观赏自己的作品，发现它并不好。于是他让物理学家们拿出一个计划。他们就在波和细胞中思考，成功分裂了原子，在广岛大开杀戒。

基特纽夫的车遇到了孩子们。法国孩子，德国孩子，美国孩子。孩子们按照国别分开走着或玩耍，相互之间不说一句话。基特纽夫乘车穿过美国的乡村。这是一座在莱茵河边的美国乡村。一座美式的小教堂立在那里，就像拓荒时代，美国居民杀戮或赶走印第安人后，在北美中部的草原上修建的一样。在教堂里，接受膜拜的是一位爱成功者的上帝。美国的上帝不会爱基特纽夫的，因为他不是成功者，也没有征服过哪一片草原。

车来到梅勒姆，停在了美国高级专员的大楼前，基特纽夫下了车。美国办事处是一座建在森林中的干栏式建筑，用水泥、钢铁和玻璃构成，结构一目了然。它立在那里，就像德国童话里的浪漫城堡。一幢摩天大楼，从百老汇流落至此，安在了水泥基座上，就好像害怕莱茵河会从河床上升起，一口把它吞没。那些停在房屋下水泥基柱间的汽车，就像是为紧急逃离准备的救生艇。虽然是白天，但整栋大楼里亮着成千上万的灯管，更增强了森林里的干栏式建筑给人带来的那种不真实的、魔幻的印象。这座办事处就像一位强大的魔法师的宫殿，又像一个可怕的蜂箱，那些被日光灯照亮的窗户就像彼此分层的蜂房。基特纽夫听着房子里传来的嗡嗡声，蜜蜂们在辛勤工作。基特纽夫鼓起勇气，走进了魔法王国，勇敢地冲进了魔法的光线中。他向一名警卫出示了证件，警卫让他进去了。电梯在大楼里上下穿梭，就像人体内的血液循环系统一般。先生们和女士们手里拿着小档案，上上下下地拍打着，忙个不停——他们就像细菌，这具躯体特有的细菌，让它保持活力，变强或者变弱。也许显微镜可以揭示出他们到底属于负责组织还是分解的那部分。基特纽夫也走进电梯，朝着天上升去。他在中间一层走出电梯，沿着一条被日光灯照亮的走廊走了一段。这条走廊里鬼影幢幢，看起来不真实，却又让人感到舒适，空调里吹出的冷气友好地喷在他身上。他敲了敲门，走进一间挂着两根日光灯管的房间。这个房间就像一个在阳光下用人工照明的水族箱，基特纽夫想起，他自己也喜欢在一个类似这样的双重照明的水族箱里工作。他们多么喜欢在水族箱和温室里培育的生物啊！他在这里遇到了两个德国秘书。他向她们打听一位美国人，其中一个说美国人就在这座大楼里的什么地方，但不清楚具体在哪儿。另一个说找那个美国人也没用，如果找不到那个美国人，基特纽夫提的事情就无法决定，会转给另一个比这个小水族箱的负责人更高一级的美国人研究。基特纽夫感谢了她们的答复。他走出房间，再次踏入只有纯粹的单一日光灯照明的走廊里，清楚地意识到他所做的事情是无意义的。在这美丽而清晰的无意义上，有一个暗淡的污点，那就是等待裁决结果的人们。基特纽夫进了电梯，继续向上升去。他来到可以眺望莱茵河的屋顶餐厅，但同时，他也进入了最绝望的巴黎的一家地下咖啡馆。走廊里和电梯里那些忙碌的女士们和先生们，此时正在这里喝着咖啡，抽着香烟，聊着事情——他们在生存上抓挠。他们在生存吗？看起来他们是这样认为的，毕竟他们喝着咖啡，抽着香烟，在灵魂上或肉体上相互摩擦。他们思考着自己的存在，以及自己在其他所有存在的关系中的存在，他们思考着这栋大楼的存在，高级委员会的存在，莱茵河的存在，这样的德国的存在，其他莱茵河国家的存在，欧洲的存在。在所有这些存在中，都有蠕虫在钻来钻去——那是怀疑、虚幻感和恶心。雷神索尔举起巨大的锤子发出威胁！“美国也许是最后的实验，也是人类完成自己历史使命最大的机会了。”基特纽夫曾在凯泽林协会中听到过这句话，这让他陷入沉思。他本想去美国的，想去看看新罗马。美国是什么样的呢？广阔？自由？一定和在莱茵河边想象的不一样。这栋大楼不是美国。这只是一栋先进的办公楼，一个前哨，也许还是一个特殊真空的特定实验。“美国不存在于现在，它存在于未来。”发言人这样说。基特纽夫非常拥护一种新的未来，但目前为止，他只看到了堕落。屋顶咖啡馆的姑娘们都穿着薄薄的尼龙丝袜，它们紧紧吸在肉体上，就像第二层性感的皮肤沿着腿拉上去，迷人地消失在短裙下。男人们穿着齐脚踝的短袜，交叉双腿时露出毛茸茸的小腿肚。他们在一起工作，这些繁忙的先生们和女士们，他们也会一起睡觉吗？雷神索尔打雷时，基特纽夫看到这间大厅里在进行一场阴郁混乱的酒神狂欢。这些人正沉浸在一种全方位的性感中，就像在电梯和走廊里把那些文件敲打出来一样繁忙，而基特纽夫依然被排除在他们的忙碌之外，他顿时嫉妒起他们来，但他也知道，推动他们的不是爱情和热情，而仅仅是对一种反复发作的瘙痒无望的满足。他站着喝掉了自己的咖啡，看着那些穿着丝袜的漂亮姑娘，看着那些穿短袜的年轻男人，像是一些不满的天使。接着他意识到，他们美丽的脸庞被标记了，被空虚和单纯的存在标记了。这并不够……

4

基特纽夫迟到了，外交官已经吃过饭了，梦想家四处溜达，而委员会的成员现在正充满责备地看着他。党派同僚海涅韦格和比尔博姆严厉地看着这位入选者，满脸写着不赞同。他们的表情仿佛在说，基特纽夫在这个他从未迟到过一小时的小组中，在这个他曾经辛勤并高效地效力过的咨询室中，如今以不可挽回的方式丢尽了脸，伤害了他们的党派。

克罗丁也看着基特纽夫，但他的目光中，期待多于责备。克罗丁再次思考，基特纽夫的思想是否有所转变？他会不会是因为在教堂里向上帝请求启迪，以至于忘记了时间，而现在将站在他们面前承认：主给了我启示，我是另一个人？克罗丁本可以将和上帝的谈话当作基特纽夫迟到的理由，以此原谅他。但基特纽夫没说到什么启迪，他只是咕哝了一句让人听不懂却又不置可否的抱歉，然后就坐下了。但他坐下时很羞愧（只是他们没注意到），羞愧得像个糟糕的学生，不愿为自己的懒惰找任何借口。他今天放纵了自己，像一只失去支撑的老船，整整一天都在乱流中随波逐流。他陷在沉思中。他必须醒过来。他所丢失的支撑是什么来着？他失去了埃尔克，纳粹高官的女儿，战争遗孤。现在他想起她时，不是把她当作一个女人，而是把她当作孩子看待，一个被托付给他他却没能保护好的孩子。这个孩子或者说这条温情的纽带曾经是他的停靠处，是流散的洪水中一个坚固的点，是他漂浮在生命之海上的那艘小船的锚；而事实证明，这片生命之海日渐干涸，锚沉了下去，他和船分离了，绳索断裂了，锚永远留在了下面，留在了可怕的、未知的、恐怖的漆黑一片的深处。可怜的小小的锚！他潦草地给它擦洗，让它生了锈。埃尔克在他身边成了什么样？一个醉鬼。她喝醉后堕落到了哪里？落入了女同性恋们的怀抱中，落入了彻头彻尾的爱情的诅咒者们的怀中。他没能保护好埃尔克。他不明白。他进出委员会，写过十万封信件，在议会中演讲，帮助立法；他不明白，他本可以留在埃尔克身边，留在青春的身边，若不是他做错了一切，他就能留在生命的身边。一个人就足以给生命赋予意义了。工作是不够的，政治是不够的。它们不能保护他免受存在的巨大虚无之苦的折磨。虚无很温柔，什么都没对他做过，没有把它长长的鬼魅般的手臂伸向议员，没有扼住他的喉咙。虚无只是待在那里，向他展示自己，让他认识了自己。而现在，他的眼睛睁开了，现在他看到了它，它无处不在，而且永远不会消失了，永远在他眼前晃动。它是谁？它长什么样？它是虚无，所以没有模样。它看起来像万物。它看起来像委员会，像议会，像城市，像莱茵河，像土地，这一切都是虚无，都是在可怖的无垠中的虚无，不可摧毁。因为就算一切都倾覆了，也无法触及虚无。虚无是真正的永恒。而与此同时，基特纽夫十分清楚地感知到自己的存在，他在那里，是某个实体。他知道这一点，他被虚无包裹着、渗透着。然而他有一部分支持自己，一个自我，孤独又寂寞地戳在虚无对面，还有一点儿希望，一个大卫对抗歌利亚的微小机会——但大卫不悲伤，基特纽夫却被悲伤填满了。克罗丁本可以对他说，悲伤是一种死罪。但知道这一点对基特纽夫又能有什么帮助呢？况且他也知道这一点。他并不比克罗丁蠢。

基特纽夫再也听不懂委员会的语言了。他们在说什么？他们讲的是中文吗？他们在说一种委员会德语。这种语言他也会啊！他必须再次听懂。他流汗了。他因为想努力理解会议内容而汗流浃背。但其他人也在出汗。他们用手帕擦着汗，从脸擦到秃头，再擦过脖子，最后把手帕塞到被汗浸湿的衬衫领子后面。房间里充斥着汗水和薰衣草的味道，基特纽夫闻起来也是这样：总是有什么腐烂了，总是试着用香水掩盖腐烂的味道。

现在他眼中这些委员会的成员们，就像坐在轮盘赌桌上的赌徒。啊，他们的希望是多么徒劳，小球一跳，好运溜掉！海涅韦格和比尔博姆看起来就像小赌徒，想用一点点赌注凭运气向各自的系统勒索每天的补贴。这场赌博是在赌人，赌一大笔钱，也在赌未来。这是一个重要的委员会，讨论的是重要的问题：应该为人类建造房子。但这有多复杂啊！每一个提议都被危险的旋涡左右着，一旦被作为提案写在纸上，这条小纸船很容易没走多远就搁浅在成百上千个暗礁中的一个上，船底漏水，继而沉没。各部门和其他委员会插手了，提到了平衡负担、资本市场、税务法等问题，要考虑利率政策、流亡者的融合、被轰炸者的赔偿、有产者的权利、对残疾人的照顾，可以冒犯州法律和城市政策，如果没有人愿意献出一些东西，又怎么能给予可怜人东西呢？如果基本法肯定了财产的合法拥有权，那该如何征用？如果人们依然决定在特定情况下可以谨慎地征用，那么又会产生新的不公正的可能。如果一个笨拙的人陷入了这些文字的陷阱，那么各种滥用的大门都会敞开。基特纽夫听到了数字，就好像在耳边打开了水管，哗哗的水声令人印象深刻，却又毫无意义。六亿五千万来自公共预算，这些是核心收入；用于实验的特殊预算，只有一千五百万。但接下来还有地产债务转换的流入预算。克罗丁读着这些数字，偶尔看看基特纽夫，似乎期待他提出异议或者表示赞同。基特纽夫沉默着。对于克罗丁的这些数字，他突然说不出什么了，就像魔术表演的观众无法对舞台上看似神秘实际上却无聊至极的把戏发表意见一样。他知道，这是在玩一套把戏，他被欺骗了。基特纽夫被国家派到这个委员会，以确保没有人会被欺骗。然而，这些讨论现在对他来说就是一场令人惊愕的数字魔术！没有人看得到克罗丁口中的几百万，从不曾有人看到过。即便是克罗丁这个表演数字把戏的人，也没见过这几百万。它们只存在于纸上，在纸上传达，而且只在纸上被分配。它们在数不清的计算机中跑个不停，在各个部门、审计局、高级办公室和分部的计算机中穿梭，出现在银行的账户框架中，浮现在结算单上，减少、消失，但它们仍然待在纸上，是纸上的数字符号，直到它们终于在某个时刻有了实体，化为某人工资中的四十马克[1]，或者某个小男孩偷来买印第安人故事书[2]的五十芬尼。没有人能真正理解。就算是最富有的银行家斯蒂尔德斯，也无法理解这种神

1 1马克等于100芬尼。马克和芬尼均为德国当时的货币。

2 应指由德国作家卡尔·迈创作的探险小说《印第安酋长》，主人公为下文的温内图和老铁手。

奇的数字游戏，尽管他是某种让自己账户里数字增加的瑜伽高手。基特纽夫想举手发言。难道不能做些什么吗？难道不能让计算机上跑的数字变成两倍吗？比提议的金额大一倍，这样钱包里不就一下子有了八十而不是四十马克吗？但基特纽夫不敢这么说。克罗丁再次看向他，目光里充满期待，甚至带着鼓励，但基特纽夫避开了他的注视。基特纽夫害怕他的同僚们，害怕海涅韦格和比尔博姆，害怕他们的惊讶和愤怒。基特纽夫看着有轨电车驶过会议桌，电车响了起来：我们也要翻倍，我们的票价要翻倍；他看到面包师在示威：面包价格要翻倍；他看到菜贩在修改白菜和萝卜的标价签。纸上数字的翻倍毫无意义，钱包依然瘪着。这是经济规律，或者说是相对论的面孔之一。基特纽夫很想往钱包里多塞点儿钱，但就算是他也看不出该怎么做，而且被搞得头晕目眩。他这一整天都在忍受着头晕目眩的折磨。

他们谈到了矿区新定居点的矿工房屋，一位专家计算了每个居民可以分得的面积，另一位专家想出了墙面可以保留低廉的毛坯墙。克罗丁持有这处矿产的一部分股份。工人们挖出了煤，他们的血汗却以某种神秘的方式流入了克罗丁的银行账户。工人们下了矿井，克罗丁读着他的新余额。工人们疲惫地回了家。他们走过郊区，走过像远古的山脉一样日渐增高的矿渣堆。这些黑色的平坦的山，改变了风景的样子。在它们积满尘土的山丘上，脏兮兮的孩子扮演着凶手和侦探、温内图和老铁手。基特纽夫就这样看着矿工们回到定居的房子，这就是他们在委员会里经过讨论和精心计算，制定法律并批下了资金，在纸上写下的骄傲的数字符号。矿工走进这些专家们提出的最小面积，他要和妻子以及孩子们分享这间房屋，还有那些突然被命运、不幸和失业赶到他身边的亲戚们，还有房客，因为他需要他们的钱，好分期支付那些丑陋的、不实用的、巨大的、华而不实的家具，还有伊利卡卧室、阿道夫客厅这些分期付款商店的橱窗里可怕的小房间和家庭主妇的梦想。矿工回了家。嗡嗡声，说话声，尖叫声，吱嘎声，聒噪声，从一张张嘴和一个个高音喇叭里传出来，喊叫、唠叨、咒骂、闲聊还有狗叫，《伊菲革涅亚在陶洛人里》[1] 和叫牌声穿透了专家们敲定的廉价墙壁。矿工回想着矿坑，回想着深深的矿井，想起风钻嗡嗡作响，岩石吱嘎碎裂，在这样的噪声中却有一种安宁。许多人自愿走上战场，因为他们痛恨自己的每一天，因为他们无法继续忍受丑陋狭隘的生活，因为战争虽然可怖，却也是逃脱和解放，是旅行的机会，是逃避自我的机会，是住进罗斯柴尔德别墅的机会。厌倦填满了他们，一种缄默的厌

---

1 《伊菲革涅亚在陶洛人里》，古希腊悲剧诗人欧里庇得斯的经典悲剧，讲述特洛伊战争之前的一段故事。

倦，有时会表现为故意杀人，或者自杀，或者似乎不可理喻的家庭闹剧，然而它只是对居住区噪声的厌倦，对这种亲密的恼火，对食物和消化的气味的恶心，和对那些浸在大木桶的热水里的穿了太久的衣服和被洗涤剂腐蚀的织物冒出的蒸汽的厌恶，妻子（他爱她）的汗水和孩子们（他爱他们）的排泄物也让矿工感到恶心，他们口中不停的废话像飓风一样席卷着他。

海涅韦格和比尔博姆对此很满意。他们同意了专家们的建议。他们批准了最低预算、最低居住面积和最低标准住宅。住宅会被建造。海涅韦格和比尔博姆都认同那种带小花园的住宅带来的幸福感。他们看到小小的带山墙的房子正在建起来，认为它们会很舒适。他们看到满意的工人们自觉地在属于自己阶层的土地里播种，科努尔万鼓舞人心的演讲从广播的高音喇叭里挤进敞开的窗户。我们拥有未来，我们拥有世界。克罗丁对此很满意。他赞同专家们的建议，他批准了最低预算、最低居住面积和最低标准住宅。住宅会被建造。克罗丁也认同工人们那种带小花园的住宅带来的幸福感，建在绿野中带山墙的浪漫的小房子也让他很高兴。但他看到，在基督圣体节，门窗上都装饰着白桦枝，主教的布道演讲从高音喇叭里传来，满意的工人们跪在前院的花园里，虔诚地跪在自己的土地上，跪在队伍中被抬着行进的圣体前。主是我的牧人，我必不缺一切。他们是为了安心。海涅韦格、比尔博姆和克罗丁，他们都是敌对的兄弟；但他们不知道，彼此是精神上的兄弟。他们将对方看作敌人，但他们是兄弟。他们沉醉于同一种水一样的柠檬水。

基特纽夫想要什么？只要有一个屋顶都比没有屋顶好。他知道这一点。他了解临时木建营房和尼森式活动房屋，了解地堡公寓、废墟掩体和紧急避难所，也了解伦敦的贫民窟和鹿特丹港口中国区的地下室。他知道委员会想建造的最低标准住宅与这些悲惨的境地相比，是一种进步。但他不喜欢这种安抚。他看不到小花园的幸福感。他觉得自己看透了现状：其中藏着毒药和病菌。这些定居点和那些多子女的纳粹定居点，和冲锋队、党卫军的定居点有什么不同呢？只是更便宜、更拥挤、更寒酸、更贫乏？看看蓝图就知道了，这是纳粹风格的延续；读一读建筑师的名字就知道，还是那些纳粹建筑师在建造。海涅韦格和比尔博姆认为棕色风格很好，觉得这些建筑师也没问题。多子女的纳粹联盟方案是海涅韦格和比尔博姆的方案，这是他们的人口安抚政策，是他们的社会进步。基特纽夫想要什么？他想要革命吗？真是一个宏大、美丽的、跌进尘埃里的词！基特纽夫不想要革命，因为他根本不可能再想要什么了——革命已经不存在了。革命死了，枯萎了。革命是浪漫主义的孩子，是青春期的危机。它曾有过自己的时期，但没有利用好它的机会。现在它是一具尸体了，思想标本馆中一片干枯的叶子，一个僵死的概念，是一个来自布罗克豪斯[1]的过时词汇，在日常语言中没有立足之地，只有热情的年轻人才可能会热烈地讨论一会儿革命，然后它就什么也不是了，不过是一个狂热的梦幻概念，一朵没有香气的花——是的，浪漫派标本馆里的蓝花。温柔地信仰自由、平等、友爱的时代，已经成为过去。美国的清晨，沃尔特·惠特曼的歌，力量和天才，自慰，模仿者心满意足地躺在法律规则宽大的婚床上，日历上排满了女人们的排卵日和非排卵日，和床头柜上的安全套以及来自罗马的通告放在一起。克罗丁战胜了革命，他担心自己输掉了什么。海涅韦格和比尔博姆战胜了宗教，他们担心自己牺牲了什么。他们一起阉割了宗教和革命。魔鬼得到了每一个社会团体，把它们紧紧抓在自己的爪子里。也许还会有暴动，它们就像潘趣酒一样，可以分成热的和冷的。但酿造这种饮料的原料是越来越便宜的代用品，只会让人民头痛。基特纽夫不赞同安抚的政策。他赞同直视戈耳工[2]的脸。他不愿在恐怖面前垂下目光。但他想住得舒适些，想从魔鬼那里骗取一些东西。他赞同绝望中的幸运，赞同舒适和孤

---

1 弗里德里希·阿诺德·布罗克豪斯（Friedrich Arnold Brockhaus，1772—1823），德国出版商、编辑，《布罗克豪斯百科全书》出版者。

2 戈耳工是希腊神话中的三个蛇发女妖，看到她们的脸的人会化为石头。最著名的美杜莎是其中最小的一个。

独中的幸福，赞同当今这个被创造出来的科技世界中，每一个追求短暂孤独的舒适和绝望的幸福的人。当一个人悲伤时，他不必也受冻；当一个人不幸时，他不必也挨饿。当一个人想到虚无的时候，他不必游荡在肮脏中。出于这种考虑，基特纽夫想为工人们建造新的房屋，柯布西耶的住房机器[1]，科技时代的住宅城堡，在一座独立的巨大房屋中的整个城市，带有人造的高空花园，人造的气候。他看到了保护人类免受酷暑和严寒折磨的可能性，从灰尘和脏污中解放出来的可能性，从家务、争吵和所有的住宅噪声中解脱出来的可能性。基特纽夫想让一万人在一个屋檐下，好让他们彼此隔绝，就好像大城市将人们从邻里关系中剥离出来一样，让每个人独处，成为孤独的猎食者，孤独的猎人，孤独的牺牲品。因此，基特纽夫的巨大建筑中的每一个房间都彼此隔音，每个人都可以在自己的房间里设置适合自己的气候，他可以和自己的书籍独处，和自己的思想独处，和自己的工作独处，和自己的无所事事独处，和自己的爱情独处，和自己的绝望独处，独自被自己的人类气息笼罩着。

基特纽夫想站起来，他想和他们说话。他想

---

1 勒·柯布西耶（Le Corbusier，1887—1965），20世纪最著名的建筑大师、城市规划家和作家之一，是现代主义建筑的主要倡导者，机器美学的重要奠基人，功能主义建筑的泰斗，被称为“功能主义之父”。

说服他们，也许只是想刺激他们，因为他不再相信自己可以说服他们。他希望新的建筑师们，年轻而热情的建筑师们，能画出新的蓝图，规划出功能强大的宜居城市，把瓦砾堆的丑陋景象、矿井的废弃物、工业的排泄物、废料场、垃圾站通通变成某座光芒闪耀的巨大房屋，必须吸收和保留郊区定居点的一切琐事，它的逼仄、贫困、可笑的占有欲，这些都会被抚慰，以平息社会嫉妒，女人们饱受家务的奴役，男人们饱受家庭的奴役。他想讲讲自己的塔楼和那上千个巧妙而舒适的住所，那里栖居着自觉的孤独和骄傲的绝望。基特纽夫想建一座世俗的修道院，大众的隐居室。他看到了人们，看到他们紧紧抓着自己早已不相信的幻想不愿撒手。这些幻想之一是家庭幸福。就算是克罗丁也害怕回家（海涅韦格和比尔博姆就更不用说了，他们的三居室里塞满了家具和人），回到继承来的大房子里；回到社交圈子里，那是他的妻子受到小精灵的愚弄而安排的谎言纷飞的狂欢，愚蠢而令人心力交瘁，让他备感无聊；回到半大的孩子们的自私自利中，让他痛苦而恐惧，他们在呵护中长大，却像野孩子一样，板着冷漠的面孔瞪着他，藏在那些面孔后的是厌恶、贪婪和肮脏。就连他收藏的名画也让他提不起兴致，人物画里那些享受着高社会福利的荷兰人，风景画里那些肥沃草场上的哑巴公牛，擦得闪闪发亮的室内画，滑冰的冬季场景，大雾和冰冻的水轮，它们也让他冻僵了。因此他宁愿混迹在政治场上（出于一种善良的信仰，必须做些什么，因为他的工作被夺走了，经理们统治着工厂，他们知道如何对待工人们，如何与暴徒周旋，克罗丁不知道），或者不安地坐在教堂里，拜访主教，和基特纽夫这样的人闲聊，喜欢在黄昏穿过墓地。他们不会理解基特纽夫的。他们会认为他的塔楼是一座巴别塔。他沉默了。克罗丁又看了他一眼，期待他说些什么，对他的沉默很失望。海涅韦格和比尔博姆也看了看他，眼里充满失望和埋怨。他们想，他变成了什么样，一具残骸，一个患有严重心脏病的人，他变得多么可怕，就好像在议会圈子里的工作耗尽了他的全部力量。他们想起了早年的基特纽夫，那时的他像他们一样，带着高昂的热情做着必要的事情，帮助残酷战争的受害者们求取食物、衣物，帮助他们重返家园，给他们新的希望——做所有有用的事。他们决定，重新审查所有计算，再次向专家们提交各种计划。终于，海涅韦格温和地看向基特纽夫，说："我相信，今天我们又有了好的进展。"

基特纽夫走过议会的走廊，上楼来到他的办公室，时不时遇到像幽灵一样的档案员。速记员已经离开了大楼，只有几个努力的人在楼里爬行。基特纽夫想：迷宫空了，弥诺斯的公牛混在人群中虔诚地走着，忒修斯会永远迷失在走廊里。[1]他的写字桌还像他离开时一样。达纳给他的那张纸打开着，躺在给议员的信件上，躺在议员随手写下的波德莱尔的《美丽的船》的译文草稿上。危地马拉，去还是不去，这就是问题所在。武装部队最高委员会将军们的采访挡在他和危地马拉之间。如果基特纽夫听从达纳的建议，明天在全体会议上提起这次采访，那么他就无法撤回了，他们会把他扣在这里，不会再施舍给他危地马拉的职位。向他抛出这块肥肉的是个聪明人。实际上这只是一口寒酸的小菜！危地马拉——谁会在那里说晚安？狐狸吗？[2]——他们在莱茵河上互相问候。危地马拉是和平，危地马拉是遗忘，危地马拉是死亡。它知道是谁把他献出来的，没错，那个人知道他恰好会咬钩，咬上和平、遗忘和死亡的钩。否则他们会给他海牙、布鲁塞尔、哥本哈根，也许还有雅典，他还值得得到这些。但危地马拉，那是蒸笼般的太阳下的阳台，是落满尘土的棕榈树广场，是缓慢而安全的腐烂。他们了解

1 古希腊神话中，克里特国王弥诺斯之妻帕西淮与克里特公牛发生性关系而生出牛头人，被称为弥诺陶洛斯。为了困住它，弥诺斯在克里特岛修建了一个迷宫。雅典国王的私生子忒修斯来到克里特岛，自愿向弥诺陶洛斯献祭。弥诺斯的女儿阿里阿德涅与忒修斯相爱，交给他一个线团和一把利剑，帮助他杀死了牛头人弥诺陶洛斯并逃出迷宫。

2 出自德国谚语 Wo sich die Füchse gute Nacht sagen（狐狸相互道晚安的地方），指极为偏僻的边远地区。

他！科努尔万进入政府后向他提供了巴黎，好摆脱他。科努尔万不了解他。巴黎是糊弄和敷衍的任务，而危地马拉是寿终正寝，是玩世不恭地向死亡屈服，就像在死神面前脱掉裤子——弗罗斯特-佛罗斯蒂尔会喜欢这个比喻的。

莱茵河上空出现了一道彩虹。它从戈德斯堡，从梅勒姆，从美国人的房子上空一直跨到比埃尔，消失在桥边的一堵墙后，墙上写着“莱茵欲望”[1]。这道彩虹挂在莱茵河上，就像天梯的上升和下降，很容易想象到天使在水面上行走，而上帝就在附近。彩虹意味着和解与和平吗？它会带来友善吗？宫殿里的总统这会儿一定也看到彩虹了，看到了这个从戈德斯堡到比埃尔的友善的和平之拱。也许总统站在他种满鲜花的阳台上，目光越过河面，看向天边的黄昏。它就像定格在这一时刻的古老的画。也许总统很伤心却不知道为什么，也许他很失望，依然不知道为什么。基特纽夫站在窗边，站在他位于议会大楼内办公室的窗边，想到了一个人。他名叫穆塞乌斯，是总统的管家。也许总统根本没有管家，但基特纽夫现在要给他一个，名叫穆塞乌斯，看起来和总统很像。他和总统一样大，长得和总统一样，他认为自己就是总统。他的工作给了他这样做的时

---

1 此处原文为 Rheinlust，直译即“莱茵欲望”，同时谐音 reinlust，即“纯粹的欲望”。

间。穆塞乌斯学过理发的手艺，也“进过宫廷”，他有时会说起这件事，他没有忘记，他在年轻时穿着燕尾服“进过宫廷”，为年轻的亲王剃须。在他为亲王打肥皂时，亲王和他坦率地谈起过人民的苦难。亲王在1918年退位时，穆塞乌斯再也不想给任何人刮胡子了，于是成了国家总理府的仆人，后来成了兴登堡的仆人，然后证明了自己的品性，没有为布劳瑙服务。他挺过了独裁政府和战争，直到新国家又想起他，任命他为总统的管家。现在好了，很好。他很困惑，这位好穆塞乌斯。他读了太多的书。他读了太多歌德，这些都是他从总统的图书馆里借来的索菲版本[1]的精美卷册。傍晚，当彩虹跨接起莱茵河两岸时，穆塞乌斯会站在盘绕着玫瑰花枝的护栏边，想象着自己是总统，远眺这片土地，欣喜于这个他所站立的教育学院里，一切都处于最佳状态，欣欣向荣，蓬勃发展。但在他内心深处的某个地方，盘踞着一丝不安，就好像他忘记了某种他在“进过宫廷”时代还拥有的东西——人民的声音，人民的低语，他在为年轻亲王的胡子周围涂抹肥皂时听到的那种微不足道的单调的喃喃细语。这声音他再也听不到了，它们不再出现了，这让他

1 1887年至1919年，德国伯劳出版社（Böhlau Verlag）在歌德书面遗产唯一继承人索菲·冯·萨克森大公夫人的赞助下，出版了首部评注版《歌德全集》，共133卷，被称为索菲版本或魏玛版本的《歌德全集》。

不安。穆塞乌斯想做个好人，一个好的君王，也许那时他就想把亲王教育成一位好的君王，但亲王执政的时间并不长。现在，穆塞乌斯本人在执政，却不幸忘记了那些教导亲王的规则。因此他无法真正管理，他被拉进了肮脏的交易里，穆塞乌斯愤愤地想。那位在位的政治家，穆塞乌斯晚上想，他把穆塞乌斯喂养得太好了，以至于他变得又胖又聋又迟钝，最终听不到人民的低语了，或者听到的全是虚假的声音，就像是在唱片工厂灌制的模仿人民呼声的声音。谁知道呢，穆塞乌斯再也分不清了。过去他分得清。然后，他决定节食，少吃少喝。他饿了三天，好穆塞乌斯，他渴了三天，好穆塞乌斯，但接下来——职位太好了，厨房和酒馆太好了，穆塞乌斯吃了一条肋排，又喝了一小杯，这就滋养并抚慰了他良心的不安。

基特纽夫放弃了危地马拉。他放弃了在西班牙风格的阳台上等死。莱茵河畔也有阳台。他决定不走了。他要留下来。他会留在自己的写字桌边，留在议会中。他不会站在街垒上，但会登上演讲台。他要以神圣的愤怒反驳政府的政策。各种手段对他来说都是正义的，因为他的目标是和平，是人与人之间的友善。这难道不是一个诱人的目标吗？也许他能达成呢。他放弃了继续润色演讲词。他想带着热诚，发自内心地自由发言。基特纽夫——德国特使、演讲者、人民领袖，今天最后一批离开联邦大楼的人之一。一名警卫为他打开了出口的大门。有那么一会儿，基特纽夫踏着轻快的步子走进了暮色中。他留下了什么？一首没有翻译完的诗，一桌子没有回复的信件，一篇没有改完的演讲稿，新时代和他一起走着……

但很快，他注意到自己在流汗。尽管彩虹绚烂，夜晚依然闷热。从粪坑里溢出恶臭，从花园里飘出玫瑰的花香。割草机在草坪上咔嗒作响。受到精心照料的狗在林荫道漫步。伟大的止损外交家正在例行晚间散步，手里挽着女士的折叠伞卖弄风情，思考着他有利可图的回忆录的新篇章，和政治舞台上其他临时演员或唱着真相小调的歌手一样，从容地从财产踱向产业。基特纽夫问候了他并不认识的止损家，伟大的回忆录作者则亲热地回谢："看透了！看透了！"基特纽夫很想大声招呼他并拍拍他的肩膀。俾斯麦认识他的兄弟们："虚荣是每一个政治家都背负的罪恶。"他们是虚荣的，他们所有人都是虚荣的，部长，公务员，外交官，议员，甚至在办公楼里开门的门童都是虚荣的，因为他在办公楼里给人开门，因为他属于政府部门，不时会出现在报纸上，因为有记者想证明，自己真的去过部里，而且见过那个门童。他们所有人都把自己看作历史人物，是公众的伟人，只是因为他们有一个公职，因为他们的面孔通过纸媒流传，因为纸媒需要饲料，因为他们的名字在空中跳跃，因为连广播电台也需要每天的干草，于是妻子们看到他们伟大的丈夫们和渺小的配偶们一脸陶醉地在银幕上挥手致意，脸上挂着他们从美国人那里瞄来的谄媚的笑容站在那里，仿佛在摄影师面前像人体模型一样摆造型。尽管世界对这些公职在身的世界历史学家们不以为然，却一直与他们暗中纠缠，以证明虚妄和恐怖的库存并没有耗尽，历史依然存在。谁想让历史存在呢？如果历史已经不可避免地存在了，展示出一种不可避免的邪恶，那么为什么还要对产下未受精的卵发出嗤笑呢？部长要去巴黎了。很好。他去那里做什么？因为另一位部长要接见他。真棒。部长们会一起吃早饭。了不起，了不起。希望那是一个好天气。部长们会从座谈会退场。完美！然后呢？他们会分开。对，再然后呢？一位部长会送另一位部长去火车站或机场。好的，但是接下来呢？没了。一位部长飞回了家，另一位部长不久后会去回访他。整个旅程，那儿的火车站，这儿的飞机场，早餐和握手，出现在报纸通栏标题页上、银幕上、电视屏幕上和每一个房间的扩音器中——有什么意义呢？没有人知道。还是悄悄去巴黎吧！！静静地寻些开心。这会快乐得多。对这些人保持缄默一年！一年的时间里，他们不会被人想起。我们想忘掉他们的脸，也不想记起他们的名字。也许他们会变成传说，成为本质的存在。基特纽夫，传说中的英雄。他想撕碎承载他的世界，因为假如人们不是每天用各种宣传方式说服地球，它需要部长，那么他怎么会想成为部长呢？基特纽夫部长，背负着俾斯麦的虚荣负担……

他一个劲儿出汗，仿佛在汗水中洗了个澡。一切都让他激动。衬衫粘在了身上。他再次感到窒息和压迫。他把手从衬衫前襟缝里伸进去，放在皮肤上，感受着潮叽叽的汗气，感受着热乎乎的蓬乱的毛发。基特纽夫不是小男孩了，基特纽夫是一头雄性的动物，一个散发着雄兽气息的男人，胸毛被掩在衣服下，被掩在文明下，被驯化的动物，雄兽不见了——心脏在下面跳动着，一个力不从心的泵。他曾想去和他们当面对质：心脏欢快地跳动。他遇到了他们（和他自己）：心脏变得不安、气馁，气喘吁吁——疲于奔命的猎物。他害怕吗？他不害怕。但他就像一个在强大的逆流中奋力游向岸边的人，他知道自己无法成功，他会被冲走，无法前进，一切努力都是徒劳，任由自己荡进坟墓会更好。

他走过建筑工地。工人们下班了。政府建楼，部门建楼，建筑监察局建楼，联邦政府和各州政府建自己的代表楼，外国公使馆筑起高墙，政党联盟、工业协会、银行协会、石油公司、钢铁工厂、煤炭中心、发电厂在这里建起他们的管理大楼，就好像他们沐浴在政府的阳光下，不用交税。保险公司预见性地加高了他们的楼，投保人为保险项目在保险公司给自己投保，而保险公司却找不到足够的房间来保存他们的投保单，安顿他们的律师，安置他们的寿命统计员，挥霍他们的利润，炫耀他们的财富。每个人都想尽快在政府附近找到屋檐，就好像他们害怕，政府会跑掉，有一天会不复存在，而恐怖会住进他们美丽的新房子里。基特纽夫生活在一个新的盛世吗？那是一段地下的、隐秘的、被证实是没有根据的时代。你们在流动的沙子上建房。安全宫之间贫穷的小议员。木头里的蠹虫，钉在她棺材里的钉子。生病的蠹虫。弯曲着。生锈的钉子。好了，保险会比他活得更久。他没有得到保障，就这样死了，成了一具麻烦的尸体。基特纽夫没有纪念碑。没有将人类从任何东西中解放出来。摸索着走过地基坑道。摔倒，失明。一只鼹鼠。

他来到游乐场上，又像早上一样坐下了。两个女孩在玩跷跷板。她们大概十三岁。就在基特纽夫看着她们时，她们一上一下地压着，一个蹲在底下，另一个挂在木板的高处。她们咯咯笑着，说着悄悄话。一个扯着裙子，把布料拉到了大腿上。堕落，真是堕落。那么你呢？你难道没有被青春，被那光滑娇嫩的肌肤吸引吗？还有那一头没有死亡气息的秀发？那一张没有腐烂呼吸的嘴巴？它散发着香草的气味。在废墟的房子中，有人在用铜锅烤着杏仁和糖。“来吃糖焗大杏仁！”一条被雨水浇透了的横幅呐喊着。基特纽夫买了五十芬尼糖焗大杏仁，吃着。他想：这是最后一次，这是我最后一次吃糖焗杏仁。它们有些苦。糖衣在牙齿间碎裂。在舌头上留下一大团黏糊糊的碎屑。糖焗大杏仁吃起来有种青春期的味道，那是在黑暗的日间电影院里男孩躁动的欲望：银幕上，利亚・德・马拉[1]的胸胀鼓鼓的，上面还有肮脏斑驳的白点，看电影的人吮着糖焗杏仁，血液里激荡着一种崭新的疼痛。基特纽夫在一家学生用品店的橱窗前站定，咀嚼着糖焗杏仁。这家店面的主人也活在青春期的感觉里。一切都回来了，时光倒流，战争从未发生。基特纽夫看着白色的前锋队服，五颜六色的帽子，社团的绶带，酒吧夹克；他看着击剑装备，球拍，杯盖上带有兄弟会标志的大啤酒杯，用金色书钉装订在一起的带精巧搭扣的大学生歌曲集。这些东西被制造出来，拿来售卖，给商店和橱窗赚来租金，养活了商人。真的，盛世回来了，它的品味，它的情结，它的禁忌。热衷于建楼的官员们的儿子开着自己的车去上大学，到了晚上却戴着圆锥形的傻瓜帽，模仿他们的祖父，做着一定是非常有趣的事情——他们摩擦一条蝾螈。基特纽夫把这种行为与年轻人那种令人讨厌的形象联系起来，他们被啤酒、愚蠢和朦胧的有时是民族主义的情绪所感动，像嘶吼的丑陋的蛤蟆一样，在酒馆的桌子和啤酒杯之间虚耗时光。基

1　利亚・德・马拉（Lya de Mara，1897—1960），波兰女演员，德国默片时代巨星。

特纽夫把剩下的糖焗杏仁扔进了排水沟。尖尖的袋子破了，糖焗杏仁像弹珠一样弹跳过铺石路面。孩子基特纽夫在路边玩儿玛瑙球。波恩的保险公司经理戴着白色的帽子，用社团的绶带和球拍狂风暴雨般击打在基特纽夫身上。经理刺伤了基特纽夫。基特纽夫捡起一个烤杏仁，塞进了经理的嘴里。他拉扯着经理的夹克，硬币从经理的袖子里掉到了地上。小女孩们跑过来，捡着硬币。她们喊着："再来点儿，再来点儿，再来点儿。"更多的硬币掉了出来，在路面上蹦着，跳着。基特纽夫笑了。经理生气地说："情况严重了……"

基特纽夫走过了市场。女商贩们正在清洗自己的摊位。一个给梅根海姆的笑话：一位盲人走过了鱼摊，说："姑娘们。"梅根海姆家的卧室里，苏菲为戈德斯堡的外交使团聚会换上了衣服。她拉紧了套在松弛的身体上的半透明的紧身胸衣。梅根海姆没有兴奋起来。他累了。他说："基特纽夫在我这里。"紧身胸衣箍着苏菲。她燥热难耐，想把花边剪掉。梅根海姆说："我不应该再和他用'你'相互称呼了。"苏菲心想："他在胡说什么，胸衣箍得我难受，尼龙丝，半透明又紧身，我可以把花边撕开，我是不会脱掉它的。"梅根海姆说："我是他的敌人。我应该和他摊牌。我应该说：'基特纽夫先生，我是您的敌人。'"苏菲心想："我为什么要穿上这件半透明的紧身衣呢？要是弗朗索瓦-庞塞[1]看到我这样，可以看到一切——皱纹，还有赘肉。”梅根海姆说：“就是这个意思。”基特纽夫穿过市场上的垃圾，一切腐烂的、散发恶臭的、腐败的、变馊的、变质的，都躺在他的脚边。他滑了进去，进入一颗橙子，一根香蕉，一个美丽的水果，徒劳地成熟了，无意义地被采摘，生于非洲，死于波恩的市场，尚未被品尝，没有穿过贪婪的人体旅行，没有转化。香肠，肉，奶酪，鱼和无处不在的苍蝇。沉重的嗡鸣声，尸体中的蛆虫，它们的武器，香肠毁在盘子里。这些都是我们吃的。他们在施泰恩旅馆吃的就是这些。我可以进去。大厅里的投机者，边防军的长石，高压水枪的专利，人造金刚石，他们还一直等着部长的召唤。他派来了他的汽车。交出金刚石，交出高压水枪，交出长石。漂亮的可折叠的西方口袋式长石，不显眼地佩戴在西装下，让你在每个社交圈子里都大受欢迎，一次成功，一小时内六百立方米德国的土，公墓群，同伴埋葬了同伴。等等政府的指令。这里是英国。这里是英国。他们听到了美国的声音。这一次，基特纽夫不会开口了。他不会在空中反抗。基特纽夫，不知名前线的不知名战士。向前射击？还是向后射击？有胆量的人就向空中射击。当心飞

1　安德烈·弗朗索瓦-庞塞（André François-Poncet，1887—1978），法国政治家和外交家，作为法国驻德国大使，亲眼目睹了希特勒和纳粹政权的崛起。

行联队！是的，不能击落一只鸟！基特纽夫，善良的人，做不了猎人。清白的双手。诗人。在施泰恩旅馆的阳台上站着一位巴伐利亚党的议员。他看着芒格瀑布山谷。奶牛们正在草场上移动，牛铃叮当作响。这一年成熟了。膳宿公寓里挤满了普鲁士人：万福马利亚。巴伐利亚党和其他所有小党派一样，是一个能让天平倾斜的小砝码。它会被争取。一旦事态严重，它会投政府的赞成票，但在思想上带着联邦制的保留意见。

许多人站在电影院的售票窗口前。他们在期待什么呢？伟大的德国滑稽剧。基特纽夫排进了队伍里。阿里阿德涅牵引着他，这个敢于走进黑暗的忒修斯。阿里阿德涅说："向中间跟上！"她的声音神气活现，尖利刺耳。她被设定为维护秩序的人，管着一群不能及时跟上向中间移动的没有教养的人类。基特纽夫坐着，他以符合他时代的姿态坐着，他是一个正在被处理的对象。现在他是广告的对象。银幕上挨个儿向他推荐剃须刀、驾驶证、领结、衣料、口红、染发剂、雅典之旅。基特纽夫，购买者和消费者，正常的使用者。很实用。基特纽夫一年内买了六件衬衫。五千万德国人买了三亿件衬衫。巨型的布料球卷进了缝纫机中。布料像蛇一样缠绕着人们。束手就擒。来算一笔账：一个人一天要抽十支烟，那么他一年要抽多少支呢？这么说吧，如果科隆大教堂是用烟草建成的，那么五千万个烟民会抽掉六个科隆大教堂。基特纽夫不抽烟。快逃！他很高兴。新闻周报来了：一位部长正在验收桥梁，他剪了彩，僵硬地走过了桥，其他僵硬的人跟在部长身后僵硬地走过了桥；总统参观了展览，一个孩子向他问好，我们的领袖爱孩子；一位部长离开了，他被送去赶火车；一位部长到达了，他被人接了过来；罗伊莎小姐当选为选美皇后，在高山草场上穿着比基尼，真是漂亮的屁股；内华达荒原上空的巨大蘑菇云；在佛罗里达海滩的人造雪上进行滑雪比赛；还有比基尼，更大的高山草场，更漂亮的屁股；在朝鲜有两个目光严肃的敌人相遇了，他们走进了一顶帐篷，然后又分开了，其中一个严肃地爬进了一架直升机，另一个更加严肃地钻进了他的汽车；射击；在某个城市投弹；射击；在某个丛林投弹；澳门小姐当选了，比基尼，很漂亮的中葡混血屁股。体育比赛调和了人民的矛盾。两万人盯着同一个球。这真是顶级的无聊。但接下来，在摄影机的远摄镜头中，有几张脸从两万人中脱颖而出：可怕的脸，绷紧的下巴，因为仇恨而扭曲的嘴，目光中充满杀戮的渴望。你们想要全面战争吗？是的是的是的。基特纽夫坐在昏暗的观众席的座位中端详着那几张脸。它们在人群中的隐秘性和匿名性被阴险的长焦镜头残忍地撕碎了，一切都暴露无遗，被光（按照牛顿的说法，光是一种不可测量的物质，冷漠而傲慢地罩在被约束的物体上）投在银幕上，就像被扔在了解剖台上一般。他很害怕。这是人的脸吗？当代人的面目如此可怖吗？人到哪儿去了？而他，法利赛人基特纽夫，应该感谢什么样的意外，才使得他没有混进这两万人（部长们坐在长凳上，被摄影机镜头捕捉到了，他们与民同乐，他们就是或者说他们要做到的是：优秀的表情管理家）的一锅粥里，没有绷着下巴追随着那个球？在这里，他的心脏没有敲击胸膛，他的血液没有涌动得更加激烈，他感受不到那种狂热：在裁判的死角，动手了，作弊，点球，没有点球，吹哨！基特纽夫越位。他置身于这两万人集会的真实的热烈氛围以外。他们团结在一起，他们在蓄力，他们是危险的一群数字零，是爆炸性的混合物，两万颗兴奋的心脏和两万个空洞的头脑。他们当然在等待他们的领头人，等待数字一，等待那个会鼓动他们的人，把他们变成强大的数字，成为人民，成为新的泥巴人，混合着以下这些概念：一个民族，一个国家，一个领袖，一种完全的仇恨，一次完全的爆炸，一场完全的覆灭。基特纽夫消极地反对着大众意志。他形单影只。这就是领袖的地位。领袖基特纽夫。但基特纽夫吸引不了人们。他不能感动大家，没有点燃他们，甚至无法欺骗人民。作为政治家，他是一个骗婚者，和日耳曼夫人一上床就阳痿了。但在他的想象中，在他常常确实也真诚的努力下，正是他一直代表着人民的权利！现在，电影院正在银幕上为电影院做广告，播放着下一个节目中大把美梦的简短片段。两个老男人正在打网球。这两个老男孩正是下一部电影中年轻的恋人，卖弄地穿着短裤，他们甚至也许就是基特纽夫的哥哥们，因为早在基特纽夫处于青春期时，他就看过这两位先生的表演。但他们不仅仅是网球运动员，他们还是庄园主，因为这是一部老电影，宣称感人至深又动人心弦，两位庄园主先生失去了一切，把所有的产业都献给了席卷世界的风暴，只有地产留了下来，庄园城堡、田地、森林、网球场，以及时髦的短裤，当然还有几匹高贵的马，以备再次为德国出征。录音机里一个声音在说："在这对密谋的朋友之间，有一位迷人的女士。谁会赢得她的芳心呢？"一位穿着少女连衣裙的主妇嬉笑着走向球网。这是祖母那一辈的消遣，一切都发生在最好的社会中，在一个讲究得不复存在的世界里。基特纽夫怀疑，这个讲究的世界到底是否存在过。这是什么？这里在演什么？一位受欢迎的德国民间作家将她众多小说中的一本命名为 *Highlife*，即"高等生活"。她或者她的出版人把这个英文书名放在了这本用德语写的书上，上百万的人根本不知道"Highlife"这个词是什么意思，只是胡乱翻着这本书。高等生活——讲究的世界，一句咒语，那是什么？谁属于那个世界？克罗丁？不。克罗丁不是属于高等生活的人。总理？他也不是。总理的银行家？他大概会把这类人赶出去。那么谁属于高等生活呢？鬼魂，魅影，银幕上的演员，他们扮演着属于高等生活的人，也是这个讲究世界的唯一代表——他们，还有一些画报和广告中的代言模特：留着精心打理的络腮胡的男人，正以独一无二的庄重姿态倒着香槟；穿着马球衫，抽着电车上人人都会抽的香烟的男人，蓝色的烟雾缭绕在马俊美的脖颈上。从没有人会像那样倒香槟，也从不会有任何人像那样坐在马背上，怎么会有人这么做呢——但这些形象就是民众真实的影子国王。第二段字幕预告的是一部彩色电影。旁白喊着："国民战争中的美国！火热的南方，这片土地上都是燃烧的灵魂！两个朋友各怀鬼胎，一位迷人的女士夹在他们中间！"两个各怀鬼胎的朋友，一位迷人的女士——这似乎是大洋此岸和彼岸的编剧们固定的戏剧思路。迷人的女士这一次坐在一匹没有鞍具的野马上，穿着三种颜色的衣服颠簸，让基特纽夫眼花缭乱。两个朋友蹑手蹑脚地——他们也穿着三种颜色的衣服——穿过树丛，相互射击。旁白评论道："勇敢的男人们！"基特纽夫没有可以射击的朋友。他应该和梅根海姆相互瞄准吗？也许不是个坏主意。苏菲一定要担当"迷人的女士"这个角色。她得参与，不能让人扫兴。终于轮到德国滑稽剧了。基特纽夫已经倦了。剧情一幕幕地闪过。这是一个闹鬼的故事。有个男人乔装打扮了一番，扮成女人走了出来。好吧，异装癖。但基特纽夫不觉得好笑。异装癖坐进了浴缸里。异装癖也是要洗澡的。这有什么好笑的？他不再是不得体的乔装者，而是得体的裸体者，却被一个女人吓了一跳。基特纽夫周围的人大笑起来，前前后后的人都在笑。他们在笑什么？他不理解。这让他感到害怕。他被抛弃了，被他们的笑声抛弃了。他看不到任何好笑的东西，只有一个裸体的男演员，一位离了三次婚的女士，她在浴缸里发现了这个男演员。这些事与其说是好笑倒不如说是悲惨！但基特纽夫的四面八方都在笑，哈哈大笑。基特纽夫是个外国人吗？他是到了一个自己与所有人的泪点和笑点都格格不入的地方吗？也许他是个情感上的外国人，黑暗中的笑声像一股过于强大的巨浪，打得他生疼，险些让他窒息。他摸索着走出了这座迷宫，匆匆离开了电影院。这是一场逃亡。阿里阿德涅在他身后轻声提示："一直右转！出口要一直右转！"忒修斯在逃亡，牛头人还活着……

天色暗了下来。天边还有最有一线落日的余晖。晚餐时间到了。他们坐在自己沉闷的小房间里，坐在铺好的床前，喂自己吃饭，没精打采地一边咀嚼，一边听着扩音器里漫无边际的胡扯：带上我和船长一起旅行，家乡，你的繁星。街上只有几个人。他们是一些不知道自己该去哪里的人。他们不知道该去哪里，即使他们有一间住所，即使他们的床已经铺好，香肠和啤酒在等着他们，他们不知道该去哪里。他们是和基特纽夫一样的人，但他们又和基特纽夫不同——他们也对自己一筹莫展。电影院门口有几个青少年。他们每周进去两次，其余时间就站在门口。他们在等待。等什么呢？等待生活，而他们等待的生活从没有来过。生活似乎不会来赴电影院门口的约，或者当它现身，就站在他们身边时，他们却没发现。而那些姗姗来迟、出现在他们视线中的伴侣并不是他们所期待的。要是知道只有这些人会来，他们根本就不会站在那里了。这些少年们在为自己等待。无聊像疾病一样缠上了他们，从他们脸上就能读出来，他们会慢慢死于这种疾病。姑娘们站在旁边。她们的无聊病还没有像小伙子们那样重。她们春心萌动，把头凑在一起，用窃窃私语和相互拌嘴来掩饰。小伙子们看了一百遍影片剧照。他们看着男演员坐在浴缸里，看着他穿上女人的衣服。这个男演员演的是什么？同性恋吗？他们打了个哈欠。他们的嘴变成了一个圆形的洞口，一条通道的入口，空虚从那里进进出出。他们把香烟塞进那个洞，堵住了空虚，嘴唇闭合，叼住烟卷，露出讥讽又浮夸的表情。他们有一天可能会成为议员，但也许会被军队抢先一步招走。基特纽夫看不到幻象：他看不到他们躺在田野的坟墓里，看不到他们失去双腿，坐在婴儿车轮子上四处乞讨。那一刻，他甚至没有为他们难过。他那种预见的天赋被夺走了，同情心也死了。一个面包店的伙计盯着售票窗口。女售票员坐在小窗口里，就像美发店橱窗里的半身蜡像。她像蜡像一样，笑得僵硬而甜美，冷漠又骄傲地顶着波浪形的假发。面包店伙计在想，他是否能抢劫售票员。他的衬衫敞着扣子，一直开到了肚脐，超短的面包店裤子刚刚能盖住他的屁股。他的胸膛和裸露的双腿上全是面粉。他不抽烟，不打哈欠。他的眼睛很清醒。基特纽夫想："如果我是个姑娘，我会和你到河岸边散步的。"基特纽夫想："如果我是那个售票员，我会小心的。"他遇到了一些在城市里绝望地闲逛的寂寞的人。他们在想什么？他们遇到了什么事？他们感性吗？他们痛苦吗？他们在为内心翻滚的欲望寻找同伴吗？他们不会找到同伴的。同伴无处不在，他们彼此擦身而过，男人，女人，他们用图片浸润自己，在租来的小房间里，在租来的床上，他们会想起那条街，满足自己。有的人是想喝醉的，他们想和人聊聊，充满渴望地望着酒馆的窗户。但他们没有钱，工资已经分光了，分给了房租、洗衣费、必要的食物、赡养费和补贴。只要保住了能给他们带来必须分配的钱的工作，他们一定很高兴。他们站在橱窗前，看着昂贵的摄影器材。他们在想，哪一种更好呢？徕卡还是康泰克斯？然而他们却连一台最简单的照相机也买不起。基特纽夫走进墙上钉着护板的酒馆。这里很安静，很舒适。只有热度还留在酒馆里，没有散去。他出汗了。一位老先生坐在那儿，就着一杯酒读报纸上的社论，标题是"总理会赢吗？"，基特纽夫读过这篇文章。他知道，自己的名字作为总理大选之路上的一块绊脚石，也出现在了文章中。基特纽夫，不满的石头。他点了一杯这里的招牌阿赫酒。老先生一边了解总理的前景，一边抚摸着一只驯顺地蹲坐在他身边长凳上的老腊肠犬。那只腊肠犬面相机敏，俨然一位政治家。基特纽夫想："将来有一天我也会这么坐着，苍老，孤独，指望从一只狗那里得到友谊的陪伴。"但他是否能拥有一只狗，拥有一杯酒，在城里的什么地方拥有一张床，还是个问题。

一位神父走进了酒馆。他身边跟着一个小姑娘。小姑娘大概只有十二岁，穿着一双红袜子。神父又高又壮，看起来像个农民，但他有一颗学者一般的头颅，颅相很好。神父将酒水单递给小姑娘，小姑娘害羞地读着酒名，担心自己只会得到一杯柠檬水。但神父问她想不想喝酒。他给小姑娘点了八分之一杯葡萄酒，给自己点了四分之一杯。小姑娘双手捧着酒杯，小心翼翼地抿了一小口。神父问："好喝吗？"小姑娘说："好喝！"基特纽夫心想："你不用害羞。他很高兴你陪着他。"神父从袍子里掏出一份报纸。那是一份意大利语的报纸，是梵蒂冈的《罗马观察报》。神父戴上眼镜，读起了《观察报》的社论。基特纽夫心想："这份报纸也不比别的报纸差，也许更好一些。他们是人文主义者，会思考，以好的理由代表善良的事业，但他们压制了一种观点，即认为人们也可以以好的理由代表相反的事业。”基特纽夫心想：“真理是不存在的。”他想：“信仰是存在的。”他想：“《观察报》的编辑是否相信，他写在报纸上的东西呢？他是不是一个神职人员？他是否接受了圣职？他住在梵蒂冈吗？”基特纽夫想：“一种美好的生活。傍晚在花园里，在台伯河边散步。”他看到自己作为神父，沿着台伯河的河岸漫步。他穿着干净的袍子，戴着一顶黑色的帽子，上面还有红色的缎带。基特纽夫阁下。小女孩向他行屈膝礼，亲吻他的手。神父问小女孩：“你想往酒里加一些碳酸吗？”小女孩摇了摇头。她享受地小口啜饮着她的酒。神父把《观察报》折了起来，摘下眼镜。他的眼睛很亮，面庞安详。这不是一张空洞的脸。他像葡萄种植者一样品尝着葡萄酒。小姑娘的红袜子垂在桌子下。老先生抚摸着他那只机敏的腊肠犬。周围很安静。女招待也静静地坐在桌边，读着杂志上的连载文章《我是斯大林的女友》。基特纽夫想：“永恒。”他想：“凝固。”他想：“背叛。”他想：“信仰。”他想：“和平在说谎。”他继续想：“这里的热度，这里的宁静，这是永恒的一个瞬间，我们被密封在永恒的这个瞬间中，神父和他的《观察报》，小姑娘和她的红袜子，老先生和他的狗，休息的女招待，斯大林和他不忠的女友，还有我，议员，变幻无常的人，但病态、虚弱，至少仍然不安。”

突然，所有人都买了单。神父买了单，老先生买了单，基特纽夫买了单。酒馆打烊了。去哪儿呢？去哪儿呢？老先生和他的狗回家了。神父带着小姑娘回家了。神父有家吗？基特纽夫不知道。也许神父去拜访克罗丁了。也许他会在某个教堂过夜，在祈祷中度过漫漫长夜。也许他有一个美丽的家，一张巴洛克式的床，上面还精雕细刻着天鹅的图案，有古老的镜子，有卷帙浩繁的藏书，有十七世纪的法语书。也许他会读几页，也许他在凉爽的亚麻布上睡着了，也许他会梦见红袜子。基特纽夫没有回家的欲望。他的议员宿舍是一个单调乏味的小公寓，一个恐惧的娃娃屋，他在那里只有一种感受——假如他死在那里，没有人会哀悼。他整天都在害怕这个令人悲伤的房间。

这个街区的街道很空。时装店的橱窗里徒劳地亮着灯。基特纽夫看着橱窗里那一家人的生活场景。一家广播电台在寻找理想的家庭。这就是了。时装店早就找到了。一位咧嘴笑的父亲，一位咧嘴笑的母亲，一个咧嘴笑的孩子，它们出神地盯着身上的价签。它们很高兴，因为它们的衣服很便宜。基特纽夫想：如果布置橱窗的人想给那个男人套上制服，它会怎么咧嘴笑，他们会怎么咧嘴笑着欣赏它；他们会欣赏它，直到玻璃窗在爆炸的冲击下破碎，直到蜡像在火海中再次融化。隔壁橱窗里的女士顶着一头标致的发型，长着一张性感的嘴，放肆地挺着小腹，为自己价格公道的帷幔兴奋。这里站着的是理想的一群人，理想的父亲，理想的主妇，理想的孩子，理想的女友。连载文章《我是基特纽夫的橱窗人偶》。基特纽夫，当代历史人物。基特纽夫，杂志上的风俗画。它们对着基特纽夫咧嘴笑，鼓励地咧嘴笑着。它们咧嘴笑着说："行动起来！"它们引领着一种理想化的、干净又经济的生活。就连那个放肆地挺着小腹的标致娃娃，那个小妓女，也干净而经济。它是理想化的、人造的：它的腹中孕育着未来。基特纽夫可以买一个娃娃家庭。一个理想的妻子，一个理想的孩子。他可以用它们充实自己的议员娃娃公寓。他可以爱它们；如果不想再爱它们了，他可以把它们收进橱柜里。他可以给它们买来棺材，把它们安置进去，然后埋葬。

城市给孤独的漫游者提供了许多。它为他提供了汽车、炉灶、冰箱、自行车、锅具、家具、钟表、收音机，所有这些都或站或躺地待在仿佛只为基特纽夫一人亮着灯的橱窗里，待在那一片引人注目的落寞中。它们是魔鬼的诱惑，在这一刻不是真实的汽车、炉灶、锅具或橱柜，而是像附在日用品中的咒语或诅咒。一位法力高强的魔法师冻结了一切，把它们挤压进随机形式，成为凝固的空气，造出一些丑陋的形式让魔法师感到有趣；而现在他很高兴看到，人类渴望这些东西，会为了它们而工作、杀戮、偷窃、欺骗。是的，无法兑现汇票时，人们会选择自杀。他们给魔鬼签下了名字，也以此给自己套上了魔法的约束。透着红色灯光的商店是纯粹的黑魔法。一个人被切开站在陈列柜里。基特纽夫看到了人的心脏、肺叶、肾脏和胃。它们漫不经心地以自然大小呈现在他眼前。这些脏器通过实验室里透明的盘绕玻璃管连接在一起，罐子里流淌着鲜红的柠檬汁，应该就是用来维持齐格弗里德的母亲齐格琳德的活力的那种魔药。那个切开的人顶着一颗骷髅头，牙齿刷得很干净。它的右臂剥离了皮肤，可以清晰地看到肌肉的纤维束和神经束。它举着右臂，在行纳粹礼，基特纽夫觉得自己几乎听到了这个鬼魂对着自己吼出了“希特勒万岁”。这个东西没有性别特征，无精打采地站在一堆卫生用品中，就像标牌上写的那样。基特纽夫注意到了橡胶淋浴头、避孕套、避孕药，各种油腻腻的膏药和糖衣药片，还有一个合成树脂做的鹳鸟，一块灯牌上写着：这里有给我们的小家伙们的最好的东西。

基特纽夫想：再也不玩了，不参与了，不签署协议了，不做购买者，不做奴仆。基特纽夫在首都夜晚安静的街道上做了一会儿梦，现在他才想起，自己在一座小城里。那是一个无欲无求的原始的梦。这个梦给了他一种力量，就像它给所有人的力量一样。他的脚步声回荡在街道上。苦行僧基特纽夫，禅宗弟子基特纽夫，佛教徒基特纽夫，伟大的自我解放者基特纽夫。但他感受到的激动也刺激了血液的流动，脚步带来的精神狂想也唤醒了胃口，伟大的自我解放者感受到了饥饿，他感到口渴。这和解放无关，如果要成功解放，现在必须开始行动。现在，立即，马上。他停下了脚步。脚步声在安静的街道上回响。

基特纽夫走进了城里的第二家酒馆。这家酒馆不如第一家那么安静和高雅，没有神父光顾，没有让人悦目的穿红袜子的小姑娘，但这家酒馆还在营业，还在卖酒。两张桌子上的客人正在辩论。肥胖的男人们，肥胖的女人们，他们在这里做生意，有着舒适的生计。他们照亮了橱窗，和魔鬼结了盟。基特纽夫点了葡萄酒和奶酪。奶酪让他很满意。佛教徒不愿意杀生。略微带着臭味的奶酪是一种良心的安慰，他很喜欢这味道。有一面墙上挂着葡萄酒酒商给儿子们的遗嘱：葡萄酒也可以用葡萄来酿造。基特纽夫喝的葡萄酒还不错。接着，两个救世军[1]的姑娘涌进了酒馆。

只有一个姑娘穿着红蓝相间的制服，戴着主的士兵的宽檐帽。另一个姑娘看不出到底是不是属于救世军，或者她是没有着装的新手，或者她只是偶然加入了她们，出于友谊自愿或因处于不利的情境而被迫前往，出于叛逆或者仅仅因为好奇而参与其中。她大概有十六岁，穿着一件皱巴巴的廉价的

1　救世军（The Salvation Army）是一个国际性宗教及慈善公益组织，成员无种族之分，基本上不涉及任何国家的政治政策。

化纤裙子，年轻的胸脯撑起了粗糙的布料。基特纽夫注意到，她的脸上带着一种惊讶的神色，一种持续的惊奇，同时交织着失望、懊悔和愤怒。这个姑娘并不漂亮，个子也不高，但她那种清新又有些叛逆的态度让她变得好看了。她像一匹被套在车上的年轻的马，因为受了惊而腾跃反抗。她手里拿着救世军的口号宣传页，迟疑地跟着那个穿着制服的姑娘。穿着制服的姑娘大概有二十五岁了，脸上没有血色，带着一副忧国忧民的神情，苍白而紧张的扁平面孔上，一张几乎没有嘴唇的嘴抿得紧紧的。基特纽夫看到，她压在帽子下面的头发剪得短短的，如果不是戴着那顶丑化了她的帽子，她看起来就像个男孩子。基特纽夫被这一对深深吸引了。基特纽夫，好奇又感性。穿着制服的姑娘把募捐箱递向餐桌，那些肥胖的生意人厌烦地把五十芬尼的硬币丢进生锈的开口中。他们肥胖的妻子愚蠢又骄傲地看向远处，就好像没看到救世军姑娘和她们的募捐箱。那个姑娘收回了募捐箱，脸上带着冷漠和蔑视的表情。公民们没有抬头看那姑娘的脸，他们想不到自己会被别人蔑视；而救世军也不需要费力掩饰自己的蔑视。用虔诚条幅装饰的吉他对着基特纽夫的桌子弹起了欢快的调子，姑娘——救世主傲慢而阴郁的天使——现在带着轻蔑的神色把募捐箱伸向了他。基特纽夫想和她聊聊，但羞涩让他开不了口，他只在头脑里和她对话。他请求：唱一支歌吧！唱圣歌！姑娘在基特纽夫的脑海中说：不该是这儿！基特纽夫在脑海中回答：什么地方都行，都可以赞美主。他继续想：你是一个小女同性恋，你提醒了我，你非常恐惧你偷走的东西会被人夺走。他把五马克塞进募捐箱。他很惭愧，因为他把五马克塞进了开口。这太多了，又太少了。没穿制服的十六岁小个子姑娘看着基特纽夫，一脸惊讶。接着，那片有一丝干裂的下唇推开了拱形的性感的嘴，她的脸上显出极度率直的愤怒和不满。基特纽夫笑了，那孩子发现自己被注意到，脸红了。基特纽夫本想请姑娘们陪自己坐坐。他知道，这会惹来市民们注意的目光，但他不在乎，是的，这会让他高兴。但他面对姑娘们时很害羞。直到他终于鼓起勇气邀请她们时，那个穿着制服的姑娘坚决地喊那个目不转睛盯着基特纽夫的小个子姑娘到门边。小姑娘抖了一下，就像马听到车夫可恶的吆喝和感受到缰绳猛地勒紧一样。她把目光从基特纽夫身上移开，喊道："格尔达，我来了。"

姑娘们走了。门铃响了一声。门猛地关上了。随着关门声，基特纽夫看到了伦敦。他看到了地铁站的墙上挂着一张伦敦这座伟大城市的大幅地图，上面画着所有向乡村延伸的郊区。在那张地图上，伦敦的码头区有一处苍蝇屎大的地方，他就站在那里，基特纽夫，在伦敦的码头区，在一个地铁站。把他抛下的列车继续向前行驶，咆哮着在冰冷的隧道里奔驰。基特纽夫在站台上冻僵了。这是周日的下午，十一月一个周日的下午。基特纽夫穷困潦倒，身在异乡，形单影只。街上下着雨。那是一场疾风骤雨，从低沉的云层中劈头浇下，穿破厚重的浓雾。这层浓雾像沉重的羊毛帽一样，压在疙里疙瘩的、脏兮兮的房顶上方，盖在油腻腻的棚顶上，吸满了从老旧的、长着疥癣的烟囱中喷出的呛人浓烟。浓烟发出沼泽的恶臭，闻起来就像潮湿的沼泽地上燃起的泥炭火。那是一种熟悉的气味，是《麦克白》的女巫的气味。风中还传来她的喊叫，美丽是荒凉的，荒凉是美丽的！女巫们随着雾堤在城市中穿行，她们蹲坐在房顶上、屋檐上，和海风约会，参观伦敦城，在老城区撒尿；而当风暴推搡她们，把她们扔上云床，摇晃着她们，疯狂而好色地拥抱她们时，她们发出淫荡的尖啸声。到处都是口哨声和呻吟声。仓库的梁柱嘎吱作响，扭曲的屋顶呻吟不断。基特纽夫站在街道上，听着女巫们的咯咯怪笑。酒馆都关门了。男人们无所事事地站在大街上，听着女巫们嬉闹。温暖的酒馆关门了。女人们站在大门口瑟瑟发抖，静静听着女巫们的喧哗。杜松子酒被锁在上了门闩的酒馆里。淫荡的女巫们笑闹，号叫，撒尿，交媾。天空被她们挤满了。这时，从雾气和水汽中，从泥炭火的浓烟中，从风暴和女巫的盛会中传来一阵音乐，救世军来了，旗帜飘扬，口号响亮，鼓号齐鸣，鸭舌帽和宽檐帽耸动，致词和合唱不绝，试图驱散魔鬼，否认人类的渺小。救世军的队伍形成了一个螺旋，闭合起一个圆圈，他们就站在那里，高喊着，吹奏着，敲击着他们的《赞美主》。女巫们继续大笑，挺着她们的孕肚，撒着尿，仰面躺在风前。丰腴的大腿昭示着欲求不满的贪婪，肚子里孕育着沼泽，黄色、灰色和黑色交杂成一片——这就是码头之间的肮脏广场上方的天空，乌云密布，摇撼着风暴。舒适的小酒馆关门了，让人宾至如归的阴暗的站立酒吧也关门了。就算这些酒馆开着，谁又有几个先令的闲钱能来一杯黏稠的泛着深色泡沫的啤酒呢？所以这些男人和女人，所以这些周日的穷人，所以贫穷的流亡者基特纽夫凑到了救世军周围，听着音乐，默不作声地听着吟唱声，但他们听不到致词，他们听到的是女巫的声音，并且感到被冰冷逼近，浑身湿透。然后他们走开了，塌着肩膀走成一列冻僵的悲伤队伍，手臂交叠着，双手插进口袋。男人和女人，冲锋队的流亡者基特纽夫在前进，跟在救世军的旗帜后，跟在救世军的鼓点后，而女巫们在嬉闹大笑，风有序而坚定地推搡着她们，一次又一次——“亲爱的风啊，你来自海上，来自冰冷的极地，让自己暖和暖和，热起来吧，我们是来自沼泽的女巫，我们来这美好的老伦敦开舞会”……他们来到一个棚子前，他们必须在这里等待，因为救世军想告诉他们，他们是不得不等待的穷苦人。他们为什么不应该等待呢？没有什么在等待着他们。棚子里很暖和。燃气炉在燃烧，发出嘶嘶的声响，火焰忽黄忽红忽蓝地闪着，像飘动的鬼火。屋子里有股香甜的气味，那种香甜就像让人头脑发昏的麻药。他们坐在没有扶手的木头长凳上，因为对穷人来说，没有扶手的木头长凳已经够好了。穷人不应该困倦，富人才可以歪着。这里只有穷人，他们把手支在腿上，下巴垫在手上，身体前倾，因为站立、等待和迷失已经像十字架一样压得他们筋疲力尽。《所有基督徒们快醒来》的音乐响起来了，一个男人开始布道。他被人称为上校，长得也像讽刺漫画上的上校。基特纽夫上校在班科城堡的板球比赛中。上校有一位妻子（她看起来远没有他那么讲究，如果和他一起出现在漫画里，她顶多像他的洗衣女工，被允许搓洗他的内衣裤），在上校先生发言过后（他说了什么？基特纽夫不知道，没有人知道），上校夫人要求那些集会的人承认自己的罪恶。如今，在许多人中间有一种暴露的癖好，一种逆来顺受的倾向，于是有一些人站了出来，假惺惺地为一些自己从未有过的罪恶念头自我谴责，同时却又极力防止他们心中的毒虫开口，阻止那条真正蛀蚀着他们的内心的毒虫说话。罪行仍然没有得到忏悔。也许在这里闭口不提是明智的，也许大厅里就坐着密探呢。而且，当人们要在这里向他人或上帝忏悔时，到底什么才算真正的罪行呢？虐待狗是一种罪行，打孩子是一种罪行。但想要抢银行是一种罪恶的念头吗？策划一起针对倒行逆施却备受尊敬的先生的刺杀行动，这是罪恶吗？谁知道呢？要判断这一点，需要极其清醒的良知。救世军的上校有这样的良知吗？他看起来可不像。他那精心修剪的大胡子颇有武将风范，比起救世主，他更像军人。假如上校真的有这样敏感的良知，这对他来说又有什么用呢？毕竟像抢银行是否合乎道德这种问题，恰恰是成熟、敏锐而温柔的善恶观所无法回答的。忏悔仪式过后，期待已久的茶终于上来了。茶汤被从一个冒着热气的大铁桶盛入铝杯中。这是红茶，非常甜。铝杯灼烫了嘴唇，但茶汤令人惬意地流过舌头，热乎乎地流进身体里。煤气火焰嘶嘶作响，它温和却致命的废气和茶汤甜丝丝的香气、印度童话的气息混合在一起，其中还夹杂着没有洗澡的身体发出的冲人的酸臭味和被雨淋湿后又被火烤得微微冒烟的衣服的污浊气，形成一层独有的雾气，在基特纽夫眼前逐渐变红，让他感到眩晕。所有人都渴望出去，他们渴望进入暴雨，渴望女巫——但那些诱人的酒馆依然关闭着。

波恩这里也想关门。桌子空了。商人们带着假笑，伸出肥厚的手，紧紧捏着对方戴金戒指的胖手指。他们知道每一个值多少钱，了解对方的收支。现在他们走了，熄灭了橱窗里的灯。他们脱掉了衣服，清空了自己，爬上了床。这些肥胖的商人们，肥胖的商人妻子们，儿子要上大学，女儿要嫁个好人家，妻子打哈欠，丈夫扎下了根。晚安！晚安！谁在野外受冻呢？

基特纽夫看到窗户里的灯灭了。他该去哪儿呢？他漫无目的地走着。在百货公司门口，他又遇到了那些救世军姑娘。这一次，他像老熟人一样和她们打招呼。格尔达咬破了她没有血色的薄唇。她很愤怒。她多么恨那些男人，在她看来，他们是一些被阴茎这种不应得的礼物弄疯的傻瓜。格尔达本想跑开，但她怀疑蕾娜这个十六岁的姑娘会不会跟着她一起跑，于是她只能待在这儿，忍受着这个强盗般的男人靠近。基特纽夫和蕾娜在百货公司的橱窗前走来走去，在那些人偶的房间熄灭的灯光前走来走去。格尔达抿起嘴，眼里带着怒火看着他们。基特纽夫听着一个难民的故事。蕾娜操着一口方言讲着，音节都被温和、轻柔地吞掉了。她来自图林根，是一个机械学徒。她说自己拿到了证书，证明了她是机械师，还做过模具工人，和那些男人们没有什么区别。她和家人一起飞往柏林，然后被迫飞往联邦德国，在难民营里住了很长一段时间。蕾娜这个小机械师想完成自己的学徒期，然后当模具工人赚钱，然后她想上大学，成为工程师，就像她在东边得到的保证一样；但是到了西边，人们嘲笑她，对她说这里的车床不适合姑娘，而大学不是给穷人开的。于是某个劳动部门把蕾娜塞进了一个厨房，一家旅馆的厨房。而蕾娜，这个来自图林根的难民，不得不刷盘子，处理那些油乎乎的剩菜、肥腻腻的酱汁、香肠的脂肪层和烤肉剩下的肥肉块。如此多的油腻让她感到恶心，她对着这些白花花、颤巍巍的肥油呕吐不止。她跑出了油腻的厨房，跑到了大街上。她站在路边，向汽车不住地挥手。她想去天堂，而她的天堂不过是一家空旷的工厂，那里有上过油的车床和高薪的八小时工作。旅行推销员捎上了她，他肥胖的手抚摸着她的胸，肥胖的手伸进了她的裙子里面，扯住了她的内裤边。蕾娜拒绝了。旅行推销员骂骂咧咧。蕾娜也试过卡车司机。卡车司机嘲笑着这个小机械师，把手伸进她的裙子里。当她尖叫时，他们把发动机换到低挡,在一挡把蕾娜扔出了车。她来到了鲁尔区，看到了埃森。高炉在燃烧，轧钢车间在工作，锻工们在锻造。但车间门口坐着肥胖的门房。当蕾娜问他们是否想雇一个熟练的机械师学徒时，肥胖的门房笑了。这些肥胖的门房们太胖了，没法把手伸进她的裙子里。这就是蕾娜来到首都的原因。无家可归的人能做什么呢？饥饿的人会开始做什么呢？她在火车站徘徊，就好像指望幸运会随着火车到来。许多人和蕾娜搭讪，格尔达也和蕾娜搭讪。蕾娜跟着格尔达这个救世军姑娘，手里拿着救世军口号传单观察这座城市，所见的一切都让她惊叹不已。基特纽夫想：格尔达也会摸你的胸。他想：我也会这么做。他想：这就是你的命运。他想：我们就是这样，这是我们的命运。但他对她说的是，他想试试帮她找一个职位，好让她完成自己的学徒期。格尔达的嘴愤怒地张开了。她说，有许多人都向蕾娜这样保证过，对这些保证太熟了。基特纽夫想：你说得对，我想再见到蕾娜，我想抚摸她，她很迷人，尤其迷住了我；就是这样。基特纽夫，一个道德败坏的人。然而基特纽夫还是打算和克罗丁谈谈蕾娜——他和工厂有些交情，也许还要和科努尔万或者某个在劳资关系方面有人脉的同僚谈谈。基特纽夫想帮她。机械师应该拥有自己的车床。基特纽夫，一个心肠很好的人。他请求蕾娜第二天晚上再来酒馆见面。格尔达牵住了蕾娜的手。两个姑娘消失在了夜色中。基特纽夫留在了夜色中。

夜色，夜色，夜色。月色晦暗，无声的闪电划过。夜色，夜色，夜生活。火车站附近人影幢幢，都是幽灵。幽灵们在酒吧里呆呆地望着一个瘦削的鬼魂，他想创造连续弹钢琴的记录。那个鬼魂腿上缠着被汗浸透的丝袜，坐在一架老式三角钢琴前，周围堆着满满的烟灰缸和空空的可乐罐，在琴键上连续敲击出每个喇叭吼叫着的旋律。不时会有一位侍者靠近这个鬼魂，带着漠不关心的神色往他嘴里塞一根香烟，或者百无聊赖地往他喉咙里倒一杯可乐。鬼魂会像木偶戏里的死人一样点下头，表达感谢和示好的意思。夜色，夜色，幽灵们。莱茵河岸的铁路闪闪发亮，一路闪亮到了科隆。在车站的克兰茨勒咖啡馆里坐着几个胖男人，唱着“我在柏林还有一个手提箱”。他们盯着几个胖女人，唱着“我深深思念选帝侯大街”。胖女人们想：部门处长，政府官员，大使馆参赞。她们用柏林的方式晃动着自己的脂肪，吃着猪肝配苹果和洋葱，用柏林的口音哼唱着“小东西总是把爪子伸进花盆里”。代理人、旅行者、谄媚者想：这些女人，就像家里的那些老太婆，只是闻起来更香，三十马克，老太婆们在周日免费干活儿，我要买本杂志，不然就忘了女人的构造了。“我不要。”他们在玩柏林斯卡特牌，用大啤酒杯大口灌着白啤酒。夜色，夜色，幽灵们。弗罗斯特-佛罗斯蒂尔上床了。弗罗斯特-佛罗斯蒂尔这座工厂停工了。他在单杠上做了几个动作，然后站在了淋浴头下面。他擦干了因长期锻炼而比例匀称的身体，用一只高脚杯喝了两口白兰地。大收音机播着新闻。莫斯科没发生什么新鲜事。呼叫苏维埃人民。小收音机喊着：“朵拉有尿布。朵拉有尿布。”桌子上放着武装部队高级委员会将军们的采访照片复印件。梅根海姆的电话号码就写在条带上。条带上还写着：关于危地马拉的询问。黑色的照片复印件上写着白色的字，看起来就像罪证。弗罗斯特-佛罗斯蒂尔给闹钟上好发条，把闹铃定在了五点半。弗罗斯特-佛罗斯蒂尔的床很窄，很硬。

他只盖了一条薄薄的毯子。弗罗斯特–佛罗斯蒂尔翻开了一卷弗里德里希大帝的作品，读了起来。他读着弗里德里希磕磕绊绊的法语。他细细地看着一幅版画，一张国王的肖像——国王长着一张灰猎犬般的脸。弗罗斯特–佛罗斯蒂尔关了灯。他像服从命令一样睡着了。大红色的窗帘后，一只猫头鹰在窗外的公园里叫着。夜色。猫头鹰在叫，这意味着死亡。狗叫了起来，犹太笑话，意味着死亡。基特纽夫很迷信。夜色，夜色，幽灵们。二楼，他们选出了当晚的选美皇后。晚礼服像拂动的厕所窗帘。一位如鱼得水的莱茵交际舞专业舞者站在室内麦克风前，向女士们拉票。女士们咯咯笑了起来，羞涩的目光移向上过油的地板，看着漆皮高跟鞋里热乎乎的脚，“咕咕哩咕，鞋里有血”[1]。那位如鱼得水的舞者实现了他煽动的目的。基特纽夫，兵营里的煽动者。如鱼得水的舞者在客人们、香槟桌、强制消费的葡萄酒桌、香槟和葡萄酒的侍者间穿梭，抓住女士们的小手，带着她们来到光滑的裁决席上，介绍她们，让她们暴露在大家的目光中，让大家投票。出轨的主妇，溜号的母亲，来自家庭顾问“谦逊和光荣”的服装，怎样移除精子，吃什么可以变瘦，请您询问克里斯蒂娜夫人，她会建议一种最愚

1　出自童话《灰姑娘》中鸽子们看到灰姑娘的大姐和二姐试穿小金鞋时的话。

蠢的、不自由的、拘束的、过分文明的运动——资产阶级的摘除子宫术。基特纽夫站在入口处，基特纽夫，糟糕的客人，寄生虫，瓶子强迫症，离不开安慰奶嘴的孩子，他想起了议会，法案的第二次宣读会议，就在明天，没有针对选美游行的法案，总统先生，女士们，先生们，一个具有世俗意义的决定，我们在分门表决中否定了，我跳错了门，党派很生气，我们在这里跳羊，羊在右边，羊在左边，如鱼得水的舞者，起来，起来，前进，前进，他等着法案的通过。基特纽夫想：你想干什么，你怎么能伤害她，这些连毛都不值得拔的鹅，每一个都觉得自己很美，梦想着自己令人倾倒。她们的虚荣心比她们的愚蠢更甚，还会怨恨你。但那个舞者起来，起来，前进，前进，如鱼得水，并没有被这种顾虑烦恼。工作既然已经开始，他就保持着愉快的心情。他给自己的金色羊群编号，请求尊贵的客人们，请求伙计们，忸怩的山羊们，在大厅里分发的选票上写下选中的号码，最美的美女的号码。但大厅里没有美女。她们一点儿也不吸引人，长得都很丑，是莱茵河的丑女儿。吱吱呀呀，愚善的女人，蠢笨的女人，未疗养的女人。再仔细看看！那儿有一个动物性的美女，像摆在市场上的肉，一只肉粉色的乌鸦。基特纽夫选了她，履行了选举的责任。基特纽夫，国家公民。她长着一对弯曲的性感嘴唇，有一副母牛的目光，可惜，欧罗巴·基特纽夫·宙斯，浑圆的胸，紧致的臀部，修长的腿，想到和她一起躺在床上，并不是一件令人不快的事。夜晚很温暖。凡·德·威尔德[1]式的美满婚姻。亲爱的，我该怎么转，怎么翻？基特纽夫·凡·德·威尔德丈夫。他很好奇。赔率是多少？民意调查所的选举预测显示，百分之四十八的受访者支持舞者，百分之三十三的受访者没有个人意见，剩下的则选了自己。他的最爱赢得了比赛吗？这位动物性的美女只得了一票！她是花环中的最后一个。最后一朵玫瑰。最后一个就是第一个。如果你在下面，就要了解这一点！顶着女士发型和鹅脸的瘦骨嶙峋的衣架子被选中了。嫁妆殷实的体面姑娘，不需要多漂亮，卧室里亮着昏暗的灯，所有的猫都是灰色的[2]。艺术家工作室里的欢呼。知足常乐的舞者递上了几盒粘在一起的点心。美女温柔地微笑着。可爱的姑娘，听听我的乞求。基特纽夫，退场中的歌手。伙计们拍手叫好，点了第二瓶酒。激动的炫耀的山羊，寻找活跃的代表，目标明确的工人。基特纽夫在工作时目标明确吗？基特纽夫变聪明了吗？不，他没有变聪明。他被定罪了吗？是的，他被定罪了。鸦雀无声：他被拯救了吗？

---

1 凡·德·威尔德（Henry van de Velde，1863—1957），比利时建筑师、设计师、教育家，比利时早期设计运动的核心人物与领导者，德意志制造联盟的创始人之一，在设计中崇尚理性和完全的实用主义，提倡审美性和创造性。

2 出自德国谚语 Bei Nacht sind alle Katzen grau，意思是：在夜晚，所有的猫都是灰色的。

鸦雀无声。夜色，夜色，幽灵们。一个更雅致的地方，一个高雅的场所。弗朗索瓦-庞塞没有出现。他在巴黎穿着学者的燕尾服出去了，燕尾服上还绣着棕榈树图案。他翻着词典。坐在贝当[1]的椅子上。她不知道自己躺在哪只手臂上，但那是一只可以被社会接受的手臂，那只手臂的主人属于一则威士忌广告，辛普森国王，肯塔基老家，美式风味。这需要信任。她伴着无声的闪电，在莱茵河畔的露台上起舞。来自柏林老《人民报》销售部的苏菲·梅根海姆。柏林的房间，庭院式房间，昏暗的房间，被没收，被监禁，被焚毁，被摧毁，她属于布丁上的泡沫，奶油中的奶油，微红的肉汁，金色的泡沫，焦糖，拍进金发里的蛋黄。梅根海姆打了个电话。主人谨慎地离开了房间。很机灵。他在干什么呢？他谨慎地偷听着。他搭了一条电话线。梅根海姆在和编辑部打电话。他明白了。那篇文章登在了报纸上，那份报纸准时排印了。梅根海姆穿着燕尾服出了一身汗，那是一件没有绣棕榈图案的燕尾服。但谁知道未来会发生什么呢？梅根海姆擦了一把额头上的汗。他想：他也是我的敌人，有这样观点的人是我的敌人。夜晚，夜晚，幽灵们。基特纽夫下了楼。他走进了地下室。“我身边是个美人。”——到

1 亨利·菲利普·贝当（Henri Philippe Pétain，1856—1951），法国陆军元帅、军事家、政治家，维希法国国家元首。

了地下。“我认为你很美。”——到了城市下，到了卧室的床下。“艾丽卡。”“对我来说，你就是世界上最美的人。”——这是地下墓穴的空气，但不是明斯特教堂下的地下墓穴，不是法兰克-罗马时代的克罗丁的坟墓，这是西方联盟时代基特纽夫的夜晚墓穴，它散发的气味不是霉味，也不是熏香，闻起来像浓烈的烟草，像烈酒，像姑娘和男人们。人们跳着布基伍基舞和莱茵交际舞，两者都很激烈。这是当地年轻人的消遣，他们都没有穿制服，也不需要流行歌曲来感受。这是真正的墓穴，一个藏匿的地下室，一个反对城市老旧温床的年轻人的庇护所，但这些年轻的反对派像地下水一样在里面汩汩流动，整晚在水井里咕噜作响，然后在大厅里、在功利者的研讨会上、在办公室的小板凳和实验员的工位上潺潺流淌。“我们所有人，所有人都来到了天堂。”大学生乐队演奏着。基特纽夫站到了吧台边，喝了三杯烧酒，一杯接一杯，飞快地喝完了。他觉得自己老了。他也没有上天堂。年轻人旋转着，像一个热气腾腾的发酵面团。裸露的手臂，裸露的腿，敞着的衬衫，裸露的脸。它们混在了一起，模糊成一团。他们唱着:“因为我们很乖，因为我们很乖。”基特纽夫想：你们也会乖乖地躺在父母鄙视的卧室床上，你们不会给自己造新的床，但也许会把旧的床烧掉，也许你们会烧掉，也许你们会躺在草地上。乐队暂停演奏，年轻人在他周围涌动着。吧台前喧闹成一片，但他毫无触动。他们没有碰到他。他像与世隔绝一样站着。他们像绕开麻风病人一样绕着他走开了，他们的资本就是年轻。埃尔克原本是一个媒介，让基特纽夫可以和年轻人的世界产生连接。现在他不敢邀请她和自己喝一杯。他不敢邀请任何小伙子和姑娘。基特纽夫，石化的客人。他离开了。基特纽夫，没有人想和他玩儿的小学生。音乐演奏着《擦鞋男孩》。夜色，夜色，幽灵们。克罗丁在祈祷。他在阁楼上祈祷。这个房间里没有家具，粉白的墙上庄重地挂着一个耶稣受难像，前面放着一个小板凳。克罗丁跪在小板凳上。一根蜡烛燃着，火光跳动。阁楼的窗户开着。无声的闪电变得更亮了，照亮了房间。克罗丁很害怕天火降临，而不关窗户就是一种苦修。他祈祷着：我知道我是个坏人；我知道我活得不义；我知道我应把一切赠予穷人；但我也知道，那没有意义；没有穷人会变富有，没有人会变得更好。主啊，如果我错了，就惩罚我吧！那位由匠人用花梨木雕刻的钉在十字架上的人，在闪电的照耀中显得萎靡、病弱、痛苦，似乎已经腐烂。他是痛苦的象征。痛苦缄默无声。它没有回应克罗丁。克罗丁想：我该走了，我不该赠予任何东西，这一切大错特错，这只是在耽误时间，只会分心。我应该直接走开。现在，马上，立刻。走开，再也不回来。走开，永远向前走。我不知道要去哪儿。我没有目的地——他大概意识到了，没有目的地才是关键。漫无目的是真正的目的。但他害怕闪电，害怕即将降临的大雨。于是他继续祈祷。耶稣缄默不语。夜色，夜色，幽灵们。醉鬼们在火车站发出怪叫。他们叫着：“当兵的！”过去了！他们叫着：“我们想要回我们的威廉皇帝！”过去了！大门口站着几个拉客的，正在推销自己。过去了。火车站里，被剥好皮的死马正在等着骑手。过去了。电闪雷鸣，大雨落下。基特纽夫上了一辆出租车。他别无选择，必须回家了，回到娃娃屋里的家，贫民窟里的家，回到政府的贫民窟，议员的贫民窟，记者的贫民窟，公务员的贫民窟，女秘书的贫民窟。电闪雷鸣。闪电划破娃娃屋和议员的贫民窟里污浊的空气。他打开从低矮的天花板延伸到地板的法式窗户。水管哗哗作响。收在墙上的狭窄的折叠床还像他离开时那样，等着他放下。床还没有铺。书籍打开着，散落一地。手稿遍地都是。桌子上堆满了纸张、草图、草案，还有起草了一半的演讲稿、申请书、决议书，以及刚写了开头的文章、搁置的信件。基特纽夫的生活就是一份草稿，是真正的生活的草稿。但基特纽夫再也无法想象真正的生活是什么样子了。他不知道，生活应该是什么样，而且他肯定再也无法过上那样的生活了。埃尔克的一封信躺在那堆纸的旁边。那是她的最后一封信。埃尔克曾经是他过上另一种生活的机会。也许吧。他错过了这个机会。过去了。闪电，坟墓上方的闪电。他看到惨白的闪电照亮了墓地里悲伤的常青灌木。他呼吸着黄杨木树篱潮湿的霉味，还有花环中凋谢的玫瑰的甜腻的腐烂味。墓园的墙在闪电的强光下卑躬屈膝。恐惧，颤抖。克尔恺郭尔。对知识分子的保姆式安慰。沉默。夜色。基特纽夫，胆怯的夜莺。基特纽夫，绝望的猫头鹰。基特纽夫，穿过墓园大道的悲痛的漫游者，被派往危地马拉的大使，幽灵陪伴着他前往……

5

他醒了，醒得很早，从不安的睡眠中醒来，在贫民窟醒来。

每个贫民窟都被看不见的墙包围着，同时又是开放的，暴露在所有人眼前，一览无余。基特纽夫想：希特勒和希姆莱设立的犹太贫民窟，流亡者的贫民窟，逃亡者的贫民窟，高墙，围墙，特雷布林卡的焚烧炉，华沙的犹太人暴动，战后的所有集中营，与我们有关的每个营房，所有活动板房，所有掩体，所有流亡者和逃亡者——政府，议会，公务员和追随者，我们都是自己首都那具疲软肉体的异物。

看得见的是房间的四面墙壁，看得见的是狭小房间的天花板、窗户和门。能看到的有，拉到一边的窗帘，收上去的百叶窗，其他贫民窟房屋的门面，还有那些迅速搭起来的钢架结构的营房，屋顶扁平，窗户阔大，造价高昂。它们就像一个巨大的巡回马戏团居住的城市，一个展览摊。它们就是为了被拆除而建造的。

一位秘书小姐正在洗澡。水流在墙壁中的水管里哗哗流淌。秘书小姐清洗得很彻底，打香皂，冲洗，公务上的肮脏被分解掉了，流过胸脯，沉下去，很遗憾，流过身体，顺着大腿，游进了下水口，掉进了下水道，和运河水、莱茵河水、海水结了婚。冲马桶的水奔腾着，污垢离开了人。喇叭里呱呱地喊着：“一二三，向左转；一二三，向右弯。”一个傻瓜在做体操。他跳了起来，可以听到一具沉重的躯体在天花板上光着腿跳脚。

是赛德绍姆，那个蛙人。另一个喇叭里传来童声合唱团的清脆歌声：“让我们唱歌、起舞和跳跃。”孩子们的声音听起来经过了严格的训练，这首歌很愚蠢，他们似乎感到无聊。议员皮尔海姆女士听着孩子们的歌声。皮尔海姆女士靠罐子为生。她从雀巢咖啡罐里取了些咖啡粉，冲泡好后又加了些罐装牛奶，等着下一个节目《我们妇女和安全条约》。皮尔海姆女士十四天前在科隆为这个节目录了音。

基特纽夫躺在狭窄的折叠床上。他抬头盯着床沿一条摆满书的木板，继而目光上移，盯住了低矮的天花板。几乎还没干透的灰泥上的凹槽交错盘绕成复杂的线条，组成一个杂乱的道路网，某个未知国家的总参谋部地图。现在，从收音机里传出皮尔海姆女士的声音：“我们家庭妇女不允许，我们家庭妇女必须，我们家庭妇女相信。”皮尔海姆女士不允许什么？她必须什么？她相信谁？总参谋部地图上淌出一条小溪，撕开了一条新的沟壑。皮尔海姆女士在科隆喊着：“我相信！我相信！”皮尔海姆女士相信太空。躺在折叠床上的基特纽夫不相信。皮尔海姆女士，和贫民窟房间里的基特纽夫一墙之隔；皮尔海姆女士，端着一杯倒入罐装牛奶的雀巢咖啡，面前的烟灰缸里是她早晨抽的那支香烟；议员皮尔海姆女士，一只把头深深塞进大衣箱里的鸵鸟，在那儿搜寻着新鲜的衣服。忙着操心人民未来的人，哪儿还有时间洗衬衫呢？政治家皮尔海姆女士满意地听着演说家皮尔海姆的发言，她此时已经讲到了结论：协约会带给德意志妇女安全感。一个美好的口号，只是太过容易让人想起某个卫生棉条品牌的广告。

时间还很早。基特纽夫是一个习惯早起的人。在波恩，几乎所有人都是早鸟。总理已经在为会议做准备了。他身边飘着玫瑰花香，从莱茵河上吹来的风让他的敌对者瘫痪了，却让他精神抖擞。弗罗斯特-佛罗斯蒂尔已经像一台被上紧发条的机器一样重新运转起来了。基特纽夫想：他会再来一次吗？今天他会给我提供哪里的职位，开普敦？还是东京？但他知道，弗罗斯特-佛罗斯蒂尔再也不会给他任务了。到了晚上，他们就会逮捕他。

基特纽夫很平静，心跳平稳。他有点儿遗憾，自己放过了危地马拉。他不无遗憾地想，自己放弃了死在西班牙风格的阳台上的机会。危地马拉是一个真正的诱惑。他没有屈服。他决定了，他要战斗。收音机沉默了，只能听到首都的夏日晨曲：割草机像旧缝纫机一样在草坪上咔嗒咔嗒地啃过去。

蛙人赛德绍姆跳下了台阶。他每跳一级都会带着这栋脆弱的房子一起晃动。赛德绍姆是专业的基督徒，上帝会宽恕他的。因为周围没有小教堂，他每天早上都会跳进牛奶店和面包店，做些谦逊和拉好感的工作。杂志已经把亲民的人民代表怀抱牛奶瓶和面包纸袋的照片以及“你们的忧虑就是我的忧虑”登了出来。此外，他在这里做的事也是一种宽容的举动，撒马利亚人支持他失足的兄弟，到了天国，这笔账会记在他头上。赛德绍姆在多尔夫利希那里买了早餐。多尔夫利希拥有附近唯一一家商店，也就垄断了消费，人们只能在他店里买东西。可惜多尔夫利希也不是省油的灯，可以把他看成一个叛教的神父。他是一个被逐出党派的议员，但还没有失去在议会的地位。他被卷入了一场不体面的、一开始有利可图的丑闻中，可惜记者们对此十分感兴趣，后来经过辟谣和名誉声明的风波，再也无法隐瞒，也不再有利可图。人们把多尔夫利希作为替罪羊扔进了无党派的荒漠，而令所有同僚吃惊的是，他在那里的议会贫民区里做起了乳制品的生意。多尔夫利希想借牛奶洗白自己，他指望自己的顾客会说他是一个值得尊敬的人，或者他只是想从这有利可图的骂名中捞好处。无论如何，铜臭不臭，就算基特纽夫觉得在多尔夫利希周围闻到一股并非来自奶酪盘的臭味，那里明显发臭的也只有奶酪。同时，基特纽夫发现多尔夫利希很明智，他在新一轮结果尚不明朗的选举中，通过乳制品生意确保了自己的生存空间。他没有和议会同僚们同仇敌忾，而是认为：我们每个人都应该有自己的乳制品生意，以免面包篮子把我们嫁给自己那些僵死的思想。基特纽夫从贫民区房子的窗口望出去，看着多尔夫利希从自己的议员配车中搬出货物，感到好笑。基特纽夫承认，这个暂时无党派的黑色的人民代表也许挪用了政府的钱来搬运自己的货物。但忽略这种多少有些不道德的娱乐心理，基特纽夫并不喜欢多尔夫利希，而多尔夫利希也讨厌基特纽夫这个老好人。因此，当基特纽夫有一次在多尔夫利希店里品尝牛奶时，被殷勤地敬了一杯变酸的饮料。基特纽夫想：谁知道呢，谁知道呢，也许我们会在第四帝国再次相见，多尔夫利希的部长座椅已经藏在牛奶罐之间了，而我的死刑判决也写好了。

基特纽夫从窗户望出去，看到周围这一带就像拍出来的照片一样，像电影里有趣的定格镜头。一块草坪切入画面，在新鲜的绿色地毯上，有个穿白色服务员围裙、戴白色服务员小帽的女孩（一个好像根本不会再存在却突然幽灵一般出现在波恩的女孩）正抵着一台咆哮的割草机。基特纽夫对面的贫民区房子以水泥、钢筋和玻璃组成的冰凉建筑形象逐渐下沉，反衬出多尔夫利希的乳制品店面。赛德绍姆怀抱着牛奶瓶和面包纸袋，从蓝白条纹的遮棚阴影下跳了出来，瘦小、虚荣又谦卑，瘦小、虔诚又精明。他就这样怀抱着牛奶和面包，瘦小、谦卑又虚荣，瘦小、精明又虔诚，跳进了会场大厅。这是一位赞同者，主的歌颂者。主不一定要作为万物主宰住在天穹之上，赛德绍姆总是能找到公式，当着他的良心，当着世界的面，把在地上和天上对主的服务统一成和谐的曲调。他跳过广场，右脚虚荣地拍在地上，左脚谦卑地跳起，多尔夫利希跟着他走出了遮阳棚的阴影。今天多尔夫利希把乳品生意交给了他合法的妻子，自己则穿着蓝色西装，佩着上过浆的衬衫假领，以一种尤其庄严的气度坐进摆脱了牛奶罐和面包篮的议员配车里，前往议会行使自己的职权。这一幕让基特纽夫很不自在。现在还不能预测多尔夫利希会如何投票。他喜欢和强大的军队一起前进，但自从他成为无党派人士后，更喜欢当着对国内不满的人的面侃侃而谈，靠巧舌如簧赢得支持者，浑水摸鱼。所以有理由担心，他这一次会投反对党的票，尽管出于尚不明晰的利己动机。和这样一个带着昔日纳粹主义气息，又努力向新纳粹主义靠拢的人（这股风气还没有正式起来）做盟友，这让基特纽夫感到羞耻，正像和顽固派、不满派、独断派——最好的情况是温和地反对某个宗派幻想的中庸派——结成同盟，这种偶然结成的统一阵线令基特纽夫感到气愤，它阻碍了他，最终使他怀疑自己的事业。只是当他看到昂首阔步的皮尔海姆女士和蹦蹦跳跳的赛德绍姆一起离开房子时，旧的坚定之手同盟的可怜骑士们，忠心的、野心勃勃的煤钢联营私党里的小喽啰们（不是说他们拥有股份，而是说他们知道巴特尔在哪里拿的最多、泉水在哪里流淌、在哪里的选票锅里撒尿，也不是说他们被收买了，上帝不知道，这条路正适合他们，在学校里时他们就听说了，不过他们待在原地，在政治问题上头脑简单的小学生，因为老师先生的一句问候而沾沾自喜），所以基特纽夫又觉得自己有责任和他们对质，给这些还想做屠宰场里的领头羊的人踩刹车。但是这个领头羊——毫无疑问就是他——毫不动摇地走着自己的路，而羊群——当然这是天性使然——跟在后面，所有的警告都只会让他们更加惊恐，战战兢兢地跟着领头羊走向厄运。牧羊人却对羊的目的地有自己的想法。他毫发无损地离开了屠宰场，在远离血腥的地方写下《牧羊人回忆录》，以飨其他牧羊人。

当天，议会大楼被警察封锁了，军队的全体士兵展现了严格训练出的疯狂的战备状态，就是他们在训练场上学到的那种凶神恶煞的样子。他们占领了大楼周边，用武器、水枪和路障把大楼围得密不透风，就好像首都和国家要起义反对联邦议会（然后解散它），而基特纽夫这个不得不一再证明自己身份的人有种印象：除了少数好奇的和看热闹的人之外，只有几个由便宜的车拉来的观众、几个划算的二道贩子和缺钱的托儿在示威，他们的呼声只有通过大量投入军警力量才能获得意义。他们高喊着，他们想和议员说话。基特纽夫想：这倒确实是他们的权利，为什么不让他们和议员说话呢？他原本是乐意和这些呼喊的人说话的。但他们指的是不是他、是不是想和他说话，这还是个问题。基特纽夫是人民的人，又不是人民的人。这场实际上显得寒酸的示威很可悲，因为它多少展示了真正的人民对命运的逆来顺受。人民出于一种感觉：一切都像它该来的那样来了，我们却无能为力——并没有阻止那些也许可以拒绝的法律和决议，甚至连尝试都没有过，而是直接准备好承担后果。于是，骰子又一次被掷下。议会前的这一幕让人想起电影的首映式：一群并不算多的愚蠢而好奇的人，恰好有时间聚在电影院前，等着看明星们熟悉的脸。人们窃窃私语，阿尔贝斯来了，一位看过电影的评论家想赞同那些吹口哨的闲人们的意见。然而那些家伙吹口哨完全不是因为他们也觉得这部电影不好，他们吹口哨只是因为尖厉的口哨声让他们开心。于是评论家的严苛意见对他们来说不可理喻，甚至让人反感。基特纽夫知道，当他走近议会大楼时，自己的任务会有多混乱和可疑。但有哪种体制会比议会制更好吗？基特纽夫看不到别的出路。那些想要彻底废除议会的呐喊者们也是他的敌人。*关闭废话戏台，带十个人的中尉就够了，还有科佩尼克的上尉。*[1] 这正是基特纽夫对自己看的这出戏感到羞愧的原因。联邦议会的总统把自己的房子留给了警察看守，而每个真正的议会都应该力求让行政部门的武装机关远离自己的住所。在议会制理念最初兴起的美好时代，议员们会拒绝在警察的保护下开会，因为那时的议会，无论构成如何，都是与警察为敌的，因为它本身就是反对派，反对王权，反对强权专制，反对政府，反对行政部门和它的爪牙。因此，当议会核心成员的大多数都进入政府并争夺实权时，这就意味着人民代表性质的扭曲和削弱。在这不幸的组阁条件下，这和一段时间内的独裁有什么区别呢？多数派不会处决他们的敌人，但他们仍然是暴君式的专制，在他们的统治下，少数派会遭到彻底的打压，被谴责为“反对派”，而这实际上毫无意义。阵线是确定的，而且很遗憾，持反对意见的少数派发言人不可能说服执政的多数派，即使自己有理而对方无理。在波

1　此处提到了两部德国电影：《一个中尉十个兵》《科佩尼克的上尉》。

恩，即使是德摩斯梯尼[1]也无法以反对派的身份改变政府的路线。就算鼓动了天使的唇舌，也是在对着聋子布道。在走过最后一道警戒线时，基特纽夫就知道了，严格来讲，他在这里出现，在大会上发言，都是毫无意义的。他什么也改变不了。因此，这位议员不是斗志昂扬，而是无精打采地走向自己党派的营地：拿破仑在滑铁卢战役的当天早晨就知道它会怎样结束……

他们已经在党派会议室里等他了。海涅韦格和比尔博姆，还有其他委员会的老手们、熟知程序的狡兔们、熟悉议程的种马们，再次用责备的目光看着基特纽夫。科努尔万检阅着与会者，看到没有一个高贵的头颅无故缺席。他们纷纷从外省赶来参加会议，衣服上还沾着外省的气息，他们把这股气息带进了会议室。那是一种逼仄房间中的沉闷空气。显然，他们就住在这种胶囊一样的小房间里，因为即使是他们也并不直接代表人民，不再像人民那样思考，尽管他们——很渺小，相当渺小——是人民的教师，不是真的教师，而是德高望重或不德高望重的人，人民在面对他们时只有缄默。而他们，他的同僚们，面对科努尔万时，再次缄默了。科努尔万有时觉得，这里有

---

1 德摩斯梯尼（公元前384—公元前322），古希腊雄辩家、民主派政治家。他以擅长政治演说著称，其演说词结集出版后成为古代雄辩术的典范。

什么地方不对劲。他看着自己这群沉默的精英，有的头颅滚圆，有的头颅瘦长，老实可靠的家伙们。他们从受迫害时期开始就很忠诚，但都是些接收命令的人，在长官面前立正站好。科努尔万现在身居高位，作为人民代表，当然，仍然是在意见领袖圈子里的高位，靠近权力，颇有影响力。科努尔万徒劳地听着下面的诉求，听着对自由的呐喊，听着深处传来的心跳，没有激起不服条令管束的徒劳努力，没有感受到狂野的革新意愿和打破陈旧僵死价值观的勇气。他的使者们没有带来街道和广场上、工厂和茅舍中的回声。相反，他们听从指令，听从来自高层的指示信号，听从科努尔万的命令；他们助长了中央的官僚作风，和这种官僚主义的前哨别无二致。这种顽疾的根源就在这里，他们会回到自己来的地方省，在那里宣布，科努尔万想要我们这样或那样做，一切都是科努尔万和党希望、科努尔万和党命令，而不是反过来，不是省级使者对科努尔万说，人民希望、人民不想要、人民嘱托你科努尔万、人民期待你科努尔万——什么都没有。也许人民知道自己想要什么，但人民代表不知道，于是他们这样做了，就好像至少存在一种强大的党派意志。但是这种意志从何而来呢？从办公室里来。这种意志疲软无力，被人民力量的绞索切断，力量的绞索在无形中运行，一定会在人民的床上的某个地方留下精液，促成意外受精。党派领导只把他的同事看作缴费者，极少看作受命者。这台机器就这样顺利运转。如果科努尔万命令解散党派，地方小组就会执行解散的命令；如果科努尔万把自杀归于为国家做出的牺牲——党内早在 1914 年就得了这种民族主义心脏病。很少有人跳出这个行列（从而令人对自己生疑），其中有律师莫里斯，有记者皮乌斯·柯尼希。科努尔万需要他们，但其实他们让他不自在，而真正让他苦恼的是基特纽夫。科努尔万拉着基特纽夫的手臂，把他带到窗边，恳请他在辩论中不要太强硬，不要奚落爱国主义本能（这种东西真的存在吗？这难道不是一种情结，一种神经病，一种特异功能吗？），提醒他党派并不是无条件彻底反对所有武装的，只是反对现在讨论的新型军备形式。基特纽夫了解这种调子，它让他很难过。他孤身一人了。他孤身一人和死亡对抗，孤身一人对抗最古老的罪恶，人类最古老的顽疾，原始的愚蠢，原始的妄想，以为手握利剑就能捍卫权利，以为拥有强权就能让什么东西变好。潘多拉和她的魔盒的传说就是这种顽疾的比喻，源自听信妇人之见；但基特纽夫更愿意将老科努尔万比作战神马尔斯的盒子，一旦打开，所有只存在于想象中的世界顽疾，就会肆意泛滥，疯狂蔓延，灭绝一切。科努尔万对此很清楚，他也知道这种危险，但他认为（因为那颗留在他伤口里的弹头，他一直受党派爱国主义心脏病的折磨），这样能把军队掌握在民主国家政权的手中，尽管诺斯克[1]曾经从这只民主的手中不幸失去过军队。

基特纽夫被叫去接电话。他走进一个小隔间里接听。他听到弗罗斯特–佛罗斯蒂尔繁忙的秘书们叽叽喳喳的声音，直到弗罗斯特–佛罗斯蒂尔本人的低语声从听筒里传来，对基特纽夫说，他已经获准去危地马拉了，一切顺利，无论发生什么。基特纽夫有些错愕，但他明显感到，电话线那头是梅菲斯特，尽管是一个原形毕露的魔鬼，但突然发现他是警察中的一员。

他希望自己能有一刻静一静，重新想想这一切。他必须想得很远，他必须一直想到萨尔河，想到奥得河，他必须想起巴黎，想起西里西亚的格伦伯格，想起马祖里的奥特尔斯堡，他不得不想起美国和俄罗斯，想起那些大同小异的兄弟……也许还有印度，这个拥有幸福之源的东方国家，平衡与和解。他所生活的祖国是多么小啊，他站立发言的讲台是多么小，而与此同时，超音速飞机正从一个大陆辗转到另一个大陆，用来实验巨大伤亡的核武器在沙漠上腾起，摧毁最精巧头脑的死亡蘑菇在孤独的环状珊

1　古斯塔夫·诺斯克（Gustav Noske，1868—1946），德国社会民主党政治家，魏玛共和国的首任国防部长。

瑚岛上绽放。律师莫里斯进来了，他走向基特纽夫，把梅根海姆的报纸递给基特纽夫看，从律师的角度善意地建议，基特纽夫可以从中获得某些对自己演讲的启发。基特纽夫把梅根海姆的报纸拿在手中，确实，他必须起草演讲稿了。他看着自己的武器被夺走，他的炸药哑了。梅根海姆用大字标题刊登出了对武装部队最高委员会的将军们的采访。这位勇士，这个勇敢的投球手还为这条新闻增加了一条评论，说我们不可能和这些带着胜者为王的优越感的将军们组建德国–同盟国联合军队。是的，基特纽夫的火药受潮了！他们已经掌握了达纳给他的新闻报道。这条通讯报道在波恩仅此一份，而且在联邦内部也只有很少人能读到，所以他们一定是从他那里拿到的，当然只有影子，他们把它拍了下来，抢在了他前面。弗罗斯特–佛罗斯蒂尔刚刚那一通为危地马拉的西班牙风格的退休阳台打来的电话不过是出于友善的怜悯，就像对没有牙齿的野狗大发慈悲一样。基特纽夫清楚已经发生了什么，也清楚即将发生什么。总理也许并没有搅进这场阴谋中，他暂时被梅根海姆激怒，会对这篇文章做出激烈的反应，得到法国政府和英国政府的保证：将军们的言论令人感到遗憾，会被官方正式否认，而双方寻求的军事同盟本质上还是发自内心并将会受到长久维护的。

会议开始的铃声响了。议员们鱼贯进入会议厅，一些羊从左边进，一些羊从右边进，黑山羊坐在最右边或最左边，但他们并不为自己感到羞耻，反而喧哗不止。基特纽夫坐在自己的座位上，看不到莱茵河的流淌，但他想象着，他知道它就在那扇教育学院式的大窗户后面，他认定这条河连接着人民，而不是将人民分开。他看到河水像友善的手臂一般环抱着各个州，吱吱呀呀的声音现在听起来就像一曲未来的歌，一首黄昏曲，一支和平的摇篮曲。

总统是重点对象，因为他属于党派中善良的一方，他也给了他们同等权力。他的小铃铛响了起来，会议开始了。

科隆足球场上笼罩着紧张的气氛。凯泽斯劳滕第一足球俱乐部正在和科隆第一足球俱乐部比赛。谁获胜其实都无关紧要，但两万名观众在颤抖。多特蒙德球场上笼罩着紧张的气氛。多特蒙德普鲁士联盟正在和汉堡体育协会比赛。谁能获胜完全无所谓，没有人会因为汉堡赢了而饿死，也没有人会因为普鲁士进球更多而惨死，但两万名观众在颤抖。会议室里的比赛却关系着每个人的面包，可能决定每个人的生死，可能会带来这种束缚或那种奴役，你的房屋可能会倒塌，你的儿子可能会失去双腿，你的父亲必须前往西伯利亚，你的女儿为了得到一个能和你分享的肉罐头可以献身于三个男人，你狼吞虎咽地吃着，捡起别人吐在窨井盖边的烟头，或者你靠倒卖军备赚钱，你会变得富有，因为你在给死亡提供装备（一支军队需要多少条内裤呢？因为你要求不高，所以预期利润只有收益的百分之四十）。炸弹、子弹、残肢、死亡、驱逐，这些直到马德里才影响到你，你还是开着新车到的那里，再次在窃听者那里用了餐，在美国领事馆前排队，也许你还到了里斯本，那里停着许多船，但那些船都不带你出航，飞机不会载你起飞越过大西洋，这值得吗？不，这并不是某种悲观的看法。但会议厅里没有抖动着紧张的气氛，没有人受到震动。厌烦情绪理所当然地蔓延。被筛选过七次的观众对这场比赛感到失望。记者们在笔记本上画起了小人，演讲还是那些陈词滥调，投票的结果也是老样子。对阵双方的进球数量早就人所共知了，没有人会下注。基特纽夫想：何必白费力气呢？我们可以在五分钟内得出这个可悲的结果，根本不需要演讲，总理也不需要发言，我们可以省去反驳，他们也能省去辩护，我们位高权重的总统只需要说，他认为我们的比赛将以八比七结束，谁要是不相信，可以再数一遍山羊。跳山羊的门就在那儿，守着投票箱的姑娘也站在那儿。哦，一位人民代表已经打起了哈欠；哦，一位已经打起了瞌睡；哦，一位已经给家里写起了信：别忘了给温霍尔德打电话，让他来看看淋浴头，上次用时它总是滴水。

海涅韦格递交了一份提案，于是一场喧闹而激烈的辩论开始了。然后不出所料，那份提案被否决掉了。

每周要闻的聚光灯打在了看台上，摄像机的长焦镜头对准了这位议会里的国际巨星。他以一种熟练的从容步态登上演讲台。总理简短地介绍了自己。他毫无兴致，无意于给人留下印象。他不是独裁者，但他是领袖，他准备好了一切，安排好了一切，而他鄙视自己必须在这出戏中扮演的演说家角色。他疲惫而自信地讲着，就像一位演员在排练一出经常上演的剧目，因为重排的原因而进行必要的通读试演。总理兼任观众，同时也是导演，指挥着其他演员各就其位。他的优势很明显。基特纽夫虽然认为他是一个冷酷而卓越的计算者，在多年的令人心烦的退休生活之后，意外得到了这个机会，成为伟人被载入史册，成为祖国的救星；但同时，基特纽夫也为他的成就感到惊讶：一旦制订好计划，一位老人竟能以如此惊人的力量坚定不移、乐此不疲地遵循它。他难道看不到，会导致他的整个安排最终失败的，并不是他的对手，而是他的盟友吗？基特纽夫没有否认总理的信仰。这是他所宣扬的世界观，世界在为他燃烧，他会叫来消防队、成立自己的消防队，来遏制和扑灭火灾。但基特纽夫发现，总理失去了通观全局的眼光；基特纽夫发现，他也患上了德国病，在任何情况下都不肯放弃曾经拥有的对世界的看法；基特纽夫发现，因此他才意识不到，其他政治家从其他立场出发，看到的是世界在其他地方遭受着其他火灾的侵扰，他们也叫来了消防队，配备了灭火队来遏制和扑灭火灾。于是，前景很明朗：各种不同立场的消防员们在救火时互相妨碍，最终甚至会打起来。基特纽夫想：就让我们压根儿不成立任何世界消防队；就让我们宣布“世界没有燃烧”；就让我们聚在一起，互相讲述自己的噩梦；就让我们承认，自己看到了所有的战火燃起——这样我们就会从别人的恐惧中认识到，自己的恐惧不过是一种妄想，会在将来做更好的梦。他想梦到尘世幸福的天堂，梦到富足的世界，梦到辛劳被战胜的地球，梦到没有战争和困苦的乌托邦国家。他有一刻忘记了，即使是这个梦幻的世界，也会被天空驱逐，前途未卜，迷茫地穿过黑暗的太空，也许在附近具有欺骗性的星星背后就会遇到巨大的怪物。

似乎没有人在听总理讲话，除了克罗丁。克罗丁聆听的样子，仿佛上帝在通过国家首脑讲话。但克罗丁听不到上帝的声音，相反，他有时会感到烦躁，就像在听自己的银行家讲话。海涅韦格和比尔博姆不时敢插几句话。现在他们喊：“分内的工作！”他们令基特纽夫吃了一惊，因为他们的呼声听起来很荒谬。直到此时他才意识到，总理在援引梅根海姆关于最高委员会将军们的论文，并且说这篇文章背信弃义。可怜的梅根海姆！这可够他受的。荣誉声明安全地放在演讲台上，不错，它们会被宣读，来自巴黎和伦敦的官方辟谣，传递忠诚的消息，表示友谊的言语，代表兄弟情义的誓言，很快还有战友情。任命大陆勇士就如同探囊取物一般容易，现在可以做好准备，戴上头盔，戴上这顶受公民崇敬的头盔，它显示着谁说了算，给黯淡无光的国家以脸面。只有在右翼激进分子的胸膛里还嫉妒和阴险地盘踞着世仇的蠕虫，他们想起了兰茨贝格，想起了维尔和施潘道的监狱，喊着“我们想再次拥有自己的将军”。（伟大的比目鱼从水中浮出，回答道：回家吧，你们已经有了。[1]）在科努尔万的胸膛里燃烧着那颗遗留的子弹，他满怀疑虑。

轮到基特纽夫发言了。他也站在每周要闻的灯光下，也会出现在银幕上。基特纽夫，银幕英雄。他首先以科努尔万那种充满疑虑的语气开口了。他提到自己党派的顾虑和担忧，警示难以估量的长远义务，把世界的目光引向分裂的德国，引向两个病区，让它们重新统一是德国的首要任务。发言时，他有一种感觉：没用的，谁会听我的，谁又应该听我的，他们知道我要说这个，知道我一定会说那个，他们知道我的论点，也知道我没有能让病人明天就康复的处方，所以他们会继续相信他们的疗法，这样他们觉得至少能救他们认为健康和能继续繁衍的那一半，而莱茵河恰好流过那里，鲁尔河恰好流过那里，营区的宴会恰好摆在那里。

1　出自格林童话《渔夫和他的妻子》。

总理用手托着头，一动不动地坐着。他听到基特纽夫的发言了吗？不得而知。他听到任何人的发言了吗？无从知晓。皮尔海姆女士再次把她的竞选口号“所有妇女的安全”抛向演讲台，但就连她也没有听。科努尔万把头向后靠去，他那一头短硬的头发看起来就像兴登堡或者某个扮演老将军的演员。这个世纪在模仿电影演员，就连矿工看起来都像被扮演的矿工。基特纽夫看不出，科努尔万是睡着了，是在沉思还是因从基特纽夫口中听到了自己的想法而感到欣喜。只有一个人在认真听基特纽夫讲话——克罗丁。但基特纽夫看不到克罗丁，那位正被相悖的意愿束缚着，再次认为，基特纽夫议员正站在一个转折点上，一定会将他带到上帝身边。

基特纽夫想保持沉默了。他想下台。既然没有人在听，继续讲下去就没有任何意义；既然没有人相信自己可以指一条路，说再多也没有用。基特纽夫想离开肉食动物的道路，走上绵羊的小道。他想指引爱好和平的人们。但谁爱好和平并且想要跟随他呢？再往下想，就算所有人都爱好和平，簇拥在基特纽夫身边，那么他们就算不会踏入战场，能否逃出遍地的骷髅也还是未知。毫无疑问，从道德上讲，死于谋杀当然好过死在战场上，而不愿意在战斗中死去是改变世界面貌的唯一可能。但谁愿意爬上这种危险的、令人眩晕的伦理学高空绳索呢？他们待在地面上，听任双手被塞进该死的武器，在咒骂中开膛破肚地死去，就和他们的敌人们一样愚蠢。基特纽夫想，如果可怕的战死是上帝的意志，那么人们就不该给残忍的上帝提供协助和互相残杀的幌子，人们应该手无寸铁地在战场上站得笔直，大喊：露出你可怕的真面目吧，赤裸裸地显露它，痛打，屠杀，如你所愿，别把罪责都推到人类身上。当基特纽夫看着三心二意、百无聊赖、无动于衷的圈子时，当他再次看到总理无聊、僵硬地撑着自己的头时，他对总理喊道："总理先生，您想创建军队，您想成为能结盟的人，但您的将军会建立什么样的同盟呢？您的将军会破坏什么样的协约？会向哪条路进军？会打着哪面旗帜作战？您了解那面旗、知道那条路吗，总理先生？您想要军队，您的部长们想要阅兵式，您的部长们想要在周日自吹自擂，想要他们的'再次看到男人'。很好。离开这些笨蛋吧，您从心里也鄙视他们，但您被埋在炮架阵地上的梦想怎么办呢，总理先生？您会被埋葬在炮架阵地上，但您的荣誉棺材后会跟着上百万的尸体，它们甚至不会盖着最便宜的杉木，它们会在刚刚站立的地方燃烧，被刚刚撕裂的土地掩埋。您会变老，总理先生，您会年迈，您会成为所有大学的荣誉教授、荣誉评议员、荣誉博士。您会带着所有的荣誉乘着玫瑰马车驶向墓地，但您会避开炮架阵地——对于如此聪明、如此重要、如此天才的人来说，这可不是什么荣誉！"基特纽夫真的喊出了这些话吗？还是他依然只是在脑子里想了想？总理依然安静地用手撑着头。他看起来筋疲力尽了，并没有在思考什么。大厅里窃窃私语不断。总统百无聊赖地看着自己的肚子。速记员们百无聊赖地拿着笔等待着。基特纽夫走下了演讲台。他浑身被汗水浸透了。他的同僚们责无旁贷地鼓起掌来。从最左边传来了一声哨响。

皮尔海姆女士登上了讲台：安全，安全，安全。赛德绍姆跳上了讲台，他的个头儿几乎让人看不到他：基督和祖国，基督和祖国，基督和祖国。基督和世界？多尔夫利希抢到了议会和麦克风：原则性的敌对，忠于德国基本法，敌人还是敌人，荣誉还是荣誉，违反战争法规的罪行只发生在敌方，荣誉声明迫在眉睫。多尔夫利希真名就叫多尔夫利希吗？可以认为他叫波尔曼，这就不奇怪他的牛奶会变酸了。有一会儿，总理让基特纽夫感到抱歉。他还是以那种一动不动的姿态坐着，用手撑着头。莫里斯提出了国家法的顾虑。克罗丁还应该发言。他会把讨论引到基督教化的西方上，捍卫古老的文化，推崇欧洲。科努尔万也还会在表决前简短发言。

基特纽夫走进了餐馆。会议大厅一定已经没有人了。餐馆里的议员比会议厅里的多得多。基特纽夫看到了弗罗斯特-佛罗斯蒂尔，但他避开了。他避开了危地马拉，不想接受施舍。基特纽夫看到了梅根海姆。梅根海姆喝着咖啡，从广播通知中恢复了过来。几个人围着他，恭喜他引起了总理的注意。基特纽夫避开了他。他不想回忆往事，也不想要求解释。他走出去，来到阳台上，坐在一顶彩色的遮阳伞下，就好像坐在一朵蘑菇下。森林里，一个小人一动不动地站着，沉默不语。他点了一杯葡萄酒。那酒很稀薄，而且加了糖，只有一小杯。基特纽夫点了一瓶，要求带着冰块送上来。这很引人注意。人们会说：大人物喝酒了。好吧,他公开喝酒了。这对他来说无所谓。海涅韦格和比尔博姆会被这一幕吓坏的。这对基特纽夫来说无所谓。冰桶会让科努尔万感到不适。科努尔万对此倒是在意的，但他还是给自己倒了一杯，贪婪地大口大口吞下这冰凉的酸涩饮品。他的面前是花坛，是石子路，是一根连着消防栓的消防水管。警察带着警犬站在街角处。那些警犬看起来也像惴惴不安的警察。警车停在粪坑边，周围臭气熏天。基特纽夫喝着酒。他想：我被盯得死死的。他想：我走了很远了。

他想到了穆塞乌斯。穆塞乌斯，总统的管家，以为自己是总统，站在总统府邸种满玫瑰的露台上。他也看到了警察推着路障堵到他面前，看到了警车开过，看到牵着狗的人挤到了他面前，看到警察的小艇在河流上破浪而来。于是穆塞乌斯想，他——总统——被捕了。警察在总统府邸周围种上了繁密茂盛、不可逾越的玫瑰丛。它们围着总统府邸长得高高的，夹带着利刺、自动射击枪、铁蒺藜和警犬。总统逃不掉了，无法逃向人民，而人民也无法接近总统。人民问：总统在干什么？人民打听着：总统说了什么？有人告诉人民：总统老了，总统睡着了，总统签署了总理放在他面前的协定。他们还对人民说：总统非常满意。他们给人民看总统的照片：照片上，总统满意地坐在总统椅中，一支粗粗的黑色雪茄夹在手指间，烟头上亮着一个白点，看起来气度不凡。但穆塞乌斯知道，他——总统——很不安，他的心不安地跳动着，他很难过，有些事不对劲，也许是协议，也许是玫瑰丛，也许是那些开着警车、牵着警犬的警察。于是穆塞乌斯总统变得不满，他突然再也不喜欢眼前这优美、静谧、古朴的风景画一般的景色了。不，穆塞乌斯，这位好总统，他太难过了，无法再为这片土地感到欣喜。他下楼走进厨房，带着忧郁、悲伤和巨大的沮丧，吃了一条肋排。

基特纽夫回到了会议大厅。大厅里人又满了。很快大家就要做来这里该做的事了，他们会投下自己的一票，以此赚到自己那份钱。轮到科努尔万发言了。他带着真正的忧虑开口了。他是个爱国者，如果可以的话，多尔夫利希会吊死他。但科努尔万也想拥有自己的军队，他也想成为拥有结盟价值的人，但不是在此刻。科努尔万是东边的人，心里惦记着让东边和西边再次统一。他梦想成为伟大的统一者，希望在下次选举中获得多数票，成功组阁执政，然后实现统一的事业，之后组建军队，拥有结盟的能力。很奇怪，历史上所有时代的长者都轻易地愿意将年轻人献祭给摩洛神[1]。议会中没有发生什么新鲜事。记名投票，收集选票。基特纽夫投了政府的反对票，他也不知道自己这么做对不对，是否在政治上处理得足够明智。但他也不想再明智处理了。谁会接班当前政府呢？一个更好的政府？科努尔万？基特纽夫不相信科努尔万的党派会成为绝对多数派。也许某一天，某个由不满者组成的同盟会以多尔夫利希为首组阁，然后死亡和魔鬼就会出动了。他们现在黔驴技穷，只能坐在那里。这些普选制的奴仆，孟德斯鸠的门徒，丝毫没有注意到自己正在参加愚人游戏，而孟德斯鸠要求的分权已经久未提及了。多数派掌权，多数派下达命令，多数派以一种意见胜出。民众只需要选择自己想在哪种独裁政权下生活罢了。为小恶的政治，这是所有政治中的A和O，选举和决策的阿尔法和欧米伽，政治的危险，爱情的危险。你买来小册子和保护措施，以为这样就能万无一失。然而突然间，你就有了孩子和责任，或者梅毒。基特纽夫看向四周。所有人看起来都

1　摩洛神，古代腓尼基人所信奉的火神，以儿童作为献祭品。

不知所措。没有人向总理祝贺。总理孤零零地站在那儿。希腊人驱逐了他们的伟人们。陶片放逐法决定了反对特米斯托克利[1]和修昔底德[2]。修昔底德直到在流放中才成为伟人。科努尔万也孤零零地站着。他把选票折了起来，双手颤抖着。海涅韦格和比尔博姆责备地看着基特纽夫。看他们那种责备的眼神，就好像科努尔万双手颤抖是基特纽夫的错一样。基特纽夫站在一边，完全与人无争。所有人都避开了他，他也避开了所有人。他想：假如大厅里有自动喷水装置，就应该把它打开，来一场痛快的大雨，一场苍白的连绵阴雨浇头而下，把我们都淋得透透的。基特纽夫，伟大的议会阴雨……

结束了。一切都结束了。只不过演了一场戏。可以卸妆了。基特纽夫离开了大厅。他不是逃跑。他走得很慢，没有复仇女神欧墨尼得斯在后面催促，他一步一步地摆脱了那种中了邪一般的存在。他再次徘徊在议会大厦的走廊上，踏上教育学院的台阶，穿过迷宫，一位没有杀死弥诺陶洛斯的忒修斯。冷静的警卫遇到了他。联邦清洁女工提着桶和拖把，

---

1 特米斯托克利（Themistocles，公元前524—公元前460），古希腊杰出的政治家、军事家。曾任雅典执政官，为民主派代表人物。雅典人害怕他成为军事独裁者，通过陶片放逐法将其流放。

2 修昔底德（Thucydides，约公元前460—公元前400？），雅典人，古希腊历史学家、文学家和雅典十将军之一，以著作《伯罗奔尼撒战争史》在西方史学史上占有重要地位。

冷静地走去清理灰尘。冷静的公务员们走上了回家的路，公文包里放着折好的整洁的夹页纸。他们明天还要使用这些纸，他们还有明天，是延续的形象。而基特纽夫不属于他们，他像一个幽灵一样出现。他到了自己的办公室，再次打开了日光灯。身为人民代表的议员站在自己混乱无序的生活中，脸色苍白，面目模糊。他知道，这些结束了，他的抗争失败了。打败他的是环境，而不是对手。对手几乎没有注意到他，而环境是无可改变的。他是发展，是厄运。基特纽夫还剩下什么选择呢？他只能加入，留在党派中和其他人一起，随大流。所有人都多少会随大流，紧紧揪住必要性，研究它，也许完全把它当作古人所说的阿南刻[1]；然而这只是乌合之众的老一套，被恐惧驱使，走上通往坟墓的简陋道路。“拿起你的十字架！”基督喊道。“服役！”普鲁士人要求道。“分而治之！”薪资微薄的教师们教育学校里的男孩。基特纽夫的桌子上躺着几封写给议员的新的信件。他挥手把它们从桌上拂去。给他写信已经完全没有意义了。他再也不想继续玩下去了。他已经耗尽了精力。他把自己的议员身份随着这些信件一起抛掉了。信件掉在了地上，基特纽夫仿佛听见了它们在那里悲叹、呻吟，它们在痛骂他、诅

1　阿南刻，希腊神话中命运、天数和必然的神格化，是控制一切命运、宿命、定数、天数的超神，拥有绝对意志。

咒他，有恳求，也有愤恨，带着自杀和暗杀的威胁，摩擦着，剐蹭着，点燃了自己，想要生活，想要退休金、抚恤金，想要片瓦遮阴，想要职位、豁免权、薪俸、津贴、免责权，额外的时间和另外的伴侣，想摆脱自己的怒气，告解自己的沮丧，承认自己的无能，或者把自己的建议强加于人。过去了。基特纽夫无法提建议了。他不需要任何建议。他拿起埃尔克的照片和《美丽的船》刚开了头的翻译。装着文件、新诗和 E. E. 卡明斯诗歌的文件袋被他留在了办公室里。（吻我）你要走了……

基特纽夫办公室里的日光灯亮了整整一晚。它阴森地照着莱茵河。它是传说中巨龙的眼睛。

但传说太老了。巨龙老了。它没有保护公主，没有看守财宝。没有财宝，也没有公主。只有令人不快的文件，空头的支票，一丝不挂的选美王后和肮脏的丑闻。谁想守护它们呢？巨龙是城市电力公司的客户。它的眼睛在二百二十伏的电压下亮着，功率是五百瓦。它的魔法存在于旁观者的幻想中。这是一个没有灵魂的世界，就连平和的莱茵河也不过是旁观者的幻想而已。

基特纽夫沿着莱茵河岸的路向城里走去。他遇到了议会的速记员们。他们胳膊上搭着雨衣，信步往家里走去。他们在河边流连着，并不着急，在浑浊的河水中寻找着自己的倒影，看着自己的身影随着迟缓的波浪晃荡开来。他们在沉闷而温暖的风中活动着。这就是他们存在的沉闷而温暖的风。死气沉沉的小房间在等着他们，毫无生趣的怀抱在等着这个人或那个人。一些人盯着基特纽夫看，却丝毫不感兴趣。他们的脸上写满了无聊和空虚。他们的手接受了基特纽夫的话语，但并没有过脑子。

一艘蒸汽游轮靠近了河岸。甲板上点着几盏灯笼。一群游客坐在那里喝着葡萄酒。男人们光秃秃的脑袋上扣着彩色的帽子，在圆滚滚的鼻头上套着长鼻子。这些戴着彩色帽子和长鼻子的男人们是工厂主。他们搂着自己衣着丑陋、发型丑陋、面相严厉、气息甜美的工厂主夫人们，唱着歌。工厂主和工厂主夫人们在唱："海鸥飞向北海边……" 在水轮脏兮兮的水花前，船上的厨子站在一方小舞台上，面露疲惫。他疲倦而无聊地看着岸边，裸露的手臂上还沾着血。他杀死了一条悲伤而无声的鲤鱼。基特纽夫想：这会是我的命运吗，每天都是北海海鸥，每天都是罗蕾莱[1]？基特纽夫，莱茵河蒸汽船上的厨子，没有杀掉鲤鱼……

总统府邸亮起了灯光。所有的窗户都敞开着。沉闷而温暖的风，速记员的风，穿房而过。穆塞乌斯，总统的管家，以为自己就是总统，从一个房间走到另一个房间，此时真正的总统正在背诵一篇措

1　罗蕾莱（Loreley），原是莱茵河上一处山崖的名字，因为附近的峡谷水流湍急，多发事故，民间传说这处山崖是女妖变的，会用歌声引诱船夫，海涅由此创作了诗歌《罗蕾莱》。

辞讲究的演讲稿。穆塞乌斯去查看床是否已经铺好。谁会在这个夜晚睡在上面呢？总统的联邦大船在沉闷而温暖的风中推开慵懒的波浪前进，而危险的暗礁阴险地潜藏在柔波下。于是河流陡然变得湍急、迅猛，船只随时有遇难的危险，在坠落的轰鸣声中撞得粉碎。床铺好了。谁会睡觉呢？总统吗？

一张海报被大灯照亮。一顶扎在莱茵河畔的帐篷被照得雪亮，散发着淤泥、腐尸和人工保存尸体的气味。鲸鱼约拿，不容错过！孩子们围在帐篷边，挥着纸做的小旗子。旗子上写着：布瑟斯鲸油，富含维生素，纯鲸鱼脂肪人造黄油。基特纽夫数出六十芬尼，看着海里那头巨大的哺乳动物，面对着《圣经》里的利维坦，极地海洋中的猛犸，一种高贵的生物，来自史前世界，蔑视人类，却是鱼叉的猎物，一头被亵渎的、用作展览的可悲巨物，一具被浸泡在福尔马林中、无法入土为安的尸身。先知约拿被扔进了海中，鲸鱼吞掉了他（好鲸鱼，约拿的救星，约拿的天命），三天三夜，约拿坐在这头强大的鲸鱼的腹中。大海平静下来，把他扔进海中的同伴们划向了空阔的远处。他们朝着空阔无边的天际线，平静地划着桨。约拿从地狱的腹中，从拯救他的黑暗中向上帝祈祷。上帝让鲸鱼听懂了自己的话，命令这头被错误利用的、惯于素食的乖顺动物把先知吐了出来。看看先知后来的行为，我们也可以将此看作这头善良的鲸鱼消化不良。约拿来到了尼尼微，进入大城市，他预言道："还有四十天，尼尼微就会覆灭。"这句话传到了尼尼微国王的耳中，他从王座上站起身，脱下紫袍，用麻布口袋裹住自己，躺在了灰尘中。尼尼微在天主面前忏悔了，约拿却为天主原谅并拯救了尼尼微而愠怒。约拿是一个伟大而有天赋的先知，但他也心胸狭小，刚愎自用。他说得对：尼尼微会在四十天后覆灭。但上帝的想法变化无常，他不会按照约拿、海涅韦格和比尔博姆的思维与处事准则来思考问题。上帝很高兴看到尼尼微的国王脱下了紫袍，对尼尼微的人民表现出的忏悔而欣喜。上帝让炸弹在内华达的荒漠中熄灭。他很高兴，因为尼尼微的人们跳起了欢快的布吉斯小舞步向他致敬。基特纽夫觉得自己也被鲸鱼吞了下去。他也坐在地狱中，坐在海平面以下深深的海底，在巨大的鲸鱼腹中。基特纽夫，旧约严苛条律的先知。得到上帝的拯救，被鲸鱼从腹中吐出，固然值得高兴；基特纽夫虽然告知了尼尼微的灭亡，但如果国王能脱下他的紫袍，脱下那件从戏装店借来的王袍，让尼尼微得到拯救，基特纽夫会更高兴。孩子们站在帐篷外，挥着旗子，布瑟斯鲸油，富含维生素，纯鲸鱼脂肪人造黄油。孩子们脸色苍白，面容苦涩，按照广告商的期待，无比郑重地挥着纸做的小旗子。

又往前走了几步，基特纽夫遇到了一位画家。那位画家开着房车，一路来到莱茵河边。他打开车灯，坐在河边，凝望着黄昏中的景色，画出了一幅德国山地风景画。画上有一座小屋和一位女牧民，有危险的陡坡、薄雪草和压低的云层。这大概是海德格尔发明的自然，是恩斯特·容格尔和他的林中同行者们漫步其中的自然。人们站在画家身边，询问着这件艺术品的价格，称赞着艺术家的技艺。

基特纽夫登上了一处要塞。这是老的海关，他看到了风化的老旧大炮，也许它曾经拍着友谊的巴掌，从容不迫地向巴黎开火，作为代代相传的君主的问候。他看到患了痨病一般长势衰弱，仿佛不断咳得弯下腰的白杨树。在他身后，一处威严却廉价的基座上，恩斯特·莫里茨·阿恩特的雕像以一种先知般的姿态站着。两个小女孩爬到了恩斯特·莫里茨·阿恩特的脚上。她们穿着磨起了球的过于肥大的棉裤。基特纽夫想：我很想给你们穿上更漂亮的衣服。但在他面前，河水正从周围的景色中强烈地凸显出来。它从狭窄的中部河道奔涌而出，漫向莱茵河下游的广阔区域，带来贸易、生机和利润。七峰山沉入了黄昏中。总理和他的玫瑰丛沉入了暮色。左侧，通向比埃尔的高拱桥晃动着。桥上的枝形路灯亮起，像火炬一样照着沉沉暮色。一辆三节车厢的轻轨列车似乎静静地停在了桥的中央桥拱处。列车仿佛从所有现实中跳了出来，在一瞬间成了交通工具的超现实形象，一种鬼魅般的抽象概念。这是一列死亡列车，无法想象它会开向什么地方，甚至无法想象它在朝着厄运奔驰。这列车就好像站在桥上，被放逐，被石化。一块化石或一件艺术品，就是一列车本身，没有过去也没有未来。一棵棕榈树无精打采地站在河岸的花坛边。它不可能来自危地马拉，但基特纽夫想到了危地马拉广场上的棕榈树。一丛仿佛生在墓地里的矮树篱围着波恩的这棵棕榈树。岸边站着几个童子军。他们讲着外语，倚在岸边的栏杆上，看着河水。有几个穿着短裤的男孩，在他们中间是一个女孩。她穿着长长的黑色紧身裤，紧紧地包裹着大腿和小腿。男孩们把手臂搭在女孩的肩膀上。在这个童子军的小团体中酝酿着的爱情，紧紧地抓住了基特纽夫的心。童子军们是存在的，爱情是存在的。童子军和爱情都存在于这个黄昏，存在于空气中，存在于莱茵河畔。但它们完全是虚幻的！这里的一切都和温室里的花朵一样虚幻。就连沉闷而温暖的风也是虚幻的。

基特纽夫左转进入城市，来到一片被摧毁的街区。在废墟的残垣断壁掩映下的地下工事上，黄色的防空指示箭头“莱茵河”完好无损地耸立着。城里的居民们曾经奔向河边逃命。一辆黑色的大车停在废墟中，另一辆挂着外国车牌的车在布满瓦砾的街道上缓慢驶过。有一块警示牌上写着“学校”。那辆外国车在开裂的地面前刹住了。几个人影从沟壑中向他爬来。

基特纽夫再次看到了橱窗。他看到了橱窗里的人偶，看到了奢华的卧室、奢华的棺材、各种性交和避孕的手段。他看到了商人在和平时期向人们展示的所有安逸。

他再次走进了不那么体面的小酒馆。桌子都坐满了。客人们都在讨论议会的选举结果。他们心情很低落，因为选举的结果让他们不满。但他们的不满和低落并没有什么结果，就像悬在真空中。他们很生气，但就算议会上出现了任何一种别的结果，他们也会低落和不满的。他们带着一种现成的原则性的怒气谈论着议会，谈论着最后一次会议。它的结果本身虽然令人不快，失去了效力，但与他们无关，对他们毫无触动。什么才能触动这些人呢？他们渴望被鞭笞着喊出“万岁”吗？

基特纽夫喝了半品脱葡萄酒，但没有停下。基特纽夫，豪饮者。他选了一瓶上好的阿尔葡萄酒，瓶身圆滚滚的，盛满了欲望，小腹一样的瓶子，显露粗鄙欲望的瓶子。柔和而黏稠的深红色酒液从瓶子流进了杯子，又流进了喉咙。阿尔河离这里不远。基特纽夫听说，阿尔河的河谷风光很美，但基特纽夫一直在工作，一直忙于演讲台和桌案，从没有游览过这条河和它的河谷，从没有参观过山坡上的葡萄园。他应该去看看的。为什么他没有和埃尔克一起漫步到阿尔河畔呢？他们可以在那里过夜。夜晚很暖和，他们可以整晚开着窗，听着河水的低语，也许是棕榈树利剑一样的干瘦叶子在刷刷作响。他独自坐着，特使基特纽夫阁下，坐在危地马拉的阳台上。他死了吗？他急急地喝完了酒。E. E. 卡明斯的英俊男人贪婪地喝着酒；美国诗人卡明斯的蓝眼睛男孩贪婪地大口喝着酒；死亡先生的蓝眼睛男孩，议员，贪婪地大口喝着德国阿尔河畔产的红色勃艮第葡萄酒。是谁从学生时代就陪着他，在他头顶展开自己的羽翼，露出锋利的喙和掠夺成性的爪子？德国鹰。它梳洗了自己，竖起羽毛，这只换毛后的好斗的老鸟。基特纽夫爱一切生物，但他不喜欢被绘制在纹章上的动物。因为国家尊严的标志让人感到压迫？会不由自主地卑躬屈膝？基特纽夫不需要国家尊严的标志，不想让任何人卑躬屈膝。埃尔克的照片装在他的口袋里，就在胸前，在心脏所在的左胸。小时候，他读过人性本善。现在坟墓阴暗潮湿的可怕深渊。我认为你很美。很美，很美，很美。桌子上方的广播喇叭低语着。“在蒂罗尔，人们互相赠送玫瑰。”流行歌曲玫瑰，莱茵河边也有玫瑰，茂密的温室玫瑰。睿智而富有的玫瑰种植者带着园艺剪刀四处溜达，剪掉新长的嫩芽；树篱修剪者走在撒满碎石的小路上，邪恶的老玫瑰魔法师，勤劳的巫师干着活儿，挥汗如雨，施展魔法，在莱茵河畔的温室里被来自工业区的煤焚烧着。我认为你很美，我认为你性感。性感，性感，性感。政治太性感了，将军们太性感了，理智太性感了，食物太性感了，世界上的橱窗里太琳琅满目了。对我来说，你就是世界上最美的人。是的，最美的外表。“请别忘了视觉效果。”“必须从恰当的视角来观察。”“遵命，部长顾问先生，视觉效果就是一切。”最美丽的选美王后。比基尼。原子弹实验环礁。美丽的女酒鬼。埃尔克，游荡在废墟里的迷路的孩子。堕落。在战争中迷路的纳粹高官的孩子。堕落。最美的女同性恋，嘿嘿嘿，请你填满——我的——空虚。酒馆的喇叭里唱着：“因为在得克萨斯，那是我的家。”富含维生素的布瑟斯融化黄油。酒桌上的生意人点着头。他们是些小男孩，家在得克萨斯。汤姆·米克斯和汉斯·阿尔博斯披着年轻生意人梦想的皮，骑在没有配鞍的烟灰缸上跨过桌子。联盟旗帜在飘扬，旗杆在晃动。一切都失控了。基特纽夫喝了一口酒。为什么喝酒呢？他喝酒是因为他在等待。他在首都等谁呢？他在首都有朋友吗？他在首都的朋友叫什么呢？她们叫蕾娜和格尔达。她们是谁？她们是救世军姑娘。

她们来了。格尔达，严厉的那个，带着吉他；蕾娜，机械师学徒，带着战争传单。蕾娜丝毫没有掩饰，她想来找基特纽夫。格尔达脸色苍白地站着，紧紧抿着嘴唇。姑娘们吵架了。很明显。基特纽夫想，你有什么东西要被偷走了。他心里一惊，因为他很残忍，因为他意识到折磨这个小女同性恋让自己很满足，他没有骑士风度（但不是毫无触动），他很想让她们弹起吉他唱歌——一首天国新郎的歌。他想得很好，一边握着蕾娜这个机械师学徒的腰身，一边听格尔达唱天国新郎的歌。他看着格尔达苍白的脸色，看着她面露愠色，看着她紧抿的嘴，盯着那两片发抖的薄唇和因为紧张、痛苦而颤动的眼皮。他想：你是我的姐妹，我们俩都是可怜的丧家之犬。但他痛恨自己的镜像，痛恨自己的孤独带来的愚蠢的镜像游戏。一个酒鬼砸碎了镜子。他用玻璃碎片割破了那令人憎恶的骑士摇摆的身影，那是他自己的向阴沟俯下身的影子。他招呼蕾娜和格尔达来坐。蕾娜坐下了，格尔达却蹲在一边，因为她不想服软。桌边的生意人抬头看着。他们坐在安全的包厢里，观看着这场生活中的猛兽相斗。基特纽夫拿起了救世军的募捐箱，站起身，把硬币晃得哗哗响，将募捐箱递到了生意人面前。基特纽夫，寒冬赈济组织[1]迟到的募捐者。他们不满地皱起了鼻子，认不出这个小箱子了，不再为元首和驻军捐款。他们转过了身，男孩的梦想破灭了。他也和他们一样幼稚。基特纽夫，儿童教育家和恋童癖，拥有成熟的教育学爱欲的人，为青春辩护。桌边的广播喇叭嚷着："收好泳裤！"一个孩子在唱歌，歌声回荡在森林、田野、山坡和河谷上空。一盘录音带嗡嗡作响。一只狗叫了。哪里？在因斯特堡。犹太人笑话。梅根海

1　寒冬赈济组织（WHW）是 1933 至 1945 年间，纳粹政权社会福利政策的支柱。

姆的笑话。《人民报》的老笑话。谁活着？谁死了？我们还活着。梅根海姆和基特纽夫，手挽手，人民报的老纪念碑。建议为公民提供保护！蕾娜想喝掺白兰地的可乐，合情合理。格尔达什么也不想接受，守着萨福式的原则。基特纽夫说："给您点白兰地吧。"于是，格尔达点了咖啡。她点咖啡是为了确保自己无论如何都可以待在酒馆里。基特纽夫没有为蕾娜这个机械师学徒做任何事，这让他真心感到抱歉。他虚度了一整天。酒馆的女招待给他拿来了信纸。这是酒馆的信纸，信头上印着"葡萄吸收的阳光是什么？"。这信纸会给收到信的先生们留下糟糕的印象。基特纽夫，失礼的人。他给科努尔万写了一封信，又给克罗丁写了一封信。他请科努尔万和克罗丁给蕾娜——这个机械师学徒——一个重新回到工厂的机会。他把信交给了蕾娜，对她说："克罗丁不知道自己是否信仰上帝，而科努尔万不知道自己是否不信上帝。这两个人你最好都去拜访一下。总有一个会帮你的。"他想：你不会被拒之门外的，我的小斯达汉诺娃。他想帮助她，但同时也知道自己并不是想帮助她，他自己反而是那个想依附于她的人。他想把她带在身边，她可以住在他家，会和他一起吃饭，一定会和他睡觉。而他会找回对肉体的渴望，基特纽夫，这个老食人魔。也许他可以把蕾娜送进高等技术学校，她可以参加考试。蕾娜，工程学博士。——可是然后呢？他敢吗？他会和她联系吗？和一位受过学院教育的桥梁工程师能做什么呢？和她睡觉吗？搂着她会是什么感觉？爱情是一个等式……

他牵着蕾娜的手，带她走进了废墟。格尔达跟在他们身后。她每走一步，吉他都会敲打在她仇视男人的身体上，发出嗡鸣。这是一种单调的节奏，像非洲鼓的节拍，像被殴打时发出的呻吟，带着被抛弃的感觉和走进幽暗森林的渴望被叩响。那辆黑色的车依然在残垣断壁前等候着，那辆外国车牌的车也还停在碎石路上。月亮破云而出。弗罗斯特-佛罗斯蒂尔坐在碎石上，面前站着那个英俊的面包房伙计，就是想抢电影院女售票员的那个。他身上披着月光，姿态散漫，肆意不羁，衬衫一直敞到了肚脐，穿着超短裤，裸露的大腿和小腿上覆满了面粉。基特纽夫朝弗罗斯特-佛罗斯蒂尔挥手致意，但那直挺挺地坐在废墟上的男人和傲然站在他面前的青年鬼魅一样的身影纹丝未动，像被石化的幻象一般，一切都显得既不真实又超现实。从那辆停在石子路上的外国车里传出一声呻吟。基特纽夫的血似乎都从车门下涌了出来，滴在废墟的尘土上。基特纽夫引着蕾娜走到一处被清理出来的空地上，那里曾经是一个房间，现在只剩断壁，甚至还能看到残存的壁纸。这大概是某个波恩学者的房间，因为基特纽夫认出了庞贝古城的样式和妓女淫荡的肉体的褪色图片，撕裂的生殖器像熟透了的水果。格尔达跟着蕾娜和基特纽夫走进了被月光照亮的破屋。从周围的棚屋里，从被掩埋的地下室里，从一贫如洗的藏身处中，传出窸窣的低语声，像是要赶来看戏一般爬上来，四处匍匐着聚过来。格尔达把吉他靠在石头上，琴箱发出一个完整的和弦作为回应。“开始吧！”基特纽夫喊道。他抓住蕾娜这个来自图林根的少女，低头凑近她好奇而满怀期待的脸，寻找着她弯弯的、柔软的、讲着德国中部方言的双唇，从她年轻的口中啜饮着香甜的唾液、有力的呼吸和热烈的生命。他把蕾娜这个机械师学徒身上寒酸的衣裙撩到一旁，抚摸着她的身体。在苍白的月光下,格尔达显得更苍白了。她拿起吉他,弹起和弦，用清亮的声音唱起了天国新郎的歌。被打死的人摇摇晃晃地走出他们的地洞，窒息而死的人爬出了他们的水泥墓穴，无家可归的人蹒跚着走出他们的地下室，而明码标价的爱情来自瓦砾床。走出皇宫的穆塞乌斯惊愕地看着这些苦难。议员们以得体的方式聚集在纳粹时代的坟场上，召开夜间特别会议。伟大的政治家赶来了，得以一瞥未来的工厂。他看到了魔鬼和蛆虫，看到了侏儒怪是如何造出来的。一群狂妄的愚人登上了上萨尔茨堡，遇上了莱茵女儿的大巴旅行团。愚人们和吱吱呀呀的少女们生育了超级愚人。超级愚人用蝶泳的姿势游了数百米，只花了不到一分钟。他用一辆德国车赢得了亚特兰大的千米长跑。他发明了探月火箭，觉得受到了威胁，于是针对行星扩军备战。烟囱像鼓胀的阴茎一般勃起，一股恶臭在大地上蔓延。在硫化的雾气中，这位超级愚人建立起了超级世界大国，推行终身兵役制。伟大的政治家把一枝玫瑰扔进了未来的气息中，玫瑰落下的地方出现了一个泉眼，从泉眼中涌出黑色的血液。基特纽夫躺在一条永恒的血河中，和来自图林根的少女、来自图林根的机械师学徒一起躺着。在他们周围，人民代表和政治家们围成一圈。他躺在血床上，身边围着白天的无赖和夜晚的歹徒。枭鸟在空中发出桀桀怪叫，伊比库斯的仙鹤悲鸣着，秃鹰在危墙上磨着自己的喙。法场建好了，先知约拿骑着那头心地善良的死鲸来到这里，严厉地监督着人们立起绞刑架。议员克罗丁背负着一个巨大的金色十字架，背上的重量让他佝偻身子走着。他花了巨大的力气才把十字架立在了绞刑架旁边。他非常害怕。他从十字架上开采黄金，把金块丢进了政治家和人民代表们围成的圈子里，丢进了夜晚的歹徒和白日的无赖们围成的圈子里。政治家们把黄金存入自己的账户。议员多尔夫利希把黄金藏进了一个牛奶罐里。议员赛德绍姆带着黄金上床睡觉，呼唤着天主。克罗丁用污言秽语咒骂夜晚的歹徒和白天的无赖。在残垣上，在空空如也的窗框中，在歌手诅咒的裂开的基柱上，蹲坐着纹章上那些贪吃的动物：纹章上愚蠢而好卖弄的鹰，喙因嗜血变得鲜红；盾牌上肥胖而自满的狮子，张着血盆大口；狮鹫吐着舌头，深色的爪子湿漉漉的；熊发出气势汹汹的低吼；梅克伦堡的公牛哞哞叫着。纳粹冲锋队在行军，骷髅组成的部队在游行，政治谋杀犯组成的大军叮叮当当地嬉戏着前进，万字旗从沾满沼泽淤泥的包袱中展开。弗罗斯特-佛罗斯蒂尔头戴一顶被子弹打穿的钢盔，大喊着："死人上前线！"一场盛大的阅兵式开始了。两次世界大战的青年们踏着步子走过穆塞乌斯身边，穆塞乌斯脸色苍白地检阅了他们的队伍。两次世界大战的母亲沉默地走过穆塞乌斯身边，穆塞乌斯脸色苍白地向这支蒙着黑纱的队伍行礼。两次世界大战的政治家们胸前挂满勋章，向穆塞乌斯走来，穆塞乌斯脸色苍白地签署了他们递交的协约。两次世界大战的将军们挂满勋章，踢着正步走来，站在穆塞乌斯面前，拔出佩剑向他致意，并要求得到抚恤金。穆塞乌斯脸色苍白地批准了抚恤金，将军们抓住他，把他带到乱坟岗，交给了刽子手。然后马克思主义者们擎着红色的旗帜走来了。他们奋力举着黑格尔的巨型石膏像，黑格尔伸了伸懒腰，喊道："伟大的个体在各自特定的目标中实现实体性，这就是世界精神的意志。"夜间酒馆里疲乏的钢琴家弹起了《国际歌》。另一家夜间酒馆里寒酸的舞女们跳起了卡马格诺尔舞。警察部长带着高压水枪来了，提请参加追捕。他把训练有素的警犬驱赶到广场上，用喊声刺激着它们：去追他！抓住他！扑倒他！部长试图用他的狗抓住基特纽夫这个爱狗的人。但弗罗斯特–佛罗斯蒂尔保护性地在基特纽夫面前展开了一幅世界地图，指着莱茵河说："危地马拉在那里！"吉他还在响着，琴弦在呜咽。救世军姑娘的歌声在废墟上空回响，飘出充溢着苦难和恐惧的瓦砾堆。基特纽夫感受到了蕾娜的委身奉献，他感受到了自己归来多年后所有的委身奉献，所有那些绝望的努力都是为了混入这锅始终稀薄而未被补救的粥。他在进行的是一种完全没有感情的行为，他陌生地盯着一张陌生的托付给情欲幻觉的面孔。留下的只有悲伤。这里没有升华，只有愧疚；这里没有爱情，只有一座裂开了的坟墓。这是他内心的坟墓。他放开了姑娘，直起身来。他看到面前正对着那块写着"莱茵河"的防空指示牌。防空指示箭头在清亮的月光下不容忽视，威严地指向河边。基特纽夫冲出了歹徒们的圈子。他们被悲伤的歌声和救世军姑娘优美的琴声吸引，真的聚集在了这里。基特纽夫跑向莱茵河岸。咒骂声和哄笑声在他身后紧追不舍，还有一块石头朝他扔了过来。基特纽夫跑上了桥。桥角的商店橱窗里灯火通明，橱窗人偶在向他挥手。他们满怀渴望地伸出手臂，伸向这位总是在逃避他们魔力的议员。都结束了。永恒开始了。

基特纽夫跑到了桥上。桥身在看似不真实的轻轨列车驶过时微微颤动，这让基特纽夫觉得，自由浮动的桥拱仿佛是在自己身体的重荷下摇晃，随着每一步匆忙的脚步而震颤。幽灵般的电车发出叮铃铃的声音，像一阵促狭的咯咯笑。对岸的比埃尔亮起由一串小灯泡组成的词：莱茵欲望。田园风光的花园中，一枚火箭腾起、爆炸、坠落，成为一颗正在死去的星星。基特纽夫抓着桥栏杆，再次感受到了桥面的震动。那是一种钢铁内部的轻颤，就好像钢活了，想要告诉基特纽夫一个秘密，一个普罗米修斯的教诲，机械的谜语，锻造的智慧——但这个消息来得太晚了。这位议员完全是多余的，他是自己的负担，从桥上纵身一跃给了他自由。

评 注

成书史

根据一份舍茨和戈费茨出版社登在《德国书商手册》上的新书预告,《温室》一书是作者逗留在斯图加特的三个月内——“从 1953 年 5 月到 7 月”——写成的。[1] 鉴于沃尔夫冈·克彭不断在克服自己的写作困难，这本书的写作速度无疑是惊人的。自然，他的工作方式的特点是，不仅有低产期，也有这样加速的高产期。1934 年出版的首部作品《伤心情事》(*Die unglückliche Liebe*)，克彭就是用三个月——“6 月,7 月,8 月”[2]——写成的，而一年后，他出版了第二部小说《墙在晃动》(*Die*

1 Zitiert nach Wolfgang Koeppen: *Das Treibhaus*. Mit einem Kommentar von Arne Grafe. Frankfurt am Main 2006, S. 206.

2 Wolfgang Koeppen im Gespräch mit Marcel Reich-Ranicki. Typoskript S. 124. Wolfgang-Koeppen-Archiv (WKA).

Mauer schwankt)。《草中鸽》(*Tauben im Gras*) 因多视角叙事而成为他的小说中形式最复杂的一部，但即使是这本书，根据他自己的说法，也是在“两三个月内”[1]写成的。因此，在《温室》于1954年出版后的第二年，《死于罗马》紧随其后出版，也是合乎情理的。然而，在此后的四十年里，直到克彭于1996年去世，他没有再写过小说，这也让他获得了“沉默者”的称号，尽管他除了在1976年出版了散文残章集《青春》(*Jugend*)，还以同样迅速的效率依次出版了三部游记:《去往俄罗斯和其他地方》(*Nach Rußland und anderswohin*)(1958年),《美国行记》(*Amerikafahrt*)(1959年)和《法国之旅》(*Reisen nach Frankreich*)(1961年)。

克彭在1951年至1953年间与他的出版商亨利·戈费茨以及与妻子玛丽昂的书信往来，可以为《温室》一书的成书过程提供最重要的线索。《草中鸽》出版后，克彭在1951年11月向戈费茨提起了一本新的小说。然而他此时说的并非《温室》，而是“一部伟大的小说”[2],“一部大约五百页的手稿”[3],

---

1 Wolfgang Koeppen: *Ohne Absicht. Gespräch mit Marcel ReichRanicki in der Reihe* Zeugen des Jahrhunderts. Hg. v. Ingo Hermann. Göttingen 1994, S. 149f.

2 Wolfgang Koeppen an Henry Goverts. Brief v. 18. 10. 1953 (WKA 24435).

3 Wolfgang Koeppen an Henry Goverts. Brief v. 22. 11. 1951 (WKA 24435).

他承诺于 1952 年 5 月交稿。这份“五百页的手稿”，即“那部伟大小说的第一卷（自成一体）”[1]，当然再也没有了消息。

在 1951 年 11 月 22 日的信中，克彭提到了自己拮据的财务状况，告知对方他会向自己的出版商“为新书寻求支援”[2]，于是他获得了一笔预付款。最终，《草中鸽》尽管总体上反响不错，但它的出版并没有令克彭的收入状况得到根本好转。根据通过海因茨·赫尔穆特·克斯特转交的出版社书信通知，截至 1951 年底，“已售出 2582 册”。据出版社统计，1952 年上半年“最多有 290 册”，这对于作者的收入意味着：“相对于前一年的 2866.02 马克，此时的金额可能只有 320 马克。”在同一封信中，他获得了几笔每次 300 马克的月度转账，附有建议——利用“各种机会”，“通过更大的电台广播作品赚钱”。同时，克斯特还请求克彭，“请稍微详细地告知你正在创作的两本小说的进度”[3]。

这里提及的不再是一部小说，而是两部。克彭本人显然对此做出了承诺，并且在 1952 年 7 月给亨利·戈费茨的信中强调了这一点。后者在沃尔

1 Wolfgang Koeppen an Henry Goverts. Brief v. 15. 11. 1951 (WKA 24416).

2 Wolfgang Koeppen an Henry Goverts. Brief v. 22. 11. 1951 (WKA 24417).

3 Heinz Hellmut Köster an Wolfgang Koeppen. Brief v. 1. 7. 1952 (WKA 24461).

夫冈·克彭的档案中无可查证。但亨利·戈费茨在1952年7月23日的回信中也提及了一本“小的小说”。在回信中,他感谢了克彭那封“详细的来信”,除了那本“伟大的”五百页的小说,“那本”——据出版商的原话——“显然不可能在秋季交稿”的小说,他还提到了一本“小的小说”,应该起一个“吸引人的题目……‘坟墓上的橄榄枝’”,会“引起热烈讨论,令国际瞩目”。同时,戈费茨也表示遗憾,克彭不能在“关于《草中鸽》的讨论还在继续进行时”完成这部“小的小说”,毕竟“这些讨论对于新作问世前的空档期是非常有益的,同时也能让《草中鸽》获得新的生命力”[1]。

几天后,亨利·戈费茨邀请克彭到斯图加特的出版社,“我们双方可以就那部小的小说和那部伟大的小说好好谈谈。因此,我想请您带上作品前来”。从两人的书信往来中,我们无从知晓这次碰面是否实现了,也不知道克彭是否带上了“作品”。但我们得知,戈费茨在此期间已经从克斯特那里了解到了那部“小的小说”的内容。据戈费茨说,这部小说“关于从1933年至今公共生活中的精神命运的转变”,他最大的兴趣在于其“主题和两个隐忍的人物形象,一个曾流亡国外并于1945年回国,

---

1 Henry Goverts an Wolfgang Koeppen. Brief v. 23. 7. 1952 (WKA 24462).

另一个留在德国做出了让步，然后成了联邦国会议员”，“因为它涉及当下的挑战，他们过去是否做得对，以及他们现在能做什么，涉及改变西德带有复辟性质的宗教–政治命运”。很明显，克彭原计划写一部有两位主人公的小说，后来为了唯一的主人公菲利克斯·基特纽夫放弃了这个计划，而基特纽夫显然既是归国的流亡者，又是国会议员。这封信是这样结尾的：“如果这本书有情节，而且最终有一个人道主义的戏剧性结尾，那么我可以向您保证，它在国内和国外都会受到热烈欢迎。它也会是一部很合适的春季图书。但波恩这座城市的氛围非常独特，您必须仔细捕捉。”[1]

然而相比于波恩，克彭更想去巴黎，在那里度过无人打扰的“两个月……也许甚至在那里工作”，这是他在自己的住所中无法实现的。1952年11月，在慕尼黑的比德斯坦膳宿公寓中，他每天都会中断写作，因为“翁格尔街上的住所是一座恶行滔天的炼狱，亲密，令人不安。我每天晚上回家，却没有回了家的感觉。那里当时正在改建，就好像在给生活恐惧的节日舞台戏剧添加装饰”[2]。克彭在这里暗示的问题，在接下来的十年内都没

1 Henry Goverts an Wolfgang Koeppen. Brief v. 2. 8. 1952 (WKA 24463).

2 Wolfgang Koeppen an Henry Goverts. Brief v. 13. 11. 1952 (WKA 24419).

有改变：这座“罪行滔天的炼狱”就是他和自己有精神疾病困扰与成瘾危险的妻子玛丽昂的共同生活，他一次又一次地逃往其他住所和工作室，然而始终无法逃脱，这一点我们可以从两人的书信往来中得知。[1]克彭没有去巴黎，而是去了波恩。他在原则上愿意听从戈费茨的建议，见一见库诺·奥克哈特。后者既是亨利·戈费茨的朋友，也是路德维希·埃哈特领导的联邦经济部下属的新闻出版局的局长。然而克彭担心损害自己作为艺术家的自主权，毕竟他想“写一部小说而不是报告文学”，当然不愿让这部小说“根据某位部长的意愿撰写或被其左右”。因此，他还“绝对明确地”向戈费茨指出，尽管很乐意“接受奥克哈特先生进一步的指导，但我是否、如何、以何种方式、以怎样的改变来不辜负他的好意，我个人必须保留所有的自由。我的书之后是否能让联邦经济部部长先生感兴趣，会取悦他还是惹恼他，就不是我能说了算的”[2]。戈费茨对此反应坦然，“埃哈特部长……与此事完全无关”。他继续说：“这仅仅是我个人的提议，想为您在搜集素材方面提供些帮助。您现在是否愿意去波恩，

1 Vgl. *»... trotz allem, so wie du bist«. Der Briefwechsel zwischen Wolfgang und Marion Koeppen.* Hg. von Anja Ebner. Mit einem Nachwort von Hans-Ulrich Treichel. Frankfurt am Main 2008.

2 Wolfgang Koeppen an Henry Goverts. Brief v. 25. 1. 1953 (WKA 24495).

当然完全由您决定。重要的是，这部小说最迟应该在4月初完成。”[1]当克彭在1月底考虑为一本出版商希望“最晚”在两个月后拿到的小说出一趟远门时，时间已经非常紧张了。特别是克彭知道，“之后，一旦这本书写成而且基本上无可更改时，（中略）我看不出这趟旅行有什么直接作用”[2]。现在已经无从考证，这次和奥克哈特的会面是否进行过，但克彭确实去了波恩，并且据他本人所说，在那里待了“很短，四十八小时”[3]或“大概五天”[4]再或者“八天”[5]。克彭在舍茨和戈费茨出版社的编辑海因茨·泽瓦尔德提前为他和奥克哈特的会面给出了具体的建议：“正如他（奥克哈特）刚刚在电话里和我说的，他希望在这周四、周五或下周二见您一面。（中略）所以您现在可以自由决定是在本周还是下周前往。您只需要提前给奥克哈特先生打个电话（号码是波

---

1 Henry Goverts an Wolfgang Koeppen. Brief v. 29. 1. 1953 (WKA 24464).

2 Wolfgang Koeppen an Henry Goverts. Brief v. 25. 1. 1953 (WKA 24495).

3 Wolfgang Koeppen: *Einer der schreibt. Gespräche und Interviews.* Hg. v. Hans-Ulrich Treichel. Frankfurt am Main 1993, S. 203.

4 So Koeppen im einleitenden Gespräch mit Peter Goedel zum Film *Das Treibhaus*. BRD 1987. Regie: Peter Goedel. Buch: Peter Goedel.Kamera: David Slama. Schnitt: Christiane Jahn, Peter Goedel.Produktion: Peter Goedel. Musik: Richard Wagner. Darsteller: Christian Doermer, Hanns Zischler, Rüdiger Vogler, Leila-Florentine Freer, Jörg Hube.

5 Koeppen: *Ohne Absicht,* a. a. O., S. 154.

恩 30161），他会为您安排住处。我会通过电报给您转 200 马克，作为此次访问的旅费。”[1] 克彭的遗物中有一本小册子，题为《州首府波恩，附详细政府部门指南和街道目录》，由波恩的威廉·施托尔福斯出版社于 1950 年 8 月出版。在这本小册子中，克彭在联邦经济部部长和联邦住房部部长的电话号码旁，手写了上述号码。

几张机打的记录显示，如果克彭不是和奥克哈特，那么也曾和一位名字缩写为“M”——代表的是德语中的“部长”即可能表示奥克哈特——的人讨论过波恩的情况。此外，以下几处记录也标注了“M”的缩写：“没有人会对精神层面的东西感兴趣。精神层面的地方化。部长和议员们在周末前往他们的选区。”“阿登纳为舒马赫购买了没有腿的房子。”“所有人都很疲惫。呼吸器官、心脏和血液循环的疾病。”“少数一些议员在工作。其他人都是投票的牲畜。权利同化法律，州法律中的联邦统一条款。”[2] 其他有“记录 K”标注的备注似乎出自克彭自己的观察和印象。比如：“速记员傍晚时会沿着河岸走回家。”“在议会中：有位导游解说员长得很像阿登纳，说话也像。”“总统别墅上的小旗子垂在闷热的空气中。树下的草坪

---

1 Zit. n. »*... trotz allem, so wie du bist ...*«, a. a. O., S.31.

2 Wolfgang Koeppen: Bonn (WKA M436-1).

上有一只狼狗，一只腊肠犬，还有两位女士。警察守在大门口。”“站在总统府邸的楼上看出去，景色很好，莱茵河上的田园风光，右岸烟雾弥漫，忧伤，诗意。”[1]“莱茵河的水微微发臭。”“气候：就算外面下过雨，温度降了些，在房间和旅馆里还是会出汗。”“严格来讲：晚上七点。汗水顺着我的脖子汇成小溪流下来。”

除了对波恩温室气候的记录，这里还有一些小说的其他素材，比如下面这个通过小说人物穆塞乌斯实现的“灵感”：“灵感。一位老仆人，坎茨兰，认为自己是总统，眺望着莱茵河。他可以扮演豪斯的角色。”还有重要的早熟少女的主题以及“漂亮的十三岁女孩”也见于这份备忘录：“酒馆，严格：带着那个漂亮的十三岁女孩的宗教人士。‘他把她带在身边，为了能够看到一张年轻的面孔。’‘他长着一颗白发苍苍、棱角分明的农民的头颅。’‘她担心他会很严厉。但他很和蔼，比父亲还要和蔼得多。’‘他会原谅她的一切胡闹。但很遗憾，她没有做错任何事。’另一位宗教人士读着一份《罗马观察报》。（也许是一个人物。）那个小姑娘得到了八分之一杯酒。‘哦，真好喝。’宗教人士点点头。”[2]这个酒馆中的场景被克彭运用在了《温室》中，只

---

1 Wolfgang Koeppen: Bonn (WKA M436-2).

2 Wolfgang Koeppen: Bonn (WKA M436-3).

是那个小姑娘不再是十三岁，而是“大概只有十二岁”（见本书 145 页），而“另一位宗教人士”和读报纸的人被划掉了。现在是第一位宗教人士读着在梵蒂冈出版的《罗马观察报》。

《温室》第一稿的写作，一半是在慕尼黑，一半是在斯图加特的不同旅馆中完成的：马林街 3 号的凯特尔旅馆，战后硕果仅存的旅馆之一；集市广场的旅馆，这是一处重建的防空掩体，直到 1985 年还在；马林广场的旅馆，博布林格街 1 号。1953 年的 4 月到 6 月，克彭都待在斯图加特，其间有过几次中断。第一封从斯图加特发出的信写于 1953 年 4 月 23 日。1954 年 4 月 24 日他同时给妻子写了两封信，和她分享了自己从掩体旅馆中得到的第一印象：“各个方面都糟透了！我坐在斯图加特集市广场下的市政厅地下室里。这间屋子就像犯人的囚室那么大，白天和晚上都见不到光，采用人工技术通风。地面上的斯图加特也很沉闷。这里充斥着一种坟墓里的气息。”[1] 另外，他还提及一次私人冲突，这次冲突很可能对《温室》的创作产生了影响：“我想你了，非常美好，非常体贴，但我不得不猜测，此刻你还躺在 K 的怀抱中，满身酒气和脾气。放弃吧！放弃吧！”[2] 这里的 K 指的是格尔达·基弗，

---

1 »... *trotz allem, so wie du bist*«, a. a. O., S. 34.

2 Ebd., S. 32.

一个慕尼黑的出租车司机，同时也是玛丽昂·克彭的情人，后来死于一场抢劫杀人案。[1]克彭不仅对玛丽昂和格尔达·基弗的关系表现出了嫉妒，而且他断定，通过“翁格尔街的紧张关系……个人戏剧闯入了手稿，和议员的故事（我正想写的那个）融合得并不好。批评家们会大挖特挖，被这些蛛丝马迹吸引。在慕尼黑的手稿中，议员有一位同性恋妻子，有好几页情节会以倒叙的方式推进，不厌其烦地用苦涩的笔调描述俏皮的父亲们，和女同性恋们进行痛苦的辩论。这些都和涉及政治的情节毫无关系，一位同性恋妻子对于一位德国联邦议会的议员来说也并不具有典型性。我想把这个女人扔出这部小说”[2]。还不止这些，他甚至考虑，“完全重建小说的框架，用大概十二天的时间重建一个没有女人参与的基础”。[3]

第二天他就在给妻子的信中写道：“我把整个同性恋的故事——很遗憾有三十多页——从小说中扔掉了。这部分差不多能独立成书了。我的主角（议员）现在未婚，这将是一本纯粹关于政治的书。读者可能只有男人！印量要受损了。”[4]1953 年 5 月 4

1 Vgl. Anja Ebner: »*Ich warte, ... mein düsterer Literat. In Liebe Marion.« Über Marion Koeppen.* In: »*... trotz allem, so wie du bist*«, a. a. O., S. 403ff.

2 »*... trotz allem, so wie du bist*«, a. a. O., S. 35f.

3 Ebd., S. 36.

4 Ebd., S. 37f.

日，他写道：“我在这儿把这本书完全推翻了，所以实际上正在从头开始，重写这本书。”[1]显然在出版的文稿中，女性人物依然在那位——丧偶的——联邦议会议员基特纽夫的生活中扮演着重要角色：对已故妻子埃尔克的回忆，“年轻得几乎可以做他女儿”（见本书第 11 页），并没有让他离开，因此他在她死后还“从波恩给埃尔克写过信”（见本书第 82 页）。他嫉妒“女同性恋”（见本书第 16 页）瓦诺斯基，她和埃尔克有一段亲密关系，给埃尔克带来了“二人世界和啤酒”（见本书第 17 页），这也成为基特纽夫妄想自己受到“俏皮的父亲们”（同上）的迫害的诱因，促使他幻想自己用斧子杀死了瓦诺斯基（见本书第 5 页）。在小说的结尾，陪基特纽夫走向自杀之路的有两个姑娘，一个叫格尔达，一个叫蕾娜。格尔达是一个同性恋救世军姑娘，蕾娜则是“一个瘦小的十六岁女孩”，一个“机械师学徒”（见本书第 158 页）。就在基特纽夫从桥上跳入莱茵河之前，他和蕾娜在一个幻想的场景中发生了性行为，但显然不是愉悦的，而是“一种完全没有感情的行为”（见本书第 211 页起）。

无法确定的是，克彭是在什么时候决定放弃最初的书名，改为“温室”的。对于这个灵感的来源，我们可以做一个假设。《明镜》周刊——作者在小

1 Ebd., S. 43.

说情节中借鉴了一部分——于1952年4月发表了一篇题为《地表潮湿》的文章，其中引述了一份波恩内政部部长达七页的报告，报告中分析了"'政府公务员和职员'中的高发病情况"的原因。《明镜》周刊转载的摘要中提到了波恩的气候："波恩的气候具有明显的海洋性特征，即在低海拔地区（62米）十分潮湿，冬夏温差不大。因此，波恩盆地地表潮湿少风，致使夏季以温室气候为主，而冬季以寒冷的雾霾天气为主。"[1]

此外，汉斯·赫尔穆特·基斯特在他关于克彭于1951年出版的小说《草中鸽》一书的评论中使用了"温室"的比喻："他的小说是一座独特的温室，洋溢着野性和繁茂的气氛，充满热量；这座温室就是慕尼黑。"[2]我们无从得知，基斯特的评述是否也启发了克彭。但这篇文章为我们提供了一个关于几乎符号预期性阅读方式的鲜明例证。

手稿完成后，克彭于6月到瓦杜茨拜访了亨利·戈费茨，和他讨论了这本书以及希望能在1953年秋季出版的意愿。但事实证明，这一出版时间绝对没有得到保证。6月16日，克彭在从瓦杜茨写给玛丽昂的信中写道："关于这本书能否出版的命运，目前还在进行生死讨论，可能性是对

---

1 Mit *feuchtem Untergrund*. In: *Der Spiegel*, Nr. 14, 2. 4. 1952, S. 5.

2 Hans Hellmut Kirst: *Bis an den Abgrund*. In: *Münchner Merkur* v. 14. 12. 1951.

半的。戈（费茨）认为这本书绝对不差。他说，正相反，就是因为它写得太好了，直接透着一种魔鬼般的恶意，可能会使他和舍茨丢掉执照。”[1]戈费茨的顾虑是由1953年9月6日的国会选举引发的，这次选举自然造成了一种尤其敏感的气氛。1953年7月10日，克彭再次在从慕尼黑写给亨利·戈费茨的信中说，“我明白您对于出版《温室》的顾虑”，同时也指出，“这本书在今天会有多么大的话题性，而且它看到的东西是多么正确”。这封信中透露，戈费茨决定“不在秋季出版”，而克彭提出可以在“罗罗罗”[2]系列中出版。1953年出版的《草中鸽》的法语版译者露易丝·克拉皮尔提出，这本书可以“在法国首次出版”，但克彭不同意，因为“那样人们就会成为流亡者，尽管已经不必流亡了”。同时我们了解到，克彭为这部小说的副本——遗物中保存的打字稿很可能就归功于它——“支付了136.75马克”，“作品118.80马克，纸张17.95马克”[3]。

这份打字稿最终被送到了罗沃尔特的编辑汉

---

1 »... *trotz allem, so wie du bist*«, a. a. O., S. 86.

2 “二战”后，纸张短缺，德国罗沃尔特出版社推出了一种以报纸形式出版的小说，被称为“罗沃尔特轮转印刷小说”(Rowohlt Rotations Romane)，即“罗罗罗”系列（Ro-Ro-Ro-Reihe），到1949年，该系列一共出版了25种小说，后被“罗罗罗口袋书”系列替代。——译者注

3 Wolfgang Koeppen an Henry Goverts. Brief v. 10. 7. 1953 (WKA 24428).

斯·乔治·布伦纳的手中，后者又将它转交给了自己的同事沃尔夫冈·魏劳赫进行评估。据布伦纳说，魏劳赫在 1953 年 7 月 22 日写了一篇“毫无保留的正面评价”[1]。然而，在 1953 年 7 月和 8 月，罗沃尔特出版社共委托了三位专家对《温室》的书稿进行评估：第二位标注的缩写是 J，第三位是威利·沃尔夫拉特，与布伦纳和魏劳赫一样，都是罗沃尔特出版社的编辑。[2] 此外，似乎还有更多的出版社同事对这份书稿做了“审读并给出正面评价”，比如库尔特·库森伯格。[3] 另外，戈费茨还在 1953 年 8 月 5 日寄给克彭一份由格鲁普博士撰写的专家评估报告。这份报告的落款日期为 1953 年 7 月 26 日，显然是受戈费茨的委托而写的。[4] 格鲁普的意见并没有留存下来。但从克彭写给戈费茨的一封信中可

---

1 Zit. n. Wolfgang Koeppen an Henry Goverts. Brief v. 26. 07. 53 (WKA 2443i).

2 Vgl. Arne Grafe: *»Koeppen, aber kein Köppchen«, »schlechthin genial« oder ein »Ekel-Buch«? Ein Beitrag zur Beziehung Wolfgang Koeppens zum Rowohlt Verlag. Drei bisher unbekannte Gutachten zum Treibhaus-Manuskript.* In: *Treibhaus. Jahrbuch für die Literatur der fünfziger Jahre.* Hg. von Günter Häntzschel, Ulrike Leuschner, Roland Ulrich. Bd. 2. München 2006, S. 78-90.

3 Vgl. Wolfgang Koeppen an Henry Goverts. Brief v. 20. 8. 1953 (WKA 24433).

4 Vgl. Henry Goverts an Wolfgang Koeppen. Brief v. 5. 8. 1953 (WKA 24466). Der Brief trägt den Vermerk: »Anlage: Gutachten Dr. Gollub zum TREIBHAUS v. 26. 7. 53.«

以推测，评估者批评了小说的最后一幕（基特纽夫和蕾娜的露天性行为）。对此，克彭援引了屠格涅夫的话："对于格鲁普的观点：我这几天偶然在龚古尔兄弟的《期刊》中读到了 1878 年 5 月 5 日的记录（原文如此！）。据记载，屠格涅夫在一次有福楼拜、左拉、都德等人参加的沙龙聚会上说，他在卢塞恩的一次旅行中结识了一位女士，他们先是一起穿过了城市，接着又去了墓地，那位女士就在一座墓碑下献身于他。屠格涅夫当时被认为是俄国最受人尊敬的作家。他是一位彬彬有礼的绅士，出身高贵，受过最好的教育，是驻巴黎的俄国特使的朋友。我提到这一点是想说明，即使是一位教养良好的人，也极有可能在某个特定的时刻做出一些逾矩的行为。"[1]

与魏劳赫溢于言表的正面评价不同，沃尔夫拉特只表示了模糊的认同，而 J 则表示了否定。然而，"小罗沃尔特先生"[2]，即海因里希·玛利亚·小罗沃尔特，出版商恩斯特·罗沃尔特的儿子，在 1945 年 10 月就曾向克彭邀约一部小说[3]，他同意在 1954 年春季出版这本书。然而不是作为"罗罗罗"的平

1 Wolfgang Koeppen an Henry Goverts. Brief v. 7. 8. 1953 (WKA Archiv 24432).

2 Wolfgang Koeppen an Henry Goverts. Brief v. 20. 8. 1953 (WKA 24433).

3 Vgl. Günter und Hiltrud Häntzschel: *Wolfgang Koeppen: Leben Werk Wirkung*. Frankfurt am Main 2006, S. 42f.

装版，而是像克彭对戈费茨说的“作为一本常规的书”[1]。于是，戈费茨决定在自己的出版社出版这本书。同时，他提出了各种修改和更正的建议，这些也让他在两年后感到后悔。1974 年 9 月，他在给克彭的信中说：“……我又想起了您来瓦杜茨的那次拜访。当时，我们一部接一部地聊了您的三部小说，为它们的下印做好了最后的准备。我必须承认，我现在为自己请求您对《温室》一书做的删改感到后悔。它们本应该保留的。”[2]

在 1953 年所做的删改或淡化处理中，主要涉及的是一些所谓的色情段落。克彭为此反对“被当作一位色情作家”。“我相信，在我迄今为止的所有作品中，不存在任何一个段落能被称为‘色情’，或者会让读者产生色情的想法。我认为满足性欲的渴求和满足口腹之欲的渴求同样重要，它们都是人类与生俱来的诅咒。我作品中的性描写大多是‘伤感的’，甚至常常恰恰是‘tristitia saeculi’，即保罗所说的会引发死亡的‘尘世的悲伤’。”

不过克彭还是做出了让步，让他的编辑泽瓦尔德“全权处理”[3]，做出如下修改：“可以将第 5 页[4]的

---

1 Wolfgang Koeppen an Henry Goverts. Brief v. 20. 8. 1953 (WKA 24433).

2 Henry Goverts an Wolfgang Koeppen. Brief v. 9. 9. 1974 (WKA 24481).

3 Ebd.

4 此段及下段未标注出处的页码均指打字稿页码。——译者注

‘阴茎嫉妒’改为‘性别嫉妒’。第 10 页下面和第 11 页上面的‘操我！操我！’可以替换为‘要我！要我！’。这样当然会弱化许多。虽然这让‘她用粗俗的字眼’显得相当可笑，但这句话必须保留。第 125 页如果必须要改，可以把‘盲女们的鱼市’笑话删掉。另外在第 125 页苏菲 · 梅根海姆的斜体字段落中，也可以用‘尼龙衣物’或‘尼龙衬衫’代替‘尼龙裤袜’的说法。这样也许体面一些。第 158 页‘秘书小姐在洗澡’‘羞耻的毛发’可以删掉。”[1]

从打字稿[2]和首版的对比中可以看出，像第 5 页的“阴茎嫉妒”并没有被替换成“性别嫉妒”[3]，但将“操我！操我！”改为“要我！要我！”确实造成了作者妥协后接受的不协调(见本书第 11 页)。苏菲的“尼龙裤袜”(打字稿第 125 页) 在打字稿中用手写标注了“透明紧身衣”，而在印刷版中被更加中性的“尼龙丝”(见本书第 135 页) 所替换，洗澡小姐的“羞耻的毛发”没有被替换，而是直接删掉了。克彭在给戈费茨的信中提到的“盲女的鱼市”笑话——“梅根海姆的笑话：一位盲人走过了鱼摊，说：‘姑娘们。’”——没有被删除。(见本书第 135 页) 此外，打字稿中还有一系列或大或小的

1 Ebd.

2 Vgl. Wolfgang Koeppen: *Das Treibhaus*. Typoskript, S. 5.

3 Vgl. Wolfgang Koeppen: *Das Treibhaus*. Roman. Scherz & Goverts Verlag. Stuttgart 1953, S. 11.

文字改动，一部分也是对涉及性或“色情”内容段落的温和或弱化处理。对此，克彭写道，自己“删掉了在第195页的最后一幕中出现的‘妓女和皮条客’，以及第196页的‘妓女们露出了自己的屁股……’这一句。现在妓女和皮条客压根儿没有在最后一幕中出现”。因为小说的结尾在出版社和编辑中并非没有争议，克彭“将基特纽夫在议会演讲后的内容做了改动，更清楚地解释了他的死亡，因为他对能否继续对抗这些环境和这种普遍的厄运感到绝望”。此外，他还删掉了对弗罗斯特-佛罗斯蒂尔这个人物可能是同性恋的暗示，以免进一步招致议论——“重新建立武装部队是由同性恋者提倡的”。总之，在涉及对《温室》中所谓的色情描写进行删改时，克彭非常愿意妥协，因为他知道，“我的主题是严肃的，这要求我避免给人留下轻率或不必要地使用这些词句或画面的印象。因此，我也删掉或弱化了其他许多段落中的‘色情描写’，我也同意进一步删改或弱化处理”[1]。

1 Wolfgang Koeppen an Henry Goverts. Brief v. 4. 9. 1953 (WKA 24434).

接受史

《温室》于 1953 年在斯图加特的舍茨和戈费茨出版社出版。和《草中鸽》一样，克彭也为这本书写了前言，被之后各版沿用，确认了小说的虚构性和非纪实性性质，并赋予小说“自身的诗学真实”。然而这样的前言既没有捍卫《草中鸽》——它依然被当作影射战后慕尼黑的人和环境的小说来阅读，正如与阿克塞尔·安贝塞尔的冲突所表明的那样[1]——也没有使《温室》免于被认为直接指涉了波恩的社会关系和人。

这并非完全不可理解，毕竟克彭用《温室》干预了他所处时代的时事政治。此外，尽管虚构的信号再明显不过，它还是或多或少留下了一些不起眼的暗示，至少将小说中的一部分人物与真实人物联系起来。主角菲利克斯·基特纽夫是无论如何也无法归入历史人物中的：如前所述，他是由最初构思的那两个主人公综合而成的。还不止于此。忧郁的和平主义者和怀疑论者，在复辟的政治现实面前认输的联邦国会议员，前逃亡者基特纽夫——他同时拥有许多身份，而最重要的是，他是一个明确的

1 Vgl. hierzu Wolfgang Koeppen: *Tauben im Gras*. Hg. v. Hans-Ulrich Treichel. Frankfurt am Main 2006, S. 257ff.

文学人物，正如那些斜体字的各种角色分配所揭示的：“*校长基特纽夫，采花大盗基特纽夫，传说中的恶龙基特纽夫，鳏夫基特纽夫·波赛尔，卫道者和撒谎精基特纽夫，国会议员基特纽夫，人权骑士基特纽夫，杀人犯基特纽夫*”（见本书第19页）。无论如何，他都不是二十世纪五十年代初波恩职业政治家的原型。如果一定要说，那么在基特纽夫身上存在一些与社民党政治家卡洛·施密特（1896—1979）的相似性，基特纽夫也和卡洛·施密特一样，热衷于翻译夏尔·波德莱尔的诗歌[1]。尤其是基特纽夫试图翻译波德莱尔的“Le beau navire”，即《美丽的船》（见本书第91页），尽管无疾而终。

《温室》里波恩政治生活中的一些其他活跃分子显然也能找到现实范本：“……总理和他的玫瑰丛”（见本书第200页）与玫瑰栽培者康拉德·阿登纳；总统与特奥多尔·豪斯，他的管家穆塞乌斯幻想自己就是他；正像施瓦本[2]人可能做的那样，反对派领袖科努尔万吃了一条“肋排”（见本书第129页），“带着一颗嵌在伤口中的子弹从第一次世界大战中归来”（见本书第84页）的科努尔万，正如在“一战”中受伤断臂、在1948年因在集中营

---

1 Vgl. Charles Baudelaire: *Die Blumen des Bösen*. Übertragung von Karl Schmid (d.i. Carlo Schmid). Tübingen, Stuttgart 1947.

2 施瓦本是德国西南部的历史地区，一般认为思想保守，传统食物有施瓦本饺子、肋排等。——译者注

的监禁而断腿的库尔特·舒马赫；而弗罗斯特-佛罗斯蒂尔，尽管缺乏具体的证据，但依然与后来的联邦情报局主席莱因哈特·格伦不无相似之处。

然而克彭的小说不仅因为上述这些与现实的相似性，还因为其“自身的诗学真实”显示出了政治上的可信度。关于这种可信度，我们可以举一个例子。政治学家库尔特·松特海默[1]在自己1991年出版的《阿登纳时代》一书中，在《一个时代的代表》这一章里将虚构的“波恩《温室》中的议员基特纽夫”与库尔特·舒马赫、特奥多尔·豪斯和康拉德·阿登纳相提并论：“议员基特纽夫这个人从来不存在，但他代表了那股贯穿于整个阿登纳时代的批判性潮流，充满怀疑和失望地与阿登纳领导下的联邦共和国的发展相对而立，因为一些人在纳粹独裁的恐怖年月结束后期待着在德国重建民主，而这样的发展似乎无法使之兑现。这四个人物的个性以特殊的方式影响了他们的道路和自我认知，也让联邦共和国的早期历史在他们身上变得真实可感。”[2]

根据前言，克彭不希望读者将小说的情节理解为对当时政治事件的再现。后者更多“为作者的想象提供催化剂”（见本书前言），以此超越了仅仅着眼于讲述当下事件的时政小说。

1　Kurt Sontheimer: *Die Adenauer-Ära. Grundlegung der Bundesrepublik*. München 1991, S. 5.

2　Ebd., S. 9.

小说中讲述的事件可以简单概述如下：菲利克斯·基特纽夫于 1933 年从德国流亡至加拿大，在 1945 年回到了德国，以社会民主党人的身份投身于政治活动，1949 年当选为议员，在反对重整军备的政治斗争中失败，最后投莱茵河自尽。此处简略概括的内容当然在展开讲述时十分复杂，这本小说不仅讲述了一位流亡归来的斗士和和平主义者在波恩政治事业中的失败，还尝试对同时显示出“革命和复兴”（见本书第 1 页）特征的“年轻的联邦共和国的政治文化进行了更深层面上的分析”[1]。

这部小说被划分为五个章节，从基特纽夫参加完年轻的亡妻埃尔克的葬礼后返回开始讲起。他和埃尔克相识于战后，她当时只有十六岁，最终因酗酒而死。基特纽夫不但承受着丧妻的悲痛，他的悲伤还混杂着对埃尔克的同性恋人的憎恨。在克彭笔下，这个残暴而男性化的女人名叫瓦诺斯基。正如我们知道的，克彭在这里借用了传记性质的主题，而且让矛盾变得更加尖锐，用瓦诺斯基这一人物和基特纽夫想要杀死她的恨意对这个主题进行了怪异的夸张处理。在小说的一开始，基特纽夫就表现为一个失败者的形象。“他失败了。他的一切事业都

---

1 Jochen Vogt: *Wolfgang Koeppen: Das Treibhaus*. In: Kindlers Literatur Lexikon. 3. völlig neu bearbeitete Auflage. Hg. v. Heinz Ludwig Arnold. Stuttgart/Weimar 2009. Zitiert nach: Kindlers Literatur Lexikon Online: www.kll-online.de.

失败了。”（见本书第 6 页）小说的引子为我们勾勒出了一位在许多方面自我定义为软弱而优柔寡断的主人公。只有在涉及他作为议员的政治职责时，他才是果决而坚定的：“基特纽夫之所以希望连任，是因为他认为自己是少数仍将议席视为对抗强权的象征的人之一。”（见本书第 24 页）

第二章一开始，克罗丁的出租车捎着基特纽夫来到了议会大楼。克罗丁这位阅读布洛瓦和贝尔纳诺斯的天主教保守人士，试图劝说基特纽夫放弃反对重整军备，要求他背叛自己的党派。之后，基特纽夫走进了报社，去见记者梅根海姆。两人在 1933 年之前曾在《人民报》共事过，如今梅根海姆是“受欢迎的、被委以重任的重建人员”（见本书第 64 页）。梅根海姆告诉基特纽夫，人们试图用他在战争期间做过英国少校这一丑闻来羞辱他。基特纽夫对此无动于衷，他告别了梅根海姆，在报社的走廊里遇到了菲利普·达纳，“通讯员中的元老级人物”（见本书第 76 页），两人也相识于“老《人民报》时代”（见本书第 77 页）。达纳给基特纽夫看了一条来自情报部门的消息，内容是关于“对英方和法方战争国将军们的采访，这些运筹帷幄的欧洲军队的领导者们，在当前通过协约支撑的有可能实现的政治进程中，看到了德国的永久分裂，而这就是刚刚结束的大战带来的不幸的唯一收获了”（见本书第 78 页）。基特纽夫认为这条消息是“炸药”

和“炸弹”（同上），也许恰好能使“幻想着再次统一全国”（同上）的科努尔万“变得更加强硬和坚定”（同上）——坚定地反对用重整军备加剧德国分裂的政策。但基特纽夫对于引爆这个炸弹怀有道德上的顾虑。

在第三章中，基特纽夫回到了“他位于联邦议会新楼教育学院侧翼的办公室”（见本书第 80 页），转而试着翻译波德莱尔的“Le beau navire”这首“优美的赞美女性的诗”（见本书第 81 页）。随后，基特纽夫被叫去见了科努尔万，一位社会民主党人，同时也是“民族主义高涨的人”（见本书第 85 页），“真挚地憧憬着德国人民的军队和德国人民的将军”（见本书第 90 页）。基特纽夫则代表一种“纯粹的和平主义”（同上）。尽管如此，他还是屈服了，答应了科努尔万的请求，在议会辩论中关于“安全条约”（见本书第 91 页）的问题上引用“将军们对胜利的小小言论”（同上）——点燃炸弹。基特纽夫回到自己的办公室，为第二天举行的辩论准备议会演讲稿。辩论是关于欧洲防御共同体（EVG）和所谓的将军协议的，这份协议规定了联邦共和国和其他三个西方政权之间的关系，以及联邦共和国被纳入西方联盟体系。基特纽夫接到了一通来自特勤局局长弗罗斯特-佛罗斯蒂尔的电话。两人在弗罗斯特-佛罗斯蒂尔办公楼的餐厅见了面，弗罗斯特-佛罗斯蒂尔向基特纽夫提供了“在危地马拉的公使职位”（见本书第 99 页），条件是他放弃自己关于反对重整军备的演讲。在戈德斯堡吃过午饭后，基特纽夫让弗罗斯特-佛罗斯蒂尔把他送到了梅勒姆。他走进美国高级专员的大楼，“打听一位美国人”（见本书第 110 页），但没有找到。

在第四章中，基特纽夫去参加委员会的会议，但他迟到了。等待着他的除了克罗丁，还有基特纽夫的党内同僚海涅韦格和比尔博姆，两位提倡社会民主主义的资产阶级。委员会正在研究的议题是建立“矿区新定居点的矿工房屋”（见本书第 118 页）。我们得知，克罗丁“持有这处矿产的一部分股份”（同上），因此会从采矿中获利。矿工定居点的设立得到了全部与会者的赞同，这让基特纽夫十分愤怒，因为他们让他想起了“那些多子女的纳粹定居点”（见本书第 121 页），而他自己希望工人们拥有“柯布西耶的住房机器”“科技时代的住宅城堡”（见本书第 123 页）。他回到了自己的办公室，继续写他的演讲稿。但很快他就离开了办公室，在夏日闷热的波恩街头闲逛。他看了一会儿游乐场上的两个十三岁女孩，走过了市集，进了一家电影院和两家小酒馆。在最后一家酒馆里，他遇到了年轻的女人格尔达和十六岁的少女蕾娜，两人都是救世军成员。基特纽夫和蕾娜搭讪，请她第二天傍晚还在这家酒馆见面。

第五章开始于第二天。基特纽夫离开了自己

的议员住所，前往议会大楼。弗罗斯特-佛罗斯蒂尔再次通过电话向基特纽夫发出了危地马拉的任职邀请。基特纽夫在日报上看到，梅根海姆“用大字标题刊登出了对武装部队最高委员会的将军们的采访”（见本书第 182 页）。显然，有人闯入了基特纽夫的办公室，在他的办公桌上发现了写着将军们言论的那页纸，并且“拍了下来”（同上）。因此，“他的炸药哑了”（同上）。基特纽夫不能再利用这条消息了。

会议开始了，“一场喧闹而激烈的辩论开始了”（见本书第 184 页）。总理先发言，他宣读了同盟国伙伴的辟谣宣言，应该能打消人们对于因“战友情”（见本书第 186—187 页）而加剧德国分裂的疑虑。随后，基特纽夫发言，他恳请将两德的再次统一作为“德国的首要任务”（见本书第 187 页）。然而他并不相信自己的演讲。他的演讲直接针对总理，警告总理注意未来的将军们。但他并不确定，自己是“真的喊出了这些话”还是“依然只是在脑子里想了想”（见本书第 189 页）。不知道什么时候，科努尔万开始发言，他希望同时达成两个目标：两德重新统一和重整军备。当然两德重新统一排在首位。接下来进行了记名表决。基特纽夫投了政府的反对票，但不知道“自己这么做对不对”（见本书第 193 页）。基特纽夫离开了会议厅，带着一种纯粹陪跑和被“环境”（见本书第 195 页）战胜的感觉。

他先回到了办公室，然后去了莱茵河边，最终往城里走去。他走进了两家酒馆中的一家，在那里再次遇到了蕾娜和格尔达。他为这个失业的机械师学徒蕾娜写了两封推荐信，收信人分别是科努尔万和克罗丁。之后，他和蕾娜走进了废墟，伴随着德国历史的幻象，在那里发生了一次仿佛在幻境中进行的性行为。突然，基特纽夫放开了蕾娜，奔上了通往比埃尔的莱茵河桥，投入了死亡的怀抱。

以上的情节大纲当然无法涵盖小说的全部内容，因为个别元素和事件不断涌现，成为克彭引出基特纽夫详细的思想报告、反思、幻想、白日梦以及传记式回忆的触发点。

这恰恰是克彭叙述方式的音乐性原则，一个外部事件后，通常跟着几段展现基特纽夫内心想法和情感世界的文字，远远超出当下的触发事件，大多是传记式的回忆，偶尔是幻想和幻觉。另外，小说情节直接涉及的当代历史事件似乎尤为具体，据推测，很可能与“1953 年 3 月 19 日周四在国会进行的德国协约和欧洲防务集团条约及其特殊附加情况的第三次即最终宣读仪式”有关。小说中的现实包括“这一天及之前的一天……”[1],即 1953 年 3 月 18

1 Raimund Fellinger: *Wolfgang Koeppen als Leser der Signatur seiner Zeit oder: Bonn: Donnerstag, 19. März 1953.* In: *Flandziu. Halbjahresblätter für die Literatur der Moderne in Verbindung mit der Internationalen Wolfgang Koeppen Gesellschaft.* Hg. v. Jürgen Klein. Jg. 3, Heft 4, August 2006, S. 100.

日和 19 日。3 月 19 日正是德国协约和欧洲防务集团条约的批准日期，即德国重整军备的日子。对于一些人来说，这是一个具有决定性意义的日子，他们认为联邦共和国的发展并非民主新起点，而是陈旧却未死的、打上纳粹主义和军国主义烙印的环境的复辟。基特纽夫就属于其中一员。他“蔑视如火如荼且日益巩固的复辟”（见本书第 67 页起），害怕“纳粹主义的复辟，复辟的纳粹主义”（第 74 页）。

然而，对于将小说中的事件发生的时间定于 1953 年 3 月 18 日和 19 日的观点，也有两方面的反对意见。一方面，小说中提到的是“法案的第二次宣读会议，就在明天”（见本书第 162 页），如果这指的是德国协约和欧洲防务集团条约的第二次宣读，那么该会议早在 1952 年 12 月 3 日至 5 日就已经举行过了，由此推测，故事发生的时间应该是 1952 年 12 月初。这也许可以解释，为何库尔特·松特海默认为《温室》的故事发生于“1952 年的某个时间点”[1]，而当代历史学家乌多·温斯特称，《温室》中“存在对 1952 年发生在波恩的政治事件的明确指涉”[2]，基特纽夫“当选为其党派发言人，在

---

1 Sontheimer: *Die Adenauer-Ära*, a. a. O., S. 20.

2 Udo Wengst: *Ein Zerrbild der jungen Bonner Demokratie. Wolfgang Koepens Roman* Das Treibhaus (1953). In: Johannes Hürter/Jürgen Zarusky (Hg.): *Epos Zeitgeschichte. Romane des 20. Jahrhunderts in zeithistorischer Sicht*. München 2010, S. 90.

国会参加西方条约的第二次宣读会”。[1]无论是 1952 年 12 月，还是 1953 年 3 月，这两种对日期的推测自然都基于同一个前提，即小说的作者克彭完全像一位记者一样，如实反映了当时的事件，而且在写作过程中不得不使情节符合现实情况。但他在 1952 年 11 月 11 日给出版商的信中——过于乐观地——写道：“我希望在四周后就能将完成的手稿交给您。”[2]反对这两个日期的另一个理由是克彭笔下波恩的天气状况：众所周知的“温室气候”（见本书第 39 页），这一点也被《明镜》周刊的那篇文章证实了。不过，这里的“温室气候”对于小说本身以及克彭对德国政治环境的观察都具有特殊的隐喻意义，因为“德国是一个巨大的公共温室，基特

---

1 S. 89. ——对此，温斯特进一步指出了威利·布兰特 1952 年 12 月 3 日在德国国会西方条约的第二次宣读会上的演讲和基特纽夫的议会发言之间“令人惊讶的相似性”。不过温斯特只举了一个措辞上的例子，也就是布兰特对联邦政府的指责，“这些条约不适合‘为重新统一铺平道路’，相反，它们会堵死这条路。《温室》一书中与此相应的描述是这样的：‘他提到自己党派的顾虑和担忧，警示难以估量的长远义务，把世界的目光引向分裂的德国，引向两个病区，让它们重新统一是德国的首要任务。’”而关键是这里不仅存在论据的一致性和相似性，还使用了同一措辞。但后者在上面引述的句子里并没有体现。对比威利·布兰特总的演讲和基特纽夫的发言，也看不出有这样的一致性。(Vgl. *Verhandlungen des Deutschen Bundestags. I. Wahlperiode 1949. Stenographische Berichte Band 14 von der 240. Sitzung am 3. Dezember 1952 bis zur 249. Stizung am 4. Februar 1953*. Bonn 1953, S. 11124-11128.)

2 Wolfgang Koeppen an Henry Goverts. Brief v. 11. 11. 1952.

纽夫看到了奇特的花簇，贪婪的食肉植物，巨型鬼笔菌，像烟囱一样烟雾缭绕，蓝绿色的，红黄色的，有毒的——但这是一种没有活力和青春的茂盛，一切都是腐烂的，一切都是老朽的，肢体肿胀，仿佛患了阿拉伯象皮病”（见本书第 40 页）。因此，根据部门的援引报告显示，克彭似乎明显利用了自己的创作自由，为小说中核心的温室隐喻想象出了一个闷热的夏季波恩。小说诞生于炎热的夏季，克彭在斯图加特逗留写作期间恰好体验了身处“太阳炉”[1]的感受，这些事实也许强化了他使用温室隐喻的倾向。

雷蒙德·费林格尔参考至此还未被考虑过的资料来源，提出了将小说中的事件的背景认定为 1953 年 3 月 18 日和 19 日的最重要理由。[2]他的理由涉及在小说中描述的关于法国和英国将军言论的政治阴谋以及梅根海姆对此在报纸上发表的文章。克彭在这里提到了 1953 年 3 月 23 日《明镜》周刊上详细报道的一个事件。据《明镜》周刊报道：“亲法国者和巴黎政治专家保罗·鲍尔丁，曾就巴黎和伦敦与莫斯科的联系问题，于第三次宣读会的前一天在《时代》周报上发表了一篇题为《走弯路》的文章。文中称，刚好就在德国与同盟国协约在国会

---

1 *»... trotz allem, so wie du bist«*, a. a. O., S. 46.

2 Vgl. Fellinger: *Wolfgang Koeppen als Leser der Signatur seiner Zeit,* a. a. O., S. 99-106.

的最后一次宣读前，两个协约伙伴国暴露了其别有用心的动机。享有国际声誉的记者金斯博瑞・史密斯，当时是美国国际新闻社在欧洲的主任，据他报道：‘两位法国内阁成员和一位同盟国驻巴黎的重要特使在与我的谈话中分别表达了如下看法：法国、英国以及苏联政府都反对德国的重新统一。他们或以间接的方式，或经由第三方的方式使对方明白，他们认为不应就德国的重新统一达成一致……据法国一位现任内阁成员的说法，英国外交部部长安东尼・艾登最近对其法国同事说，他相信，只有德国无法重新统一，那么俄国和欧洲的其他西方国家才能和平共处。……因此，我们一致达成的是一个不一致的协议，是由英国和法国背着德国和美国，与苏联达成的促使德国永久分裂的秘密协议……’”[1]

《明镜》周刊指出，法国人和英国人持这样的态度已经有一段时间了：“比如，在去年 1 月的武装部队最高委员会全体会议上，这一老观点有了新的表述。该委员会由高级军官组成，为国防部部长提供顾问，由北约陆军总司令尤恩斯元帅担任主席。据该委员会明确表示，德国的分裂‘一定会成为法国整体战略规划的关键’。”[2] 然而，《时代》周报与第三次宣读会前一天刊载的鲍尔丁的文章所产生的

---

1 *Zweiteilung. Strategischer Gewinn*. In: *Der Spiegel*, Nr. 13 v. 25. 3. 1953, S. 5.

2 Ebd.

政治反响，远大于其他报道，甚至激怒了当时的总理阿登纳本人，因为这篇文章的出版责任是由戈尔德·布策里乌斯承担的，他不仅是《时代》周报的出版人，还是国会成员和基督教民主联盟党员。不过从战略角度来看，这篇文章显然带来了好处，它促使阿登纳在第三次宣读会上发言之前，从同盟国方面得到了两则辟谣声明，并将其补充进自己的演讲中，抢在了社会民主党及其自1952年8月舒马赫去世后继任的主席埃里希·奥伦豪威尔之前：“如果不是鲍尔丁的文章从旁推动，总理是不可能适时得到那两份辟谣声明的。相反，社会民主党的主席埃里希·奥伦豪威尔届时就会站出来，在其演讲中当着国会成员的面援引金斯博瑞·史密斯的报道，使政府陷入无助的尴尬处境。”[1]

克彭在《温室》中正是借用了这一局面，他让梅根海姆“用大字标题刊登出了对武装部队最高委员会的将军们的采访”（见本书第182页），科努尔万也由此意识到“确实，他必须起草演讲稿了”（同上）。根据《明镜》周刊的引述，阿登纳对《时代》周报上那篇文章的评价是“背信弃义”[2]，与当时阿登纳发表的政府声明如出一辙，因为基特纽夫也听到，“总理在援引梅根海姆关于最高委员会将军

---

1 Ebd., S. 6.

2 Ebd.

们的论文，并且说这篇文章背信弃义”（见本书第186页），随后宣读了“来自巴黎和伦敦的官方辟谣，传递忠诚的消息，表示友谊的言语”（同上），从而从他的政治利益出发，将整个局面为己所用。

综上，对《温室》的研究结论似乎很清晰：尽管克彭在前言中强调，“人物、地点和事件为叙事提供了框架，但与现实情况完全不同……”，但这些在很大程度上启发了小说的情节以至个别政治细节。1953年3月25日的《明镜》周刊也许提供了十分有用的素材。

《温室》所引起的反响不仅表现在报纸、杂志和广播上，还表现在读者写给作家的信中。1954年1月5日，柏林–利希特费尔德的高级讲师威廉·默勒在给克彭的信中写道：“在听了对您《温室》一书的诸多反对意见和批评后，我认为有必要在读完全书后，向您表达我的看法：喜悦、惊喜和最高度的认可。”还有：“在风格和爆炸性的表现力上，它可以与世界文学中最优秀的作品相媲美。”[1]这本书却没有在公众评论中得到如此高度的赞同，相反，无数评论家猛烈抨击了这本书，甚至部分人还发起了充满仇恨的论战。[2]对于克劳斯·哈普雷希特来说，

1 Wilhelm Möller an Wolfgang Koeppen. Brief v. 5. 1. 1954 (WKA 24498).

2 Vgl. hierzu: Dietrich Erlach: *Wolfgang Koeppen als zeitkritischer Erzähler*. Uppsala 1973, S. 199-204.

这部小说“更像是一个危险的征兆，一种病征……克彭先生是一位反法西斯主义者。但对于民主，他也只怀有怨恨，对前日革命者的怨恨，另外，他知道革命已经死亡了。他所不知道的是，另一种令人厌恶的伪革命青春期存活了下来。患有这种病症的人已经年近五十了，并且坚持不懈地进军年轻的德语文学界。他们意志消沉，时而举止冒失，玩弄些色情的文字，然后又去翻弄深沉”[1]。《巴斯勒国家报》的评论员指责克彭，“全书断断续续却又喋喋不休地贯穿着一种过分考究的语言，以此来表现其个人的负罪情结。他总是偏爱向‘下’看，总是再三地挖掘那些厌恶和反感，使读者烦不胜烦，只能烦躁地把书放下”[2]。天主会教士 H. 贝歇尔称这部小说是“在一家破败的需求疗养院中的胡写乱画”[3]。弗里茨·勒内·阿勒曼写道，克彭并没有吃透和掌握自己的素材，而是满足于“收集在四十八小时内的印象，然后将它们当作动荡的陪衬，强行加进各种观点和看法，从‘文化批评’到退场的色情，从政治警句到废墟存在主义，用乔伊斯式的和德布林

1 Klaus Harpprecht: *Die Treibhausblüte. Zu Wolfgang Koeppens Bonner Roman.* In: *Deutsche Wochenzeitung. Christ und Welt* v. 17. 12. 1953.

2 Anonym (C.F.): *Wolfgang Koeppen: Das Treibhaus.* In: *National-Zeitung,* Basel v. 8. 5. 1954.

3 H. Becher S.J.: *Koeppen, Wolfgang: Das Treibhaus. In: Stimmen der Zeit* 79, 1954, Heft 9, S. 234.

式的内心独白继续将其组合在一起，往这个费力组织的情节泥潭中，勉强塞进一个思虑过多却缺乏行动力的哈姆雷特式的基特纽夫。但这些与真理完全无关……”[1]。弗里德里希·路福特认为，这本书如果叫“我的噩梦”会更好，因为“每个人都可以随意将当下发生的事情当作一部小说叙述的对象。但存在争议的地方在于其不诚实和矫揉造作，即从清楚的现实中捏造出一幅可疑的幻想图景，进而以一种虚假和显然有害的方式贬低现实本身。（中略）每个人都可以有自己的噩梦。这是无可非议的。但他不能说，他个人的整个噩梦就是我们的国家。否则他就离开了文学的边界，开始作恶”[2]。《汉诺威日报》将头版的篇幅献给了《温室》，并为克彭对波恩这座城市和波恩的政治所做出的“不公之事”表示遗憾：“……就好像一位发烧的病人走过波恩的街道，目之所及尽是丑恶的一面，一切都变得无比粗俗。就像这本书的语言意图用冷酷的比喻撕裂现实一样，它的内容也是激烈、刺激和赤裸裸的。作者意在伤害。”[3]

《萨尔茨新闻报》一篇题为《色情政治的虚无

---

1 Fritz René Allemann: *Treibhaus Bonn im Zerrspiegel*. In: *Die Tat* v. 19. 1. 1954.

2 Friedrich Luft: *gelesen – wiedergelesen*. In: *Die neue Zeitung* v. 15. 11. 1953.

3 Anonym (W.): *Treibhaus Bonn.* In: *Hannoversche Allgemeine Zeitung* v. 20. 11. 1953.

主义》的评论将这本书总结为“厌恶的欲望，潮湿的黑暗和色情”。其作者声称，不但不愿看到这部小说被引进到奥地利——“不需要引进到这里”——而且他希望“对这本书来说，通往东德的边境仍被铁幕封锁着”。[1] 评论家的这一愿望并没有实现，1954 年 9 月 5 日的东德《周日》周刊谈到了《温室》[2]，而由民主德国的德国作家联盟创办的《新德意志文学》在 1954 年 2 月登载了这部小说的节选。然而，编辑部在前言中与它拉开了距离：“这本书充满矛盾和不一致。作者对一些细节观察敏锐，但在更大的社会关联性上表现出了彻底的盲目，二者混合在一起。个人的经验依然是孤立的，最终导致了引退和自暴自弃：议员基特纽夫含糊不清且无所归属的反对意见仍然没有成功，他将自己的生命推向了终点。在这部小说中，没有一处能看到真正想要改变的意愿。作者没有表达任何实在的观点，只是在游戏般的否定中耗尽了自己。尽管如此，我们仍然认为应该向读者介绍这本小说。它表达了许多知识分子在波恩政权中与日俱增的不安情绪，对这个人造实体代表的不信任、不确定性，以及对新的独裁和

1 I. Leitenberger: *Porno-politischer Nihilismus. Ein Buch in Westdeutschland wird zur Affäre – Ein Schlüsselroman des Bonner Bundeshauses? – Import hier nicht gefragt*. In: *Salzburger Nachrichten* v. 14./15. 11. 1953.

2 Vgl. Alfred Antkowiak: *Das Bonner Treibhaus*. In: Sonntag. Berlin (Ost) v. 14. 3. 1954.

新的战争灾难的痛苦恐惧。”[1]

弗兰茨·菲曼在民主德国的《国家》杂志上谈起这本小说，指责作者“意识形态混乱”，“清楚地反映在小说的写作中”。他称基特纽夫这个人物为“一个无助的抽象反对派的无助的文学抽象”[2],称克彭的小说是“一部终点的文学作品”[3]。

在其评论的第二部分，菲曼引述了瓦尔特·卡施在《每日镜报》和弗里德里希·路福特在《新报》上对《温室》的评论。卡施指责《温室》的作者“被一种毫无成果的仇恨吞噬了”[4]，路福特则像之前提到的那样，称这部小说是一本有害的书。菲曼却反过来抨击两位批评家间接地“呼吁国家公诉人”[5]和“沦为符合阿登纳和反动派的利益”[6]的自由概念。

实际上,《温室》所招致的大量批评恰好在一定程度上证实了克彭对复辟的指责，尤其是在《周日世界报》中，一篇高度矛盾的评论将“污点”这个概念运用于文学批评的范畴:“《温室》给读者留下了一种虚无的感觉，然而，公平地说，柯彭（原文如此）是一位诗人。他作品中那些生机勃勃的图

1 Anonym. In: *Neue deutsche Literatur,* Heft 2, 1954, S. 76.

2 Franz Fühmann: *Die Freiheit im Treibhaus*. In: *Die Nation*, Heft 4, 1954, S. 197.

3 Ebd., S. 198.

4 Ebd., S. 199.

5 Ebd., S. 200.

6 Ebd., S. 201.

像相互追逐、彼此拥挤：闪烁着，发着光，绵延，泛滥。然后还有一些段落，我不敢断定它们是创作遗留的污点还是仅仅是污点。柯彭的叙事张力磅礴而不羁，就像一股横冲直撞的洪流。”[1]

同样，卡尔·奥古斯特·霍斯特也对这部小说的风格提出了矛盾而坚决的批评，指责克彭是“风格的暴君”[2]，以至于他为了风格“愿意牺牲”一切——“他的主角、波恩，也许还有他个人的真理”。但同时，霍斯特又为作者克彭进行了道德辩护，称他“正直到了极点”，而这最终证明了他是一位修辞学家，“就像在他的第一部小说《草中鸽》里那样，在这本书里，我们也会被他的风格强烈吸引：其中混合着丰沛的抒情和苦涩，仿佛从回旋的卷轴上跳脱出来的图画飞舞不停，令人眼花缭乱”[3]。

1953年6月，克彭向妻子解释道：“我写出了我想说的一切，但我目前无法评价这本书。我只是预感到它非常非常阴郁，阿登纳、豪斯、整个国会都会对它不满（就像安贝塞尔一样），他们会大发雷霆。也许因为法律原因，它将根本无法出版。但到目前为止，出版社向我否认了这一点。所以

---

1 Curt Bley: *Ein Roman – hart an der Grenze. Ist »Das Treibhaus« ätzende Kritik an Bonn oder böswillige Karikatur?* In: *Welt am Sonntag* v. 1. 11. 1953.

2 Karl August Horst: *Hase und Igel*. In: *Merkur* 8 (1954), Heft 181, S. 1092.

3 Ebd., S. 1093.

再看吧。”[1]

整个国会并没有不满，特奥多尔·豪斯也没有。他虽然没有读过这本书，但被“挑剔的人们”告知，“这本书在文学上十分拙劣，只是目前出于某种商业原因被制造出来的那种‘文学’产品之一”。然而，豪斯对于一位愤怒的读者提出的将此书列为禁书的建议不以为然：“法律的干预总是会以失败而告终，因为据我所知，这部小说的细节十分模糊，根据经验，对此提起诉讼其实只会为这本书做广告。”[2]

但批评者们依然怒气冲冲，至少有一部分是这样的。不过此外还有一些善意的评论者对《温室》表示了认可。1954 年出版的《08/15》小说三部曲的作者和畅销书作家汉斯·赫尔穆特·基斯特，在一篇同时谈到阿诺·施密德的《一位牧神的生涯》的双重评论中写道：“克彭撕碎了文明，他将当今的下水道赤裸裸地展示在我们眼前。他没有写下一行能带给惊恐的读者一丝抚慰的句子。就好像当着我们的面用一把巨型电锯伐倒了一棵刚刚抽芽的小树苗，就好像在婴儿车下安放了一箱炸药。克彭没有越界的概念，他毫无节制地夸张，撕碎了一切，

---

1 »... *trotz allem, so wie du bist*«, a. a. O., S. 85.

2 Theodor Heuss an Vicky Gräfin von Leyden. Brief v. 24. März 1954. In: *Theodor Heuss. Hochverehrter Herr Bundespräsident! Der Briefwechsel mit der Bevölkerung 1945–1959*. Herausgegeben und bearbeitet von Wolfram Werner. Berlin/New York 2010, S. 324.

将刚刚立稳的东西残忍地一把扯下。他的书是一次史无前例的文学井喷。这是在我们的时代用德语写就的最令人激动的书。”[1]

文学评论家路德维希·马库塞认为虽然克彭“在德布林式的联想方面……有一些涣散”，但他将《温室》称为“一首伟大的有分量的诗”[2]。《明镜》周刊用了几页的篇幅来介绍这本书，列举了翔实的文本证据，却在评价上有所保留。[3]保罗·胡纳菲尔德对此持相反意见，他认为《温室》是“一本危险的书，会激怒它的读者，让他们愤怒，也让他们兴奋”[4]。维尔纳·吉利斯则认为这是“一本真诚的书，一本狂热的书”[5]。卡尔·科恩在《法兰克福汇报》中表达了决定性的赞同：“《温室》是一种少见的文学作品。”[6]报纸《另一个德国》认为：“这本书将引起轰

---

1 Hans Hellmut Kirst: *Faune im Treibhaus der Literatur. Zwei beachtliche Außenseiter.* In: *Münchener Merkur* v. 6. 11. 1953.

2 Ludwig Marcuse: Bonn-Roman. In : *Aufbau*. Friday, April 16, 1954.

3 Vgl. Anonym: *Das Bundes-Treibhaus*. In: *Der Spiegel* v. 4. 11. 1953.

4 Paul Hühnerfeld: *Ein Hamlet in Bonn*. In: *Die Zeit* v. 5. 11. 1953.

5 Werner Gilles: *In Koeppens »Treibhaus« geht der Abgeordnete Keetenheuve ins Wasser. Was bleibt, ist ein ungewöhnliches, hoffentlich aufrüttelndes Buch.* In: *Abendpost* (Frankfurt am Main) v.13. 11. 1953.

6 Karl Korn: *Satire und Elegie deutscher Provinzialität.* In: *Frankfurter Allgemeine Zeitung* v. 7. 11. 1953.

动——很快，它就会引起在波恩被大肆辱骂的轰动现象。这本书高度政治化，非但没有跳出时代的影响，而且在最大程度上反映了当下的时代特点，具有不可思议的当代性。如果它能成为畅销书——这几乎是可以预测的，那么这就是原因。”[1]

沃尔夫冈·克彭本人在一份未标明日期的演讲草稿中总结了批评家们对《温室》一书截然不同的态度：

> 所有这些如此矛盾的看法都可以找到原话逐字证明，我在那之后
>
> 错过了我的机会，
>
> 抓住了我的机会，
>
> 为一个腐朽的派系说话，
>
> 写了一本书，反映了德国典型的知识分子的社会局外人的地位，
>
> 我根本不会写小说，
>
> 我属于那些罕见的可以用吸引人的方式讲述其自身所处的时代和环境的小说家，
>
> 我的语言时而粗鲁，时而细腻，
>
> 我是一个令人目眩的修辞学家，拥有迷人、冷静、圆滑而高超的技艺，

1 Anonym (A.M.): *Wolfgang Koeppen – der echte Zeitgenosse. »DasTreibhaus« – Bonn und die deutsche Nachkriegspolitik.* In: *Das Andere Deutschland* Nr.25, 1953.

我是一个虚无主义者，否定一切价值，

我是一个跃跃欲试的人，

我触碰了色情的底线，

我仍是一个道德主义者，

公共图书馆亮起了红灯，

每个辖区的总图书馆和较大的分馆都应该采购这本书，

这本书只配用火钳夹着，

一本像这样的书完成了诗人的永恒使命，

这本书是用仇恨书写的，

但是，人们会感知到一种和睦的人类的同情心，

无聊之书，

最令人激动的书，

这本书没有显示出任何价值，也没有带来任何价值，最多给人一种脏了手的感觉，

这是一本具有内在生命力的书，具有高度的文学价值，应该被更多人读到。[1]

《温室》并没有成为畅销书。卡尔–海因茨·格策称，这本书从出版到1976年为止，一共售出了12000册。[2]然而，这本书刚一出版，就在慕尼黑大

1 WKA Vortrag M. 317-4 und M.317-5.

2 Karl-Heinz Götze: *Wolfgang Koeppen: »Das Treibhaus«*. München 1985, S. 122.

卖，以至于克彭在信中向戈费茨报告："《晚报》称，《温室》在慕尼黑十分畅销。"同时，克彭希望这本书能在圣诞节期间表现出不错的销售势头，并向戈费茨指出，1953 年 11 月 20 日的《汉诺威日报》"在头版头条文章中谈到了"[1]这本小说。

尽管好消息不断，《温室》还是激起了一些政治阻力，克彭在 1953 年 12 月 9 日的信中清楚地表明了这一点。他向戈费茨写道，波恩出现了不满的情绪，而且显然还要求禁止这部小说，但他对此毫不意外："请您不要被吓到！波恩的人们当然会不满，但这些声音都会过去。在我看来，如果政府承认受到了一本小说的威胁，那么这个洋相就出大了。禁止这部小说是违反宪法的。试图以丑闻和污秽法起诉《温室》的行为，将会创造出文学作品被打压的案例，所有反对这一法律的警告者都会援引它，而且我们可以确保得到所有文化协会的支持。"因此，克彭反而从这本小说引发的喧嚣中收获了积极的一面："但总体来说，无论如何，此起彼伏的争议都起到了宣传的作用"[2]，特别是他另一方面认为，这本书"在几年后就会被遗忘，或者作为对时代色

1 Wolfgang Koeppen an Henry Goverts. Brief v. 24. 11. 1953 (WKA 24436).

2 Wolfgang Koeppen an Henry Goverts. Brief v. 9. 12. 1953 (WKA 24437).

彩的记录，保留一定的文学价值”[1]。

波恩大学书店的 H. 鲍威尔曾邀请了克彭参加一个“在高级部级官员的圈子中”进行的公开讨论，这件事也起到了宣传作用。但克彭犹豫是否要接受邀请，因为他“羞于面对读者。写了一本书，但不想谈论它”。同时，他不厌其烦地为自己的小说和自己的民主信念辩护：“我相信，《温室》一书丝毫没有动摇民主的信念。我表达了怀疑，（中略）我用基特纽夫这个人物表现了一类对这种怀疑倍感绝望的人。如此而已。而基特纽夫是一个小说中的人物。”此外，他还反对组织者撰写的一篇文章，这篇文章显然是讨论的主题之一：“他们写道，二十年代那些辉煌灿烂的文学活动间接导致了民主的崩溃以及随之而来的恐怖后果。我认为这一论断十分放肆！我反对这个观点。很遗憾，这些辉煌灿烂的文学作品也没能阻止希特勒的诞生，而谴责这些作家，对我来说无异于将特洛伊的陷落归咎于卡桑德拉。”最后，克彭建议扩大这一讨论参与者的圈子，请泽瓦尔德的编辑亨利·戈费茨和评论家埃里希·弗兰岑也加入进来，如果“您或者您的高级部级官员的圈子对延伸这一对话表示欢迎”[2]的话。这次在波恩的活动终于未能成

---

1 Wolfgang Koeppen an Henry Goverts. Brief v. 15. 1. 1954 (WKA 24439).

2 Wolfgang Koeppen an die Universitätsbuchhandlung H.（转下页注）

行。然而，这并不是由于克彭的拒绝，他后来在一次采访中谈道："不过我想提一下，有一次，一家波恩的书店（鲍威尔）问我，是否愿意到波恩去，在一群政府官员和部长议员们的面前为我的小说《温室》辩护。我答应了。然后我收到了来自这家书店的一封信，他们请我还是不要去了，因为他们无法保证我的人身安全。现在我依然觉得这件事很有趣，几乎赋予我一份我当之无愧的赞誉了。"[1]

人们对《温室》一书的接受超出了日常批评的范围，一直延续到了今天，这让该书会因污秽和丑闻法案而被禁止以及对克彭"人身安全"问题的担忧变得荒唐可笑。2009 年 9 月 7 日，在庆祝德国联邦议会成立六十周年之际，演员沃尔夫拉姆·科赫在当时波恩的全体会议大厅朗读了《温室》的节选。这一事实证明了这部小说同时也得到了政治方面的认可。这部小说收录在 2004 年的"南德意志报藏书"系列和阿克斯尔·施普林格出版社 2009 年的"世界版"系列，以及 2006 年"苏尔坎普基础藏书"系列的评述版中，同时配有词汇和事实注释。这些都表明，这部小说已经成为 1945 年后德

（接上页注）Bouvier & Co., Bonn. Brief v. 15. 1. 1954 (WKA 24488).

1 Monika Ammermann-Estermann und Alfred Estermann: *Gespräch mit Wolfgang Koeppen. München, 17. September 1982.* In: *Wolfgang Koeppen. Beiheft zur Ausstellung der Stadt- und Universitätsbibliothek.* Frankfurt am Main 1982, S. 16.

国经典文学的一部分。

德语语言文学研究中关于《温室》的评论文献有一个显著特点：除了语言学和传记方面的论文和散文，还有政治问题的。[1]1985 年，卡尔–海因茨·格策出版了一本专门介绍《温室》的专著。格策总结道，“情节……并非这部小说的实际形式”，“审判”才是，因为“这部小说将它所描述的社会置于审判之中”[2]。它使用了各种各样的叙事手段来做到这一点，格策特别强调了对神话的直接引用和“对神话的密集影射”[3]，以达到分解、讽刺或将神话平庸化的目的，他将此称为“寓言形式”[4]。在这种形式中，普遍性压倒了特殊性，而特殊性佐证并体现着普遍性。约瑟夫·夸克在他关于克彭的专著中的《温室》一章里论述了寓言这个主题。整部小说的核心是温室隐喻，它首先指的是波恩的气候，随着叙事的推进，按照夸克的说法，它“引申为一种隐喻，根据常见的模式拥有三层意义：它是描述性的隐喻，描述了该地方的气象学环境，也描述了政治领域中人为的、

1 Vgl. Alfred Estermann: *Wolfgang Koeppen – Eine Bibliographie. In: Wolfgang Koeppen.* Hg. v. Eckart Oehlenschläger. Frankfurt am Main 1987, S. 457-460; Wolfgang Koeppen: *Das Treibhaus. Roman. Mit einem Kommentar von Arne Grafe.* Frankfurt am Main 2006, S. 226-228.

2 Götze: *Wolfgang Koeppen: »Das Treibhaus«*, a. a. O., S. 45.

3 Ebd., S. 90.

4 Ebd., S. 102.

不自然的和不真实的生态，而第三层则涉及心理学和存在主义意义——基特纽夫那两天在那个地方所感受到的存在主义的不安、不真实感以及荒诞感的体验”[1]。夸克总结道，克彭的小说“（包含）许多寓言元素、比喻和譬喻，还有许多对运用这种模式的元语言学和诗学反思，因此有理由认为，它的文本基本上是以隐喻的方式构建起来的”[2]。比如基特纽夫在小说开头前往波恩所搭乘的“尼伯龙根特快专列”“刷着血红的颜色”（见本书第 1 页），还比如“这部小说的配角们”[3]——总理，总统，总统管家穆塞乌斯，反对派领导人——“没有一个人被落下”[4]，每个人都在其中扮演着自己的角色。最后还有结尾处废墟中的场景：“夜晚的歹徒”和“白天的无赖”（见本书第 209 页）还有小说里的政治人物一起构成了这个场景，最终列队展开一场“盛大的阅兵式”（见本书第 210 页）。这就是德国历史本身，像一群幽灵在那里跳着噩梦一般的圆舞曲。

格策对《温室》接受情况的研究截止到 1985 年，他总结了最初负面批评的基本论点。一方面，他提到了小说的现代主义文学特点，其富于联想性和表

1 Josef Quack: *Wolfgang Koeppen: Erzähler der Zeit.* Würzburg 1997, S. 189.

2 Ebd.

3 Ebd., S. 107.

4 Ebd., S. 108.

现性的叙事方法，带有造作的亲历式口吻；另一方面，它被指责脱离现实，歪曲了德国政治现实；最后，它具有破坏性、病态和伤风败俗的倾向。

在之后的几年中，这些都不再被提及了。约斯特·诺尔特在 1969 年新版小说三部曲发行之际，提到了“对克彭的重新认识”[1]。1994 年，克彭获得了格莱福斯瓦尔德市荣誉市民的身份，无数的文学奖项证明公众对克彭作家身份的认可与日俱增。格策再次对此做了总结：“这样的重新认识十分彻底。”[2] 在针对《温室》的论战偶尔爆发时的例外证实了这一点。[3]

这部小说的接受历史还包括艺术领域的接受。值得一提的有 1987 年由彼得·哥德尔根据小说改编的电影，还有 2009 年由瓦尔特·阿德勒改编的广播剧《温室》，属于整个小说三部曲广播剧的一部分[4]。

---

1 Jost Nolte: *Revision im Fall Koeppen.* In: *Welt der Literatur* v. 8. 5. 1969.

2 Götze: *Wolfgang Koeppen: »Das Treibhaus«*, a. a. O., S. 130.

3 Vgl. Adrian Siebold: *Der letzte Held springt von der Brücke: Wolfgang Koeppens »Treibhaus«-Roman, die Politik und das Elend der Pubertät.* In: *Kultur & Gespenster* 4, 2007, S. 266-283.

4 Wolfgang Koeppen: *Das Treibhaus. Hörspiel.* Hörspielbearbeitung und Regie: Walter Adler. Mit Axel Milberg, Rüdiger Vogler, Valerie Koch. München 2009.

版本史

1953 年 11 月，《温室》的第一版由斯图加特的舍茨和戈费茨出版社出版，其平装版紧随其后，于 1955 年由获得舍茨和戈费茨出版社授权的柏林-格鲁纳瓦尔德（赫比希）的无尽书库出版。封面上引用了基斯特的评论“一次史无前例的文学井喷”，同时还节选了如下评论：

> 《温室》是一部关于联邦德国首都波恩的小说，或者更确切地说，它是关于梅勒姆、柯尼希斯温特和议会之间的联邦共和行政区的小说……一场幻术。它蕴含着一种让你失去视觉和听觉的魔力……它的写作不受限制，毫无顾忌——由此，立即兴起了老派而无伤大雅的文学……
>
> （卡尔·科恩，《法兰克福汇报》）

> ……使读者烦不胜烦，只能烦躁地把书放下。
>
> （《国家报》，巴塞尔）

> 它实现了诗人的永恒任务，即创造一个与现实世界相对立的应有的世界。
>
> （埃里希·弗兰岑博士，南德广播电台）

他纯熟地运用了最富现代性的文学技巧。

（《德国报》，斯图加特）

许多人会感到被踩了一脚——最好我们每个人都有此感受。

（库尔特·西雷克斯，
《德国评论》，斯图加特）

自1956年和阿尔弗雷德·舍茨分开后，亨利·戈费茨以自己的名字独立运营，直到1964年。1969年，《温室》和《草中鸽》《死于罗马》一起，由亨利·戈费茨出版社出版了特别版。一年后，三部小说再次由汉堡的德国图书协会结集出版了“特别合集版”。

沃尔夫冈·克彭的版权转移到苏尔坎普出版社后，从1972年开始，他的所有作品均由苏尔坎普出版社出版。1972年，《温室》作为苏尔坎普平装系列第78号出版，于2000年作为苏尔坎普平装系列第3159号再版，于1980年作为苏尔坎普藏书系列第659卷出版。

作为《草中鸽》《温室》《死于罗马》三部曲合集版的组成部分，《温室》分别于1972年和1983年由获得苏尔坎普出版社授权的民主德国的人民和世界出版社出版。1986年，三部小说合并为一卷，收入苏尔坎普藏书系列第926卷，同时作为克彭六卷本全集中的第二卷，由马塞尔·莱希-拉尼茨基和达格玛·冯-布里尔以及汉斯-乌尔里希·特莱彻尔合作出版。